FICHES BAC

Tle générale

NOUVEAU BAC

Mes 2 spécialités

Sciences économiques et sociales

Séverine Bachelerie-Marteau • Sylvie Godineau • Sylvain Leder • Céline Le Feuvre • Denis Martin • François Porphire • Franck Rimbert • Gilles Seurin

Histoire-géographie, géopolitique et sciences politiques

Christophe Clavel • Florence Holstein • Barbara Jamin de Capua • Jean-Philippe Renaud • Laurent van De Wandel

Grand Oral

Denise Maréchal • Nadine Mouchet • Sylvain Leder • François Porphire • Jean-Philippe Renaud

Hatier

SOMMAIRE GÉNÉRAL

Pour trouver une fiche précise dans une matière, reportez-vous au sommaire de chaque partie.

SCIENCES ECONOMIQUES ET SOCIALES

HISTOIRE-GEOGRAPHIE, GEOPOLITIQUE ET SCIENCES POLITIQUES

GRAND ORAL

Maquette de principe : Frédéric Jély • **Mise en pages :** STDI
Iconographie : Brigitte Hammond, Sophie Suberbere, Hatier illustration
Schémas : STDI, Corédoc
Cartographie : Légendes Cartographie, Philippe Valentin
Édition : Sophie Lovera, Damien Lagarde, Aude Marot, Lisa Roche

SES

SOMMAIRE

Quand vous avez révisé une fiche, cochez la case ☐ correspondante !

ÉCONOMIE

Sources et défis de la croissance

Le commerce international

La lutte contre le chômage

Crises financières et régulation

Les politiques économiques dans l'UE

SOCIOLOGIE

La structure de la société française actuelle

L'action de l'École

La mobilité sociale

Les mutations du travail et de l'emploi

SCIENCE POLITIQUE

L'engagement politique

REGARDS CROISÉS

Inégalités et justice sociale

L'action publique pour l'environnement

Les sources de la croissance économique

1

☐ OK

SES

La croissance économique correspond à une création de richesses nouvelles et se mesure à l'aide du PIB. Elle trouve sa source dans les facteurs de production.

I Qu'est-ce que la croissance économique ?

1 La croissance : une création de richesses nouvelles

- La croissance correspond à l'augmentation soutenue et durable des richesses créées dans une économie. Elle se mesure en calculant le taux de croissance du PIB sur une année. Pour mieux évaluer l'augmentation en volume des richesses créées dans une économie, on utilise le PIB réel qui gomme les effets de l'inflation. On parle de croissance réelle.
- Le PIB est un agrégat qui mesure les richesses créées par les unités de production résidentes sur le territoire national durant une année. Il intègre la production marchande et la production non marchande et se calcule en effectuant la somme des valeurs ajoutées réalisées par les agents productifs.

2 La difficile mesure de la croissance économique

- Le PIB offre une mesure imparfaite de la croissance car il ne comptabilise pas toutes les sources de richesse (économie souterraine, production domestique, etc.) et ne prend pas en compte les externalités négatives liées à la croissance (destruction de ressources naturelles, pollution…).
- Le PIB ne prend pas en compte les différences de niveau de prix entre les pays, ce qui fausse les comparaisons internationales. Pour les gommer, il faut calculer le PIB PPA (parité des pouvoirs d'achat).

HGGSP

II D'où vient la croissance économique ?

1 La quantité des facteurs de production

- La production de richesse s'obtient en combinant les facteurs de production. La croissance va donc être permise par l'augmentation de la quantité de facteurs de production mobilisés. Ainsi, si globalement plus

Mot clé

Les **facteurs de production** sont les éléments durables utilisés pour produire : le travail (activité humaine) et le capital fixe (machines, bâtiments…).

GRAND ORAL

de travail et plus de capital sont utilisés, la production augmente. On parle de croissance extensive.

- L'augmentation de la quantité de travail utilisée est entraînée par la hausse de la population active occupée (plus de travailleurs produisent plus de richesses) ou par celle de la durée légale du travail.
- L'investissement est l'opération par laquelle l'entreprise achète du capital. Il permet l'accumulation du capital et favorise la croissance.

2 L'efficacité des facteurs de production

- Les facteurs de production contribuent également à la croissance en devenant plus efficaces. L'investissement permet l'utilisation de machines plus performantes. Il est favorable à l'amélioration de la productivité du travail : mieux doté en capital, le travail est plus efficace. La productivité du travail s'améliore également grâce à la formation de la main-d'œuvre et à une meilleure organisation du travail.
- La part de la croissance qui ne s'explique pas par l'accumulation des facteurs de production est attribuée au progrès technique. En générant des gains de productivité, le progrès technique permet de produire davantage avec la même quantité de facteurs de production : la productivité globale des facteurs (PGF) augmente.
- Une croissance qui repose sur des gains de productivité est qualifiée de croissance intensive.

Mot clé

La **productivité globale des facteurs (PGF)** mesure l'efficacité des facteurs de production et l'efficacité de leur combinaison. Elle se calcule en rapportant la production à la quantité totale de facteurs nécessaires à sa réalisation.

L'ESSENTIEL

La croissance extensive
due à l'augmentation de la quantité de facteurs de production :
- travailleurs et/ou temps de travail
- capital utilisé pour produire

La croissance intensive
due aux gains de productivité avec :
- le progrès technique
- l'investissement dans l'innovation

→ **La croissance économique**

Progrès technique et croissance

2

☐ OK

SES

Le progrès technique est l'un des moteurs de la croissance. Les économistes s'interrogent sur son origine, sa contribution à la croissance et ses effets sur le rythme de la croissance.

I L'origine du progrès technique

- Le progrès technique désigne l'ensemble des innovations qui permettent de produire davantage avec la même quantité de facteurs travail et capital. Il améliore donc la productivité globale des facteurs (PGF).
- Dans les années 1950, les théories de la croissance présentent le progrès technique comme un résidu, c'est-à-dire la part inexpliquée de la croissance après la prise en compte des effets de l'augmentation de la quantité des facteurs de production. C'est un progrès technique exogène et autonome, qui n'est pas dû au comportement des agents économiques.
- Les théories contemporaines de la croissance montrent que le progrès technique n'est pas autonome et peut s'expliquer par des choix économiques, notamment des choix d'investissement. Le progrès technique est donc généré par l'activité économique, il est alors endogène.

Mot clé

On distingue les **innovations** de produits (nouveaux produits), de procédé (nouvelle méthode de production qui améliore la productivité) ou encore de nouvelles manières d'organiser le travail.

II Le progrès technique endogène, source de croissance

- Le progrès technique endogène peut s'expliquer par des investissements en recherche et développement. Ces dépenses de R&D sont à l'origine d'inventions qui peuvent trouver une application dans le champ économique et constituer des innovations. Elles sont alors une nouvelle source de création de richesse lorsqu'elles sont exploitées économiquement.

Mot clé

Les activités de **recherche et développement (R & D)** se composent de la recherche fondamentale (nouvelles connaissances), de la recherche appliquée (inventions) et du développement (création de prototypes).

HGGSP

GRAND ORAL

- L'accumulation d'innovations et de connaissances nouvelles permet de générer des externalités positives : elles bénéficient à d'autres agents sans qu'ils supportent le coût de leur découverte. Ces innovations génèrent des **rendements croissants** en facilitant l'acquisition de nouvelles connaissances. Les facteurs de production deviennent de plus en plus efficaces permettant ainsi à la croissance de se maintenir.
- La croissance apparaît alors comme un phénomène endogène et **cumulatif** : elle génère des ressources financières pour investir en R & D permettant ainsi le progrès technique, source de croissance.

III Le progrès technique et l'instabilité de la croissance

- J. A. Schumpeter, économiste autrichien (1883-1950), distingue les innovations majeures qui bouleversent l'économie des innovations mineures qui leur apportent des modifications secondaires. Ces **grappes d'innovations** constituent le moteur de la croissance.
- La conséquence de l'innovation est un processus permanent de **destruction créatrice** : les activités rendues obsolètes par le progrès technique disparaissent et cèdent leur place aux nouvelles. Par exemple, les services de VOD remplacent peu à peu les DVD qui ont eux-même succédé aux cassettes vidéo ; les smartphones se substituent progressivement aux appareils photo numériques.
- La diffusion des innovations s'accompagne d'une période de croissance économique, l'expansion. Lorsque l'innovation a été pleinement exploitée et que le marché est saturé, l'expansion laisse sa place à une période de récession, jusqu'à ce qu'une innovation majeure relance la croissance : la discontinuité du progrès technique donne un caractère **cyclique** à la croissance.

L'ESSENTIEL

Le progrès technique, moteur de croissance

L'innovation
- permet l'augmentation de la PGF
- apporte la croissance (par « grappes »)
- entraîne un processus de destruction créatrice

Un progrès technique endogène
- permis par des investissements en R&D
- accroît les rendements et les externalités positives
- crée une croissance auto-entretenue et cumulative

État, institutions et croissance

3

☐ OK

L'État peut favoriser la croissance en prenant en charge certaines activités ou en favorisant l'émergence du progrès technique. Les institutions, en créant un cadre favorable, s'avèrent bénéfiques à la croissance.

I L'État et la croissance économique

1 L'État contribue à l'accumulation de capitaux nécessaires à la croissance…

- Par ses investissements, l'État contribue à l'accumulation de capitaux. En investissant dans l'éducation et dans la santé, il favorise ainsi l'accumulation de capital humain. Plus qualifiés et en bonne santé, les travailleurs deviennent plus productifs, ce qui est source de croissance.

Mot clé

Le **capital humain** désigne l'ensemble des capacités physiques et intellectuelles des individus utilisées pour produire. Investir en capital humain peut signifier investir dans la formation.

- En investissant dans la recherche fondamentale, coûteuse et incertaine, les centres de recherche publics font émerger des découvertes utiles aux agents productifs permettant ainsi l'émergence du progrès technique et l'accumulation d'un capital technologique, tous deux sources de croissance.
- Enfin, en investissant dans des infrastructures (hôpital, routes, écoles…), l'État contribue à l'accumulation de capital public et stimule l'activité économique (construction, équipement…).

2 … et génère des externalités positives

- Ces différents investissements sont à l'origine d'externalités positives. Ils bénéficient ainsi aux agents économiques sans qu'ils en assument directement le coût. Les dépenses d'éducation permettent d'élever le niveau de qualification et la productivité des travailleurs et bénéficient aux entreprises qui les emploient.
- La croissance qui résulte de cet investissement public permet à l'État de bénéficier de nouvelles ressources grâce aux impôts prélevés sur les nouvelles richesses créées. Ces ressources lui permettent de financer de nouveaux investissements, sources de croissance. La croissance est alors auto-entretenue.

II Institutions et croissance économique

1 De « bonnes institutions » sont nécessaires

- Les institutions désignent l'ensemble des règles formelles (lois, règlements) ou informelles (pratiques, conventions) qui s'imposent aux individus et encadrent leurs interactions.
- De « bonnes institutions » sont nécessaires à la croissance économique. L'existence d'un État de droit, le respect du droit de propriété, le paiement en monnaie sont autant d'institutions nécessaires aux échanges et à la croissance.

Mot clé

Le **droit de propriété** est le droit, garanti par l'État, de pouvoir utiliser, tirer profit ou disposer (c'est-à-dire vendre ou transformer) des biens tant que l'usage que l'on en fait reste dans le cadre de la loi.

- Ces règles, si elles sont respectées, permettent de créer un climat de confiance favorable à l'activité économique : elles diminuent l'incertitude et garantissent aux agents qu'ils peuvent mener des opérations économiques en toute sécurité.

2 Les institutions incitent à investir et innover

- L'existence de droits de propriété est une incitation à investir et à innover. L'entrepreneur, protégé par les lois, est incité à développer son activité sans craindre d'être dépossédé du résultat de son travail.
- Les brevets protègent les innovateurs : ce sont des droits de propriété sur l'invention qui leur garantissent le monopole de leur exploitation. C'est une incitation à supporter le coût de la recherche car l'entreprise est assurée qu'elle pourra la rentabiliser en étant seule à en tirer profit.

L'ESSENTIEL

Les conditions de possibilité de la croissance économique

L'investissement de l'État
- dans le capital humain : éducation, santé...
- dans le capital technologique : recherche publique, industrie...
- dans les infrastructures : routes, écoles, hôpitaux...

Les institutions
- État de droit
- droit de propriété
- monnaie
- brevets

Progrès technique et inégalités de revenu

4

☐ OK

Les gains liés au progrès technique ne sont pas répartis de manière égalitaire. Le progrès technique peut ainsi renforcer les inégalités de revenu. Dans un contexte de concurrence exacerbé, il bénéficie davantage à certains secteurs.

I Les revenus du capital favorisés

1 Les revenus du capital favorisés au détriment du travail

- Le progrès technique est à l'origine de gains de productivité qui permettent d'augmenter la valeur ajoutée. Celle-ci est répartie sous forme de revenus entre les travailleurs et les apporteurs de capitaux (propriétaires de l'entreprise et créanciers). Cette répartition peut être inégalitaire et favoriser le versement de dividendes au détriment des revenus du travail.

Mot clé

Il existe différents types de **revenus**. On distingue les revenus du travail (salaires) des revenus du capital (intérêts versés aux banques, dividendes versés aux actionnaires).

- Certaines innovations permettent de substituer du capital au travail. Elles augmentent l'intensité capitalistique de la production : la part du travail utilisé pour produire diminue au profit de celle du capital.
- Ainsi, le progrès technique se traduit par une destruction d'emplois. Il permet l'automatisation des tâches simples, effectuées par des machines. La part des salaires dans la valeur ajoutée diminue au profit de la rémunération du capital : les inégalités de revenu augmentent.

2 L'augmentation des inégalités salariales

- Le progrès technique contribue à l'accroissement des inégalités salariales car il favorise les travailleurs qualifiés qui utilisent les nouvelles technologies. Ceux-ci voient leur productivité, donc leur rémunération augmenter alors que les travailleurs moins qualifiés, qui ne les utilisent pas, ne bénéficient pas de cette hausse de la productivité du travail.
- L'utilisation de l'outil informatique s'étend à tous les secteurs et nécessite un niveau élevé de qualification. Ainsi la demande de travail peu qualifié diminue alors que la demande de travail qualifié augmente. Du fait de la loi de l'offre et de la demande, les salaires des travailleurs peu qualifiés ont tendance à stagner ou à baisser tandis que ceux des plus qualifiés augmentent : les écarts se creusent.

II Le rôle de la mondialisation et de la concurrence

1 La mondialisation renforce les inégalités

- La mondialisation incite les entreprises à **innover** car elle exacerbe la concurrence entre les entreprises : pour être plus compétitives et rentables, celles-ci cherchent à améliorer leurs techniques de production.
- Cet effort d'innovation contribue à l'augmentation de la demande de **travail qualifié** et contribue à augmenter les inégalités de revenu.

2 L'accroissement des inégalités entre secteurs d'activité

- L'exacerbation de la concurrence pousse les entreprises à vouloir se démarquer en innovant : les inégalités se creusent entre les **secteurs innovants** qui génèrent des profits importants et ceux qui sont en perte de vitesse, devenant ainsi de moins en moins profitables.
- À court terme, seules les entreprises innovantes bénéficient du progrès technique et des revenus qu'il génère. Les entrepreneurs prennent le **risque** d'innover pour augmenter leur profit et bénéficier d'une rente liée à la protection que leur confèrent les brevets. Les **revenus de l'innovation** contribuent de manière importante à l'augmentation des inégalités de revenu entre secteurs d'activité.

> **Mot clé**
> Pour J. A. Schumpeter, l'**entrepreneur** est un acteur majeur de l'économie. C'est un aventurier qui prend le risque d'innover. Le profit est alors la rémunération du risque pris par l'entrepreneur.

L'ESSENTIEL

Le progrès technique

→ **Un processus inégalitaire**
- augmentation des revenus du capital au détriment des revenus du travail
- destruction d'emplois peu qualifiés
- augmentation des inégalités salariales

→ **Un contexte de concurrence**
- nécessité d'investir dans l'innovation
- haut niveau de qualification demandé
- déclin des secteurs peu innovants, qui génèrent de moins en moins de profits

La soutenabilité de la croissance

5

☐ OK

SES

La croissance économique a des effets néfastes. Elle se heurte en effet à des limites écologiques qui posent la question de sa soutenabilité.

I Les limites écologiques de la croissance ?

1 La croissance à l'origine d'externalités négatives

- L'activité industrielle se traduit par l'émission de **gaz à effet de serre** liée à l'utilisation d'énergies fossiles (charbon, pétrole). La croissance économique se traduit par une augmentation de ces émissions polluantes. Celles-ci sont à l'origine d'un **réchauffement climatique** car elles renforcent l'effet de serre. L'augmentation des températures moyennes a un fort impact écologique.
- La croissance s'accompagne d'une **surexploitation** des ressources naturelles. Ainsi, les prélèvements sur le capital naturel s'intensifient et les ressources non renouvelables comme le pétrole s'épuisent.

2 L'environnement, un bien commun difficile à protéger

- L'environnement est un **bien commun** qui peut être consommé sans limite par les agents économiques puisqu'ils n'ont pas à payer pour l'utiliser ▶ FICHE 52. Mais une surexploitation de ces ressources conduit à une « tragédie des biens communs ». La biodiversité est mise en danger par la destruction d'espèces animales et végétales.

À savoir

La préservation de la **biodiversité** est un enjeu majeur du développement durable.

- La **biocapacité mondiale** est dépassée. Il faudrait aujourd'hui l'équivalent de 1,7 planète pour produire ce que consomme l'humanité pour son alimentation, ses déplacements ainsi que pour absorber ses déchets : nous prélevons donc plus que les ressources disponibles de la planète et nous les épuisons.

II Innovation et soutenabilité

- La croissance soutenable s'inscrit dans la recherche d'un **développement durable**. Elle doit permettre de satisfaire les besoins des générations présentes sans compromettre la capacité des générations futures à satisfaire les leurs.

HGGSP

GRAND ORAL

- Elle passe par la transmission aux générations futures d'un stock de capitaux au moins constant qui les assurera de pouvoir satisfaire leurs besoins.

> **Mot clé**
> Le **stock de capitaux** transmis aux générations futures est composé de capital physique, humain, institutionnel et naturel. Leur bien-être dépendra du volume et de la qualité des stocks transmis.

- L'innovation peut constituer un moyen de rendre la croissance soutenable : en utilisant de nouvelles technologies, plus économes en ressources naturelles ou en découvrant de nouvelles sources d'énergie, non polluantes et renouvelables, le progrès technique peut repousser les limites de la croissance.
- Si l'on considère que les capitaux sont substituables, la dégradation du capital naturel peut-être compensé par l'accumulation d'autres capitaux (humain, technologique) : la croissance est soutenable malgré la diminution du stock de capital naturel grâce au progrès technique (thèse de la soutenabilité faible).
- Cependant, certains économistes soutiennent que les différents types de capitaux ne sont pas substituables et que les atteintes au capital naturel sont irréversibles : le progrès technique ne peut assurer à lui seul la soutenabilité de la croissance (thèse de la soutenabilité forte).

L'ESSENTIEL

La soutenabilité de la croissance

Les limites écologiques
- émissions de gaz à effet de serre
- épuisement des ressources (pétrole...)
- biens communs menacés (biodiversité...)

Les conditions d'une croissance soutenable
- recherche d'un développement durable
- préservation du capital naturel pour le futur
- innovation : énergies renouvelables, économies d'énergie...

Le rôle du progrès technique
- soutenabilité faible : le progrès technique peut compenser la dégradation du capital naturel.
- soutenabilité forte : la préservation du capital naturel est indispensable.

Les déterminants des échanges entre pays différents

6

☐ OK

SES

Selon les économistes classiques, les pays doivent se spécialiser dans des productions pour lesquelles ils possèdent un avantage productif ou des dotations factorielles favorables. La complémentarité de ces facteurs explique le commerce international.

I L'avantage productif

1 La théorie de l'avantage absolu (A. Smith, XVIIIe siècle)

- Selon Smith, un pays A possède un avantage absolu dans la production d'un bien s'il lui faut moins de travailleurs qu'un pays B pour produire ce bien.
- Le pays B doit alors abandonner sa production et se consacrer à celle pour laquelle il a un avantage absolu. En d'autres termes, il doit se spécialiser dans cette production et acheter les biens qu'il ne produit plus.

2 La théorie de l'avantage comparatif (D. Ricardo, XIXe siècle)

- Pour Ricardo, ce sont les avantages comparatifs qui justifient le commerce international.
- Ricardo prend l'exemple d'échanges entre le Portugal et l'Angleterre. Le Portugal a un avantage absolu dans la production de deux biens, le drap et le vin. Selon Smith, le Portugal n'a pas intérêt à importer l'un ou l'autre de ces biens de l'Angleterre, où leur coût de production est plus élevé.

Mot clé

L'**avantage comparatif** est le nom donné à l'analyse de Ricardo démontrant qu'un pays doit se spécialiser dans les secteurs où son avantage en termes de productivité est le plus grand ou son désavantage le plus faible.

- Mais pour Ricardo, le Portugal a sans doute un plus grand avantage dans l'une de ces deux productions, par exemple celle du vin. Ce pays ferait alors un meilleur usage de ses travailleurs en les mobilisant dans la production de vin. Certes les travailleurs du drap sont plus productifs au Portugal qu'en Angleterre, mais mobilisés dans le vin, ils seraient plus productifs encore.
- Ainsi, l'efficacité de l'économie mondiale augmente si chaque pays se spécialise dans la production pour laquelle il possède le plus grand avantage comparatif.

HGGSP

GRAND ORAL

II Les dotations factorielles

Mot clé

Les **dotations factorielles** désignent la quantité des différents facteurs de production (travail, capital, ressources naturelles, technologies) présents dans un pays.

1 Le modèle HOS

- Si Ricardo explique les avantages comparatifs par les différences de productivité, le modèle HOS (Heckscher-Ohlin-Samuelson) les explique par des différences de dotations factorielles.
- Les différences de coûts de production s'expliquent par l'abondance relative des facteurs de production. Ainsi, si le pétrole est abondant dans un pays, son offre sera importante et donc son prix faible. Il est alors intéressant pour ce pays de se spécialiser dans la production de biens qui requièrent un usage intensif de pétrole, car leur coût de production sera moins élevé qu'ailleurs.

2 Des dotations factorielles évolutives

- Dans sa théorie du cycle de vie du produit, l'économiste américain R. Vernon (années 1960) montre que les pays avancés technologiquement se spécialisent dans des secteurs qui nécessitent de hautes compétences technologiques pour produire des biens innovants.
- Mais des pays moins innovants finissent par acquérir la technologie nécessaire pour les produire à leur tour, accentuant ainsi la concurrence (comme les quatre dragons asiatiques dans la seconde moitié du XXe siècle). Les pays de départ finissent alors par délaisser la production et se tourner vers d'autres biens plus innovants.

L'ESSENTIEL

Selon A. Smith (XVIIIe s.)	Chaque pays doit se spécialiser dans la production pour laquelle il a un **avantage absolu**.
Selon D. Ricardo (XIXe s.)	Les avantages sont comparatifs et dépendent des **différences de productivité** entre pays.
Selon le modèle HOS (XXe s.)	Les avantages comparatifs s'expliquent par les différences de **dotations factorielles**.
Selon R. Vernon (années 1960)	Le **cycle de vie** détermine le sens des flux commerciaux.

Les déterminants des échanges entre pays comparables

7

☐ OK

Entre 1960 et 1990, l'essor des échanges entre pays comparables a remis en cause la pertinence des théories traditionnelles du libre-échange et entraîné le développement de nouvelles théories du commerce international.

I Les économies d'échelle et la différenciation

1 Les économies d'échelle

- Si la production d'un bien fait l'objet d'économies d'échelle, il est intéressant pour un pays d'en augmenter le volume de production. Chaque unité produite lui coûte ainsi de moins en moins cher. Le pays peut alors accroître sa clientèle locale et conquérir une clientèle étrangère amatrice de produits similaires.

> **Mot clé**
> Les **économies d'échelle** représentent une diminution des coûts unitaires de production due à l'augmentation des quantités produites.

- Ici, ce ne sont pas les avantages comparatifs qui déterminent la spécialisation, mais l'opportunité de réduire les coûts unitaires. Dès lors, des pays possédant des ressources et technologies comparables peuvent échanger entre eux : chacun se spécialise dans une production faisant l'objet d'économies d'échelle, destinée à des populations locales et étrangères aux caractéristiques comparables.

2 La différenciation et la qualité

- Pour l'économiste suédois Staffan Linder (1931-2000), les producteurs nationaux produisent pour satisfaire les demandeurs locaux ; les exportations ne servant qu'à écouler leurs surplus. Les produits exportés ont une qualité correspondant à la « demande domestique représentative » de leur pays. Les pays comparables s'échangent donc des produits comparables. Seule la qualité varie : seuls les pays riches exportent des produits haut de gamme.
- L'économiste américain Kelvin Lancaster (1924-1999) ajoute que chaque consommateur souhaite consommer une variété particulière d'un produit. Dès lors, si cette variété n'est pas disponible dans son pays mais seulement dans un autre, le commerce international demeure l'option qui lui permet d'y accéder.

II La fragmentation de la chaîne de valeur

1 L'organisation de la production autour des CVM

- Une chaîne de valeur désigne l'ensemble des activités menées par les entreprises pour mettre un produit sur le marché, depuis sa conception jusqu'à sa livraison.
- La production s'organise autour de chaînes de valeur mondiales (CVM). Différentes activités sont réalisées dans plusieurs pays, au gré des opportunités qu'ils présentent (fiscalité, facteurs de production, etc.).

> **Chiffre clé**
> Environ **70 % des échanges internationaux** actuels reposent sur les chaînes de valeur mondiales (CVM).

- Les activités des CVM peuvent être réalisées par une seule entreprise, transnationale (commerce « intra-firme »), ou réparties entre plusieurs intervenants.

2 Les CVM des pays comparables

- Des pays comparables peuvent être intégrés dans une même CVM, entraînant un commerce entre eux de pièces détachées.
- Différents pays aux économies comparables participent ainsi à la production de l'Airbus A320, un des avions de ligne moyen-courriers les plus vendus au monde. La France, par exemple, produit une partie du fuselage et reçoit des pièces détachées provenant d'Allemagne, du Royaume-Uni et d'Espagne pour l'assemblage final.

L'ESSENTIEL

Les économies d'échelle →	Opportunité de **réduire les coûts unitaires**, déterminant une spécialisation
La différenciation et la qualité →	Exportations servant à **écouler le surplus** et à **varier les produits** mis sur le marché
La fragmentation de la chaîne de valeur →	**Activités des CVM** réalisées **dans plusieurs pays** (par exemple : pièces détachées pour l'Airbus A320)

Aux sources de la compétitivité des pays

8

☐ OK

La compétitivité d'un pays désigne sa capacité à exporter ou à attirer des activités. Celle-ci dépend de la compétitivité de ses firmes et de ses caractéristiques sociopolitiques et géographiques.

I De la productivité à la compétitivité des firmes

1 Définition de la productivité des firmes

- La productivité d'une firme mesure son **efficacité** productive. Une firme est ainsi plus productive qu'une autre si elle réalise un produit pour un coût plus faible.
- La productivité se calcule en divisant une production par ses facteurs de production (travail et capital). On mesure ainsi la **productivité du travail** en divisant la valeur ajoutée par le nombre de travailleurs mobilisés. La productivité peut aussi être mesurée par la PGF ▶ FICHE 1.
- Différents **déterminants** peuvent stimuler la productivité des entreprises, notamment le progrès technique, la formation des travailleurs, les économies d'échelle ou encore une augmentation des rémunérations qui peut motiver les travailleurs.

2 La stimulation par les gains de productivité

- Les gains de productivité permettent aux firmes de réduire leur coût de production et, conséquemment, leur prix de vente, et ainsi d'augmenter leur **compétitivité-prix**, c'est-à-dire leur capacité à vendre leurs produits à un prix moins élevé que le prix de leurs concurrentes.
- Mais la compétitivité ne dépend pas seulement du prix. La qualité d'un produit, son caractère innovant ou les services associés (services après-vente, garanties, etc.) stimulent la **compétitivité hors-prix** (ou **structurelle**) de la firme qui le réalise et sa capacité à gagner des parts de marché sur des concurrents parfois moins chers.

> **Mot clé**
> La **compétitivité** est la capacité à augmenter et maintenir ses ventes de biens et services sur le marché international ou sur le marché national.

- Les revenus résultant des gains de productivité peuvent être **investis en recherche et développement** pour améliorer les produits et stimuler la compétitivité hors-prix des firmes.

II Les déterminants de la compétitivité d'un pays

1 La compétitivité des firmes

- Plus les compétitivités-prix et hors-prix de ses firmes sont élevées, plus les **exportations** d'un pays sont susceptibles d'être élevées.
- Cette compétitivité peut être stimulée par des **gains de productivité** qui réduisent les coûts unitaires de production et procurent un revenu qui peut être **réinvesti** pour innover.
- Elle peut être stimulée de différentes autres manières : une baisse de la **rémunération** du travail et du capital qui permet de réduire les coûts de production ; des **consommations intermédiaires** accessibles à bon marché ; des niveaux d'**impôts** et de **cotisations sociales** modérés en comparaison des pays concurrents.

2 Des critères sociopolitiques et géographiques

- L'économiste américain Paul Krugman affirme que la compétitivité ne peut être réduite à la productivité, car elle a une **dimension politique et sociale**. Un pays n'est pas une entreprise.
- La compétitivité d'un pays peut alors être mesurée par son attractivité. Celle-ci dépend des coûts de production ou du niveau des impôts ; mais aussi de la disponibilité et de la qualité des infrastructures (établissements scolaires, hôpitaux, etc.), de la stabilité politique, de la situation géographique, etc.

> **Mot clé**
> L'**attractivité** d'un pays est sa capacité à attirer et retenir sur son territoire des activités économiques et des facteurs de production (travailleurs et capitaux).

L'ESSENTIEL

La compétitivité des pays

La compétitivité des firmes
- compétitivité-prix : gains de productivité, réduction des coûts et des prix de vente
- compétitivité hors prix : innovation, services

L'attractivité du pays
- qualité des infrastructures
- niveau modéré des impôts
- stabilité politique
- situation géographique

Aux sources des chaînes de valeur mondiales (CVM)

9

☐ OK

SES

Les échanges concernent davantage des biens intermédiaires que des produits finis. En effet, les firmes multinationales recourent de façon croissante à la décomposition internationale de leur processus productif (DIPP), c'est-à-dire à la répartition des étapes de leur production dans plusieurs pays.

I Les facteurs techniques et politiques

1 L'évolution des technologies et le libre-échange

- La baisse des coûts de transport a facilité la dispersion géographique de la production.
- Les nouvelles technologies de l'information et de la communication (NTIC) ont facilité la synchronisation d'unités de production dispersées.
- L'évolution des techniques de production a permis la décomposition et la standardisation des étapes de production qui peuvent être confiées à des unités de production différentes, situées dans différents pays.
- Pour que des composants puissent être transportés puis assemblés pour former un produit fini, les pays doivent pratiquer le libre-échange ▶ FICHE 10. Le GATT à partir de 1947 puis l'OMC à partir de 1995, ou encore la constitution de grands marchés régionaux dans les années 1990 (Union européenne, Mercosur, Alena, etc.) ont favorisé cette ouverture.

2 Le rôle des firmes multinationales (FMN)

- Les différentes phases de production d'un produit étant segmentables, les entreprises cherchent à installer leurs unités de production dans différents pays, selon leur attractivité.
- Les firmes multinationales recourent également de plus en plus à l'externalisation : elles renoncent alors au contrôle d'une étape de la production au profit de multiples partenaires extérieurs (clients, fournisseurs, etc.) pour se concentrer ainsi sur le cœur de leur activité.

Mot clé

Une **firme multinationale, ou transnationale,** est une firme qui possède ou contrôle des unités de production dans plusieurs pays.

HGGSP

GRAND ORAL

Cette CVM peut s'inscrire également dans des logiques de glocalisation, consistant à concilier concentration de la production afin de réaliser des économies d'échelle, et adaptation du produit final aux demandes locales. Les sandwichs de l'entreprise McDonald's, par exemple, s'adaptent aux habitudes alimentaires locales.

II Les modalités de transnationalisation des entreprises

1 Les investissements directs à l'étranger

Les firmes se transnationalisent en opérant des investissements directs à l'étranger (IDE). On distingue les investissements qui résident dans le fait de créer de toutes pièces une unité de production dans un pays étranger, de ceux qui consistent à acquérir une unité déjà existante.

> **Mot clé**
>
> Les **investissements directs à l'étranger (IDE)** consistent pour une entreprise située dans un pays à prendre le contrôle d'au moins 10 % du capital social d'une entreprise située dans un autre pays.

2 Les délocalisations

Lorsque la firme ferme des unités de production dans un pays pour ouvrir des unités de substitution dans d'autres pays, on parle de délocalisation au sens strict. Selon l'Insee, ce phénomène concerne 5 % des sociétés françaises non financières, principalement pour des raisons de coûts et d'accès à des marchés étrangers. Au sens large, on parle de délocalisation lorsqu'une entreprise procède à un IDE. On considère en effet que même si elle ne ferme pas une unité de production, elle prive un pays d'un apport de capitaux au profit d'un autre.

L'ESSENTIEL

Les chaînes de valeur mondiales

Les facteurs techniques et politiques
- progrès techniques dans les transports
- développement des NTIC
- accords de libre-échange (GATT, UE...)

Les modalités de transnationalisation des entreprises
- investissements directs à l'étranger (IDE)
- délocalisations au sens strict
- délocalisations au sens large

Le débat opposant libre-échange et protectionnisme

10

☐ OK

Bien que de nombreuses théories préconisent le développement du commerce extérieur, une contestation croissante de la mondialisation semble en nuancer les avantages. Ce débat oppose les partisans du libre-échange à ceux du protectionnisme.

I Le libre-échange

1 Les avantages du libre-échange

- Le libre-échange augmente les profits des producteurs. Leur spécialisation et les économies d'échelle stimulent leur productivité et leurs profits.
- Il augmente la satisfaction des consommateurs en leur offrant une plus grande variété de produits à des prix moins élevés.
- Il peut contribuer à réduire les inégalités entre les pays. En s'intégrant au commerce mondial, la Chine a réduit l'écart de niveau de vie qui la séparait des pays riches.

Mot clé

Le **libre-échange** est une doctrine qui préconise la suppression de toute entrave aux échanges et la spécialisation internationale.

2 Les risques du libre-échange

- Dans un contexte de libre-échange, les entreprises les moins compétitives font faillite, et certaines délocalisent tout ou partie de leurs activités, au détriment de l'emploi local.
- Comme le regrette António Gutteres, Secrétaire général des Nations unies depuis 2017, le libre-échange augmente les inégalités au sein de chaque pays. Les travailleurs les plus qualifiés et les capitaux peuvent s'offrir aux pays les plus rémunérateurs ; les travailleurs les moins qualifiés doivent accepter des rémunérations locales faibles.
- Toute spécialisation n'est pas nécessairement avantageuse : si un pays produit un bien dont la valeur baisse sur les marchés internationaux, sa production en volume augmente, mais ses revenus chutent.

Mot clé

Une **délocalisation** est un transfert d'activité d'un pays à un autre, notamment pour réduire les coûts de production.

▶ FICHE 9

II Le protectionnisme

1 Les avantages du protectionnisme

- Le protectionnisme désigne les mesures visant à protéger la production nationale contre la concurrence étrangère, notamment pour protéger l'emploi ou certains secteurs d'activité comme l'agriculture. Il peut se manifester par une hausse du prix des importations (droits de douane, subventions aux producteurs locaux, baisse du taux de change) ou par des limites (quotas, normes techniques et sanitaires, etc.).

Mot clé

Les **droits de douane** sont des impôts prélevés sous la forme d'un pourcentage du prix de la marchandise importée.

- Le protectionnisme peut également chercher à protéger des activités jugées d'intérêt national (agriculture, médicaments et vaccins, etc.) ou encore être brandi comme recours contre des pratiques étrangères jugées déloyales (dumping socio-fiscal ou environnemental).

2 Les risques du protectionnisme

- Le protectionnisme limite la concurrence et n'incite donc pas à innover et gagner en productivité ; il en résulte un maintien des prix à un niveau élevé.
- Il peut entraîner des représailles des pays étrangers. En réponse au relèvement des droits de douane américains sur ses produits (passés de 3,1 à 21,8 % entre mars 2018 et septembre 2019 à la demande du président D. Trump), la Chine a relevé ceux qu'elle applique à ses importations de produits américains (de 8 à 21,8 %).
- Le protectionnisme peut être inégalitaire : les subventions de l'Union européenne permettent à ses agriculteurs de rivaliser avec des produits d'Amérique du Sud qui seraient plus compétitifs sinon.

L'ESSENTIEL

Les avantages et risques du libre-échange

- hausse de la productivité et du profit des entreprises
- baisse des prix, différenciation et variété des produits
- hausse des inégalités locales

Les avantages et risques du protectionnisme

- protège des modèles sociaux et environnementaux ambitieux
- pas d'incitation à l'innovation
- prix retenus à un niveau élevé
- guerre commerciale
- avantage des pays riches

Quiz EXPRESS

11

Avez-vous bien révisé les fiches 1 à 10 ? On vérifie !

Économie (1)

1 Les sources de la croissance économique
▶ FICHES 1 À 3

1. Les sources de la croissance sont...

☐ **a.** l'accumulation des facteurs de production.

☐ **b.** le progrès technique. ☐ **c.** l'augmentation de la PGF.

2. Les États initient des externalités favorables car ...

☐ **a.** leurs investissements bénéficient aux agents économiques.

☐ **b.** les organismes publics mesurent le PIB.

☐ **c.** ils contribuent à la formation du capital humain.

2 Progrès technique et inégalités de revenu
▶ FICHE 4

Le progrès technique accroît les inégalités salariales...

☐ **a.** parce qu'il est favorable aux travailleurs qualifiés.

☐ **b.** parce qu'il accroît la demande de travail peu qualifié.

☐ **c.** parce que les salaires diminuent par rapport à la rémunération du capital.

3 Échanges et compétitivité entre pays
▶ FICHE 6

D'après la théorie des avantages comparatifs, chaque pays a intérêt à se spécialiser...

☐ **a.** dans les productions où il a le plus grand avantage.

☐ **b.** à la seule condition de posséder un avantage absolu.

☐ **c.** selon un facteur dont il est doté abondamment.

4 Libre-échange et protectionnisme
▶ FICHE 10

Le protectionnisme...

☐ **a.** consiste à renoncer au commerce international.

☐ **b.** favorise les représailles commerciales.

☐ **c.** protège de pratiques commerciales étrangères déloyales.

CORRIGÉS

1 Les sources de la croissance économique

1. Réponses a, b et c.

La croissance économique est permise à la fois par l'accumulation des facteurs de production (croissance extensive) et par le progrès technique qui contribue à augmenter la PGF (croissance intensive).

Mot clé

Une **récession** désigne une période de baisse de l'activité économique qui se traduit par un ralentissement de la croissance. Pour J. A. Schumpeter, cette phase du cycle dure entre 20 et 25 ans avant l'apparition d'une innovation majeure.

2. Réponses a et c. Les États favorisent la croissance en contribuant à la formation du capital humain et en bénéficiant à tous les agents. Les dépenses publiques (santé, éducation, infrastructures…) augmentent la productivité de la main-d'œuvre et facilitent les échanges.

2 Progrès technique et inégalités de revenu

Réponse a.

Le progrès technique favorise les travailleurs qualifiés qui sont capables de s'adapter aux avancées technologiques. Leur salaire augmente alors que celui des travailleurs peu qualifiés diminue.

3 Échanges et compétitivité entre pays

Réponses a et c.

La théorie des avantages comparatifs stipule que les pays ont intérêt à se spécialiser dans les productions où ils ont le plus grand avantage, résultant éventuellement de leurs dotations factorielles.

4 Libre-échange et protectionnisme

Réponses b et c.

Le protectionnisme consiste généralement non pas à renoncer au commerce international mais à le restreindre afin de protéger les organisations productives locales ou l'intérêt national.

Définir et mesurer le chômage

12

☐ OK

Lutter contre le chômage implique de définir au préalable ce qu'on entend par chômage puis de le mesurer. Or cerner la nature du chômage est complexe.

I Les définitions du chômage

1 Chômage et sous-emploi : de quoi parle-t-on ?

- Le marché du travail met en relation une offre de travail (personnes en emploi ou au chômage) et une demande de travail (employeurs) qui s'ajustent sur un niveau de prix, le salaire. Le chômage correspond alors à un déséquilibre lorsque l'offre de travail est supérieure à la demande.
- On définit de manière générale le chômage comme la situation d'une population sans emploi et qui en recherche un.
- Le sous-emploi englobe les personnes occupant un emploi à temps partiel mais souhaitant travailler davantage ou encore ayant une activité partielle en raison de difficultés financières de leur employeur (chômage partiel).

Mot clé

L'**emploi** désigne une activité rémunérée et déclarée. Les personnes en emploi sont considérées comme actives occupées et les chômeurs à la recherche d'un emploi sont dits actifs inoccupés.

2 Les définitions du chômage

- En France, deux organismes aux objectifs différents, Pôle emploi et l'Insee, publient des données sur le chômage. Le premier accompagne les chômeurs tandis que le second produit des études statistiques. Ils n'ont donc pas les mêmes critères pour définir et mesurer le chômage.
- Pôle emploi comptabilise le nombre de demandeurs d'emploi en fin de mois inscrits dans ses fichiers (DEFM). On distingue 5 catégories de DEFM, de A à E. La définition du chômage correspond à la situation des DEFM de catégorie A : population inscrite à Pôle emploi, sans activité dans le mois et tenue à des « actes positifs » de recherche d'emploi.
- L'Insee réalise régulièrement une enquête emploi afin de dresser l'état des lieux du marché du travail. Le chômage représente l'ensemble des personnes en âge de travailler (de 15 ans et plus) sans emploi, qui en recherchent un et sont disponibles pour travailler. Cette définition est celle retenue par les économistes car elle reprend les critères d'un organisme international : le Bureau international du travail (BIT).

II Les mesures du chômage

1 Une mesure complexe

- Les **mesures** du chômage au sens de l'Insee et de Pôle emploi ne se superposent pas. Un chômeur peut ne pas être inscrit à Pôle emploi, par exemple un jeune n'ayant jamais travaillé. En outre, le nombre de DEFM varie au gré des inscriptions et des radiations de l'organisme selon les pratiques en vigueur. *A contrario,* un senior proche de la retraite, inscrit à Pôle emploi (DEFM), est considéré comme inactif, et non comme un chômeur, par l'Insee.

- La mesure du chômage est complexe puisqu'elle dépend des définitions retenues. En outre, les frontières entre emploi, chômage selon l'Insee et inactivité sont floues : on parle alors d'un « **halo** » autour du chômage ▶ FICHE 38.

2 Les indicateurs du chômage

- Le **taux de chômage**, mesuré par l'Insee, est le pourcentage de chômeurs dans la population active. Il est ainsi calculé :

$$\frac{\text{nombre de chômeurs} \times 100}{\text{population active (en emploi ou au chômage)}}$$

- Le **taux d'emploi** est le pourcentage d'actifs occupés, soit des personnes en emploi, dans la population en âge de travailler.

$$\frac{\text{population active occupée} \times 100}{\text{population en âge de travailler}}$$

- Le taux d'emploi est un **indicateur complémentaire** au taux de chômage qui mesure la capacité d'un pays à mobiliser les ressources en main-d'œuvre.

L'ESSENTIEL

Les définitions du chômage

→ **Selon l'Insee** : ensemble des personnes de 15 ans et plus sans emploi, qui en recherchent un et sont disponibles pour travailler (critères du BIT).

→ **Selon Pôle emploi** : demandeurs d'emploi inscrits au fichier à la fin du mois (DEFM) et tenus de faire des actes positifs de recherche d'emploi (catégorie A).

Le chômage structurel : des causes multiples

13

☐ OK

Le chômage dit « structurel » trouve son origine dans des difficultés d'ajustement du marché du travail.

I Les problèmes d'appariement et d'information imparfaite

1 L'inadéquation entre offre et demande

- Sur le marché du travail, certains emplois restent non pourvus alors que le chômage persiste. Il n'y a pas toujours appariement entre offre et demande de travail, contrairement aux analyses néoclassiques du marché du travail.
- L'information est imparfaite : le chômeur n'a pas connaissance immédiate de la création ou de la vacance d'un emploi. Il doit s'informer et cette recherche a des coûts de prospection (délai de recherche d'emploi, abonnements à des sites d'offres d'emploi…). On parle alors de frictions sur le marché du travail. Le chômage qui en résulte, difficilement compressible, est qualifié de frictionnel.
- Les emplois vacants peuvent être concentrés dans une zone géographique et la population au chômage dans une autre et être ainsi à l'origine d'inadéquations spatiales. Or la mobilité induit des surcoûts éventuels (trajets entre le domicile et le travail plus longs, voire nécessité d'un déménagement …) que les moins qualifiés, aux rémunérations plus basses, ont plus de difficultés à assumer.
- Des inadéquations de qualifications existent également entre les qualifications des actifs et celles requises pour occuper un emploi. Si la formation des chômeurs peut pallier cette difficulté, elle induit des délais d'ajustement aux emplois proposés.

2 Asymétrie d'information et salaire d'efficience

- Il existe des asymétries d'information : les employeurs ne connaissent pas le niveau de productivité des actifs qu'ils recrutent. Pour attirer les meilleurs candidats et les inciter à être productifs, ils fixent un salaire dit « d'efficience », supérieur à celui qui égalise les quantités de travail offertes et demandées, soit le salaire d'équilibre.

Mot clé

Lors d'un échange ou d'un contrat, quand l'une des parties dispose d'informations que l'autre ignore, on parle d'**asymétries d'information**.

- La fixation de salaires plus élevés que le salaire d'équilibre augmente le coût du travail pour les entreprises. Celles-ci préfèrent donc moins embaucher, ce qui est source de chômage à l'échelle macroéconomique.

II Les effets ambivalents des institutions

1 Les effets négatifs des institutions

- Selon les néoclassiques, le chômage peut être la conséquence d'un coût du travail trop élevé par rapport au salaire d'équilibre, celui-ci résultant du libre ajustement entre offre et demande de travail. L'existence d'un salaire minimum élevé illustre ce mécanisme.
- Des règles de protection de l'emploi (procédures et coûts liés aux licenciements) peuvent pousser les entreprises à diminuer leur demande de travail qui devient ainsi inférieure à l'offre de travail. Cette situation est source de chômage.
- L'existence d'un faible écart entre les prestations sociales versées aux chômeurs et le salaire engendré par un retour à l'emploi aurait des effets désincitatifs sur l'emploi. Les chômeurs pourraient alors tomber dans des trappes à inactivité et rester plus longtemps au chômage.

2 Les effets positifs des institutions

- Les prestations sociales versées aux chômeurs leur laissent du temps pour rechercher un emploi et se former, augmentant ainsi leur employabilité. Cette hausse de capital humain peut baisser le chômage.
- Les prestations sociales permettent de maintenir le niveau de consommation des chômeurs. Le salaire minimum protège de la pauvreté. Ces revenus soutiennent la demande globale et limitent le chômage conjoncturel FICHE 14.

L'ESSENTIEL

Le chômage conjoncturel : les causes

14

☐ OK

J. M. Keynes est le premier économiste à mettre en évidence l'existence d'un chômage conjoncturel, un chômage lié aux fluctuations de l'activité économique.

I L'analyse fondatrice de J. M. Keynes

1 Le contexte et le cadre de l'analyse

- Dans les années 1930, les pays industrialisés doivent faire face à une conjoncture inédite. La baisse de la production est durable et s'accompagne d'un chômage de masse. Cette période, qualifiée de « Grande Dépression », va renouveler les analyses économiques.

> **Mot clé**
> La **conjoncture** est l'état de l'économie à court terme. La variation du PIB ou le taux de chômage font partie des indicateurs de la conjoncture.

- Contrairement aux analyses néoclassiques, l'économiste britannique J. M. Keynes (1883-1946) montre que le niveau de l'emploi ne se détermine pas sur le marché du travail mais dépend du marché des produits. Ainsi la production réalisée ne correspond pas toujours au niveau de production qui permettrait le plein-emploi.

2 Les causes du chômage

- Keynes explique le chômage par une insuffisance de la demande effective ou anticipée, soit de la demande attendue par les chefs d'entreprise en biens de production (destinés aux entreprises) et en biens de consommation. En l'absence de débouchés, les entrepreneurs réduisent leur niveau de production et, en conséquence, ont moins besoin de main-d'œuvre. Le niveau d'emploi est ajusté à la baisse et du chômage apparaît.
- Ainsi, selon Keynes, le chômage résulte des décisions de production des chefs d'entreprise compte tenu de leurs anticipations de demande. liées à la conjoncture
- Les économistes s'accordent à dire aujourd'hui que plusieurs types de chômage peuvent coexister. On oppose parfois le chômage structurel au chômage conjoncturel qui renvoie au chômage keynésien. Ce dernier a tendance à disparaître quand la conjoncture s'améliore, contrairement au chômage structurel ▶ FICHE 13.

II Fluctuations et chômage

1 L'instabilité de la croissance…

- Quand la croissance est instable, on parle de **fluctuations économiques**. Celles-ci désignent les mouvements de ralentissement ou d'accélération de la croissance économique à court terme. Les crises sont suivies de ralentissement ou de baisse de l'activité économique. Quand la baisse de la production, mesurée par le PIB, est durable, on parle de **dépression** ; s'il s'agit de ralentissement de la croissance du PIB ou baisse plus ponctuelle du PIB, on parle de **récession**.

- Dans une économie, la somme des ressources (ce qui est produit) est égale à la somme des emplois (l'usage de ces ressources) : c'est l'**équilibre emploi-ressources**. On note Y le niveau de production c'est-à-dire le PIB, M les importations, X les exportations, CF la consommation finale des ménages, I l'investissement et ΔS la variation de stocks :

$$Y + M \text{ (total des ressources)} = CF + I +/- \Delta S + X \text{ (total des emplois)}$$

En isolant le niveau de production, on obtient : $Y = CF + I +/- \Delta S + X - M$

La production est égale à la **demande globale**, somme des demandes de consommation finale, d'investissement, de la variation des stocks et des exportations diminuées du montant des importations.

- À court terme, l'instabilité de la croissance peut ainsi trouver son origine dans les **variations** des composantes de la demande globale.

2 … facteur de chômage conjoncturel

Quand les entreprises sont confrontées à une faiblesse des composantes de la demande globale, elles n'utilisent pas toutes leurs **capacités de production** et limitent les embauches, voire licencient. Au niveau macroéconomique, la récession qui en résulte aggrave le chômage. On peut ainsi définir le **chômage conjoncturel** comme résultant d'un ralentissement temporaire de l'activité économique et/ou des fluctuations de la demande globale.

L'ESSENTIEL

Les principales politiques de lutte contre le chômage

15

☐ OK

L'existence de plusieurs formes de chômage aux causes diverses nécessite des politiques économiques différenciées.

I Politiques de soutien de la demande globale

- L'existence d'un chômage conjoncturel appelle des politiques macroéconomiques de soutien des principales composantes de la demande globale ▶ FICHE 14. On parle de politiques expansives. Deux instruments, monétaires et budgétaires, peuvent être combinés.
- Les politiques budgétaires expansives peuvent consister à diminuer les recettes budgétaires, par exemple les impôts sur le revenu, pour augmenter le revenu disponible des ménages (obtenu en faisant la somme des revenus primaires et des revenus de transfert – principalement les prestations sociales – et en retranchant les impôts directs et cotisations sociales) afin de favoriser la consommation. En augmentant les dépenses budgétaires, sous forme d'investissements publics, les pouvoirs publics soutiennent également la demande globale.
- Les politiques monétaires de baisse des taux d'intérêt directeurs incitent les agents économiques à investir, ce qui doit stimuler la demande globale : les entreprises anticipent une hausse de la demande et ajustent leur niveau de production en conséquence. Elles vont embaucher davantage, diminuant ainsi le nombre de chômeurs.

II Politiques d'allègement du coût du travail

- Le chômage, trouvant son origine dans un coût du travail trop élevé, est qualifié de classique. Dans la théorie néoclassique, les entreprises ne décident d'embaucher que si le coût du travail est inférieur à la productivité marginale du travail. Les travailleurs à plus faible productivité ont ainsi plus de risque d'être confrontés à ce type de chômage en l'absence de flexibilité des salaires.

Mot clé

Le **coût du travail** recouvre les salaires bruts (salaires nets plus les cotisations sociales salariales) et les cotisations sociales versées par l'employeur.

- Les politiques d'allègement de charges sociales sur les bas salaires et la création de contrats ciblant les actifs les moins productifs, assortis de rémunérations plus faibles, doivent permettre d'alléger le coût du travail.

- La baisse du coût du travail a pour objectif de stimuler directement la demande de travail mais aussi de favoriser la **compétitivité** des entreprises ▶ FICHE 8, source de croissance, et *in fine* l'emploi.

III Politiques de formation et de flexibilisation du marché du travail

- Le développement de la **formation** des actifs peu qualifiés accroît leur polyvalence et les rend plus employables. Un système de formation adapté permet une meilleure **adéquation** entre l'offre et la demande de travail et réduit la composante structurelle du chômage.
- La flexibilisation du marché du travail englobe les mesures permettant l'adaptation de l'offre de travail et de la demande de travail aux besoins des entreprises. Les pouvoirs publics cherchent à diminuer les **rigidités institutionnelles**, sources de chômage structurel ▶ FICHE 13.
- **Assouplir** les règles de licenciement, faciliter le recours aux emplois précaires (intérim, contrat à durée déterminée...), rendre possible l'adaptation de la durée du travail aux fluctuations de l'activité économique (heures supplémentaires, temps partiel...) sont des mesures possibles.
- Ces mesures, en permettant aux entreprises d'adapter leurs coûts salariaux à leur environnement économique, doivent faciliter la **création d'emplois**.

L'ESSENTIEL

Les politiques de lutte contre le chômage

- **Soutien à la demande globale**
  - politiques budgétaires : baisse de l'impôt sur le revenu, hausse de l'investissement public
  - politiques monétaires : baisse des taux d'intérêt directeurs
- **Amélioration de l'employabilité** : formation initiale et continue des actifs
- **Allègement du coût du travail** : flexibilité des salaires, réduction de charges...
- **Flexibilisation** du marché du travail : conditions de licenciement, durée du travail...

Les crises financières

16

☐ OK

Depuis le XIXe siècle, les crises financières sont récurrentes. En 1929, le krach boursier de Wall Street provoque une crise majeure. Le début du XXIe siècle est marqué par la crise des subprimes.

I La crise financière des années 1930

1 Les mécanismes d'une crise financière

- L'expression « crise financière » désigne des fluctuations de forte amplitude sur les marchés bancaires et financiers. Elle combine une crise boursière (ou krach boursier) et une crise bancaire pouvant déboucher sur une crise économique.

- Les crises financières ont pour cause principale l'instabilité des marchés financiers, entretenue par la spéculation. En effet, ces marchés connaissent des cycles.

  - Une première phase se caractérise par une hausse du prix des actifs financiers et la formation d'une bulle spéculative ▶ FICHE 17.
  - Une seconde phase connaît une forte baisse du prix de ces actifs pouvant conduire à des faillites bancaires en chaîne ▶ FICHE 18.
  - Le plus souvent, ces crises s'étendent à l'économie réelle ▶ FICHE 19.

2 Le krach boursier de 1929 à l'origine de la crise des années 1930

- Au cours des années 1920, l'économie des États-Unis connaît une forte croissance entraînant une hausse des profits des entreprises ainsi que l'augmentation des cours boursiers.

- Mais en 1929, la situation économique se dégrade (la production baisse de 7 %). Cependant, l'augmentation des cours à la Bourse de New York se poursuit car des investisseurs continuent à s'endetter pour spéculer. Le jeudi 24 octobre, un effondrement boursier se produit. Entre 1929 et 1932, les cours boursiers chutent de 87 %.

> **Mot clé**
>
> Un **effondrement boursier** ou krach désigne un effondrement brutal des cours boursiers après une hausse spéculative.

- Le krach de Wall Street entraîne la faillite de nombreuses banques. La crise financière s'étend alors à l'ensemble de l'économie et devient internationale.

II La crise financière de 2008

- Les crédits subprimes sont des **crédits à risque** accordés à des ménages aux faibles revenus, peu solvables, afin d'acquérir un logement. Ces crédits sont hypothécaires, garantis par la revente du logement en cas de défaut de paiement de l'acquéreur, et à taux variables.
- La **hausse des taux d'intérêt** à partir de 2004 alourdit la charge du remboursement des crédits subprimes. Dès lors, de nombreux ménages ne peuvent rembourser leur emprunt. Les banques revendent alors en masse les biens immobiliers hypothéqués, entraînant une forte **baisse des prix de l'immobilier**.
- La titrisation des crédits subprimes est à l'origine de la **diffusion de la crise** à l'ensemble du système bancaire et financier mondial. Les banques américaines transfèrent par la titrisation les emprunts à risque à l'étranger. La valeur des titres détenus par les banques s'effondre alors.

> **Mot clé**
>
> La **titrisation** est l'opération par laquelle une créance est transformée en titre négociable sur le marché financier.

- Les banques qui ont investi dans les actifs à risque liés aux crédits subprimes réalisent des **pertes importantes**.
- Le 15 septembre 2008, Lehman Brothers, quatrième banque d'investissement américaine, se déclare en faillite, provoquant, par **effet de contagion**, une crise de confiance au niveau mondial et l'insolvabilité de nombre d'établissements financiers et non financiers. Les **conséquences** sont considérables : resserrement du crédit, krachs boursiers, faillites.

L'ESSENTIEL

Les crises financières

La crise de 1929
- éclatement d'une bulle spéculative
- krach boursier à Wall Street
- faillite des banques
- diffusion internationale de la crise

→ chute de la croissance et chômage

La crise des subprimes de 2008
- hausse des taux des crédits hypothécaires
- incapacité des ménages à les rembourser
- effondrement des prix de l'immobilier et des marchés financiers

→ chute de la croissance et chômage

Les bulles spéculatives

17

☐ OK

Les crises financières sont souvent à l'origine de l'éclatement des bulles spéculatives. Celles-ci naissent de la spéculation faite sur les marchés financiers. Depuis la crise de la tulipe dans les Provinces-Unies (Pays-Bas) au XVIIe siècle, d'autres bulles spéculatives ont marqué les économies.

I La formation des bulles spéculatives

1 La spéculation

- On parle de bulle spéculative lorsque le prix d'un actif augmente de manière excessive par rapport à sa valeur réelle. Une bulle se forme lorsque cet actif existe en quantité limitée et que sa valeur est difficile à déterminer.
- La bulle trouve son origine dans la spéculation. Celle-ci consiste à acheter des actifs pour les revendre à un prix plus élevé. La spéculation est le plus souvent condamnée pour des raisons morales car elle ne permet pas d'accroître la richesse réelle d'un pays. Le comportement des spéculateurs étant également irrationnel, le marché financier est rendu très instable.

2 Les mécanismes de la formation des bulles spéculatives

- Une bulle spéculative naît souvent en période de confiance dans l'économie. Les investisseurs anticipent une hausse des prix d'un actif (nouveau produit, nouvelle entreprise). Cette hausse attire de nouveaux investisseurs, produisant une augmentation du prix de l'actif.
- Un événement économique ou politique extérieur modifie les anticipations provoquant alors une baisse brutale du prix de l'actif : c'est l'éclatement de la bulle spéculative matérialisé par la chute des cours.
- Le développement d'une bulle spéculative est favorisé par l'endettement, lié le plus souvent à des taux d'intérêt faibles. Il s'explique par les comportements mimétiques des investisseurs.

Mot clé

On parle de **comportement mimétique** sur le marché financier lorsque les décisions des investisseurs sont influencées par celles des autres investisseurs.

II Exemples de bulles spéculatives

1 La « tulipomanie » dans les Provinces-Unies

- La crise de la tulipe est la **première grande bulle spéculative** connue. La tulipe est introduite aux Pays-Bas (Provinces-Unies à l'époque) vers 1550 et devient un produit de spéculation.
- En 1637, la demande de tulipes baisse entraînant une **chute des prix**. Ainsi, la bulle spéculative éclate suivant un processus classique : les prophéties auto-réalisatrices des spéculateurs alimentent la hausse des prix puis leur chute.

Mot clé

Une **prophétie auto-réalisatrice** est une affirmation (par exemple : « la valeur des actions va augmenter ») qui induit un comportement des investisseurs provoquant la réalisation du phénomène annoncé.

2 La bulle Internet

- La bulle Internet est une bulle spéculative, formée à la fin des années 1990, touchant les valeurs des secteurs de l'information et de la communication. De nombreuses entreprises liées aux nouvelles technologies (**start-up**) se créent. Les spéculateurs, anticipant d'importants profits futurs, investissent dans ces entreprises même si elles sont déficitaires.
- Mais en 2000, les analystes financiers commencent à douter de la solidité des start-up et leur valeur s'effondre, provoquant l'éclatement de la bulle et un krach boursier.

L'ESSENTIEL

Les bulles spéculatives

1. **Période de confiance** : nombre d'investisseurs achètent des actions d'une entreprise dont ils anticipent une forte hausse de la valeur.
2. **Comportement mimétique** : l'optimisme de certains investisseurs en attire de nouveaux, augmentant artificiellement la valeur de l'actif.
3. **Éclatement de la bulle** : un événement économique ou politique entraîne une baisse brutale du prix de l'actif en question.
4. **Période de panique** : les investisseurs revendent leurs actions, aggravant la chute de la valeur de l'actif en question.

Les crises bancaires

18

☐ OK

La crise financière de 2008 est d'abord une crise bancaire. Elle commence par la faillite de la banque américaine Lehman Brothers. Les crises bancaires sont à l'origine des crises financières car elles peuvent provoquer de véritables paniques entraînant des faillites bancaires en chaîne.

I Le rôle des banques dans l'économie

1 Le rôle d'intermédiaire financier

- Les banques ou établissements de crédit sont des établissements financiers qui collectent les **dépôts du public** (principalement des dépôts à vue) et accordent des **crédits** aux entreprises et aux ménages. Les banques sont donc des intermédiaires financiers : elles collectent l'épargne des agents économiques ayant une capacité de financement pour la distribuer aux agents demandant un financement.

- Parmi les intermédiaires financiers, la banque a la particularité de **créer de la monnaie** (monnaie scripturale) lorsqu'elle accorde un crédit à un de ses clients. Le système bancaire joue un rôle essentiel dans le processus de création monétaire ▶ COURS DE 1re.

2 L'évolution de l'intermédiation bancaire

- À partir de la seconde moitié des années 1970, des réformes touchant le système financier ont pour objectif de développer le financement direct sur le marché financier. Cela a eu pour conséquence le déclin de l'activité traditionnelle d'intermédiation des banques.

> **Mot clé**
>
> On parle de **financement direct** lorsque les agents ayant un besoin de financement peuvent se financer directement sur le marché financier.

- Les banques se sont adaptées aux transformations du financement de l'économie. Elles se financent de plus en plus en **émettant** des titres financiers et réciproquement, financent de plus en plus l'économie en **achetant** des titres financiers.

- De plus, le système bancaire a connu un mouvement important de **concentration** favorisant l'émergence de grandes banques internationales. Ainsi, en 2017, le secteur bancaire français compte 443 établissements de crédit. Il est dominé par 6 groupes concentrant 83 % de l'activité bancaire.

II Les mécanismes des crises bancaires

1 Crise de la liquidité et risque de panique bancaire

- Les crises financières, comme celle de 1929 ou celle de 2008, peuvent entraîner la faillite de banques. Lors d'une crise, par manque de confiance, les banques ne se prêtent plus entre elles les fonds nécessaires pour répondre aux retraits de leurs clients.
- De nombreux clients, qui n'ont plus confiance dans la capacité de leur banque à assurer ses obligations du fait d'un manque de liquidité, décident de retirer leur épargne déposée, pouvant provoquer ainsi une panique bancaire puis la faillite de la banque.

Mot clé

Une **panique bancaire** désigne une ruée des particuliers vers leur banque pour y retirer l'intégralité de leur argent.

2 De la panique bancaire aux faillites en chaîne

- Les réformes libéralisant le fonctionnement des banques ont accru la prise de risque de ces établissements financiers. De plus, l'importance des banques dans l'économie crée un phénomène d'aléa moral ▶ FICHE 20 : les banques prennent des risques car elles sont assurées d'être renflouées par les pouvoirs publics en cas de panique bancaire.
- À l'origine, la panique bancaire touche les banques en manque de liquidités. Cependant, la ruée vers les guichets d'une banque peut provoquer un phénomène de contagion puisque les banques sont interdépendantes. La faillite d'une banque entraîne des faillites en chaîne et l'effondrement du système bancaire : on parle alors de risque systémique.

L'ESSENTIEL

Les crises bancaires

1. **Conditions risquées** : le système bancaire est concentré ; les banques sont impliquées sur le marché financier (spéculation).
2. **Crise de la liquidité** : les banques n'ont plus confiance et ne se prêtent plus entre elles.
3. **Panique bancaire** : les clients retirent leur épargne.
4. **Faillites** : les banques étant interdépendantes, la faillite d'une banque risque d'entraîner l'effondrement du système bancaire.

La transmission des crises financières à l'économie réelle

19

☐ OK

Les crises financières s'accompagnent souvent d'une récession plus ou moins longue. Cette transmission de la crise financière à l'économie réelle s'opère par deux canaux principaux.

I La transmission par le canal du crédit

1 La baisse de l'offre de crédit

- L'économie réelle se distingue de l'économie financière. Elle recouvre la production, les investissements, l'emploi, etc. Elle est financée par le système financier (institutions financières, marché financier).
- Lorsqu'une crise financière survient, les banques connaissent des difficultés pour acquérir des liquidités et consentent plus difficilement des prêts aux entreprises et aux ménages. Cette crise de confiance a pour effet une hausse des taux d'intérêt.

Mot clé

L'**économie financière** désigne tout ce qui touche au financement de l'économie : monnaie, marchés financiers dont la Bourse, institutions bancaires et financières.

2 La baisse de l'activité économique

- La contraction du crédit touche d'abord les petites et moyennes entreprises ; certaines d'entre elles doivent cesser leur activité. La hausse des taux d'intérêt limite l'investissement des entreprises.
- La contraction du crédit concerne également les ménages qui, empruntant plus difficilement, réduisent leur consommation. Il en résulte un ralentissement de la croissance économique (récession), voire une baisse de la production (dépression).

II La transmission par le canal de la dépréciation des actifs

1 Un effet de richesse négatif

- La richesse d'un ménage est constituée de ses revenus mais également de la valeur de son patrimoine financier (actions, obligations, titres financiers) ou non financier (immobilier). Dès lors, toute variation de la valeur du patrimoine a des effets de richesse. Cet effet est positif si la valeur du patrimoine augmente, négatif si elle diminue.

L'effet de richesse diffère selon les pays : l'effet de richesse lié à l'immobilier est plus important aux États-Unis qu'en France (les propriétaires de biens étant plus nombreux).

Lors de la crise des subprimes, l'immobilier représente le collatéral des crédits accordés aux ménages. Le non-remboursement des crédits par les ménages pauvres entraîne des « ventes forcées » immobilières ainsi que la baisse du prix du collatéral. Cette baisse s'ajoute à la chute des cours boursiers. Dès lors, la richesse réelle des ménages diminue.

Mot clé

Le **collatéral** est un actif remis en garantie par l'emprunteur lorsqu'un crédit lui est accordé. Pour les crédits subprimes, le logement constitue le collatéral du crédit.

2 La baisse de la consommation et les difficultés de financement

La hausse de l'épargne, provoquée par un effet de richesse négatif, diminue la consommation des ménages. De plus, ceux-ci rencontrent plus de difficultés pour emprunter car leur capacité d'endettement dépend de la valeur de leur patrimoine, particulièrement aux États-Unis et au Royaume-Uni.

La baisse du cours des actions rend plus difficile le financement des entreprises par l'émission d'actions. Les investisseurs ne sont pas encouragés à acquérir de nouveaux titres dans un contexte de crise boursière.

La baisse de la consommation et les difficultés de financement ont des effets négatifs sur la production, ce qui génère une baisse du PIB.

L'ESSENTIEL

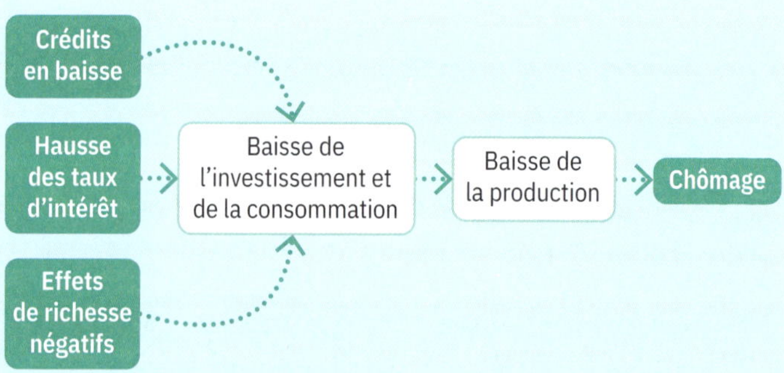

La régulation du système financier

20

☐ OK

La répétition des crises financières a des coûts économiques et sociaux importants. Elle montre que les marchés financiers ne peuvent pas s'autoréguler. Dès lors, les pouvoirs publics doivent prendre des mesures de régulation pour limiter les risques de crise.

I Une réglementation plus sévère

1 Les règles prudentielles

- Les règles prudentielles sont des dispositifs légaux visant à limiter les comportements à risque des institutions financières, notamment les banques. Elles ont deux objectifs : protéger les épargnants et les investisseurs ; limiter le risque systémique inhérent au système bancaire ▶ FICHE 18.

- Les règles prudentielles sont issues du Comité de Bâle. L'accord dit de Bâle III entériné en 2010 définit un nouveau ratio de solvabilité. Il passe de 8 % à au moins 10,5 % à partir de 2019, ce qui contraint les banques à accroître leurs fonds propres.

> **Mot clé**
> Le **ratio de solvabilité** des banques est le rapport, exprimé en pourcentage, entre les fonds propres et le montant des crédits distribués pondérés par les risques associés à ces crédits.

2 La transparence des marchés

- La transparence sur le marché financier tient à la qualité de l'information dont disposent les opérateurs financiers. Cette transparence est, en principe, favorisée par l'existence d'agences de notation dont le rôle est d'évaluer les risques que présentent les emprunteurs.

- La crise financière de 2008 a mis en évidence les insuffisances de l'action des agences de notation, notamment parce qu'elles étaient rémunérées par les sociétés dont les risques étaient évalués. L'Union européenne a décidé par une directive de 2012 d'encadrer l'activité de ces agences pour éviter les conflits d'intérêts.

- Une part importante des opérations financières a lieu dans des paradis fiscaux, caractérisés par un faible niveau de taxation et par le secret bancaire. Des mesures ont été prises, notamment pour réduire le secret bancaire (accords portant sur des échanges d'informations fiscales).

II Le contrôle de la finance

1 Limiter la spéculation

- Des réformes sont prises pour diminuer l'aléa moral en garantissant qu'une banque qui spécule et qui connaît des difficultés n'entraîne pas la perte de l'épargne des ménages qui n'ont pas spéculé.

Mot clé

L'**aléa moral** est la situation d'un agent économique qui, sur le marché, prend un risque inconsidéré car il est certain d'être couvert contre ce risque.

- Pour mieux contrôler l'activité des banques, des réformes (loi Dodd-Frank aux États-Unis en 2010, règle Vickers en 2011 en Grande-Bretagne, loi Moscovici en France en 2013) effectuent une **séparation plus nette** entre les activités de financement des banques et leurs activités spéculatives.

2 La supervision bancaire

- En France, l'**Autorité de contrôle prudentiel et de résolution** (ACPR) est un organisme indépendant chargé de superviser le système bancaire. Le **Mécanisme de surveillance unique** (MSU), mis en place en 2014 organise la supervision bancaire au niveau européen. Il a pour objectif d'empêcher que les difficultés que pourrait connaître une banque européenne ne se propagent à l'ensemble des banques des pays de l'UE.
- Dans le cadre du MSU, la **Banque centrale européenne** (BCE) contrôle les 118 plus grands groupes bancaires de la zone euro, en collaboration avec chaque autorité nationale. Les autres établissements sont contrôlés par les autorités nationales, notamment l'ACPR en France.

L'ESSENTIEL

Les mesures de régulation du système financier

- **Règles prudentielles :** hausse du ratio de solvabilité des banques devant accroître leurs fonds propres
- **Encadrement de l'activité des agences de notation** pour éviter les conflits d'intérêt
- **Lutte contre les paradis fiscaux** : réduction du secret bancaire
- **Séparation entre les activités** de financement et les activités spéculatives des banques
- **Supervision bancaire :** ACPR (France), MSU avec la BCE (UE)

Intégration européenne et croissance économique

21

☐ OK

Dès la fin de la Seconde Guerre mondiale, l'intégration européenne apparaît comme un moyen pour assurer une paix durable en Europe. Cette intégration est d'abord économique afin de favoriser la croissance.

I Les étapes de l'intégration européenne

1 De l'union douanière au marché unique

- Pour mettre fin aux conflits qui ont marqué le XXe siècle et installer la paix sur le continent européen, des responsables politiques, les « Pères fondateurs » de l'Europe, décident de renforcer la coopération entre les différents États. En 1951, le traité instituant la Communauté européenne du charbon et de l'acier (CECA) pose les bases de l'intégration européenne qui se poursuit en 1957 avec la signature des traités de Rome favorisant l'intégration économique européenne. L'intégration politique demeure limitée.

> **Mot clé**
> L'**intégration européenne** est un processus entraînant une cohésion économique et politique de plus en plus forte entre les pays européens.

- L'un des traités de Rome institue la Communauté économique européenne (CEE) qui comprend une union douanière et un marché commun.
- L'union douanière supprime toute entrave à la circulation des biens au sein de la CEE. Elle est effective à partir du 1er juillet 1968.
- Le marché commun, ou marché unique, prévoit la libre circulation des biens, des services, des capitaux et des personnes. L'Acte unique européen, en 1986, instaure le marché unique à partir de 1993.

2 La mise en place de la zone euro

- L'adoption d'une monnaie unique par l'Union européenne s'impose au sein de ce marché unique. En 1988, un comité est chargé de fixer les étapes du passage à une Union économique et monétaire (UEM).
- Une convergence économique des pays adoptant la monnaie unique est alors nécessaire. Les pays souhaitant adhérer à la zone euro devront répondre aux conditions imposées par le comité. La décision de créer une monnaie unique est prise lors du traité de Maastricht en 1992.

- La **zone euro** est effective depuis 1999 et regroupe tous les pays de l'Union européenne qui ont adopté la monnaie unique, l'euro, émise par la Banque centrale européenne.
- Le Royaume-Uni (avant sa sortie de l'UE en 2020), le Danemark et la Suède, membres de l'Union européenne, ont refusé d'une manière définitive d'en faire partie.

II Les effets du marché unique sur la croissance

- Le marché unique permet la constitution d'un **marché plus vaste** que le marché national. L'ouverture aux entreprises européennes de l'ensemble des marchés nationaux accroît leurs débouchés favorisant ainsi l'augmentation de la production et donc la croissance économique.
- L'**accroissement** de la production permet de réaliser des économies d'échelle ▶ FICHE 7. Le coût unitaire de production baisse du fait de l'augmentation de la production. La baisse des coûts de production entraîne une baisse des prix permettant ainsi une hausse du pouvoir d'achat des agents économiques. La consommation et la croissance de la production sont alors stimulées.
- La baisse des coûts de production liée au marché unique permet d'améliorer la **compétitivité-prix** ▶ FICHE 8 des entreprises européennes. Ainsi, celles-ci peuvent accroître leurs exportations vers les marchés hors de l'Union européenne.
- La concurrence entre les entreprises au sein du marché unique incite les entreprises à **innover** dans leurs produits, mais aussi dans leur organisation productive impliquant des gains de productivité. Ces innovations profitent aux consommateurs et accélèrent la croissance économique.

L'ESSENTIEL

L'intégration européenne

- **1951** CECA
- **1957** Traités de Rome créant la CEE
- **1986** Marché unique (effectif en 1993)
- **1992** Traité de Maastricht créant l'euro (effectif en 1999)

La politique européenne de la concurrence

22

☐ OK

Au sein de l'Union européenne, la politique de la concurrence est devenue indissociable du marché unique. Cependant, cette politique connaît des limites.

I Les caractéristiques

1 Les objectifs

- La **politique de la concurrence** est définie comme l'ensemble des institutions et réglementations garantissant les principes concurrentiels. Elle représente un moyen de protéger la libre concurrence et de réguler le marché.
- La politique de la concurrence doit assurer une concurrence, **libre**, **loyale** et **non faussée**. Elle est tenue, en principe, d'améliorer la compétitivité des entreprises en les incitant à innover et de favoriser la consommation par une baisse des prix et une plus grande qualité des produits.

2 Les modalités

- La politique de la concurrence est une **compétence exclusive** de l'Union européenne et sa mise en œuvre est de la responsabilité de la Commission européenne. Au niveau national, des organismes sont chargés de l'application de cette politique (en France, l'Autorité de la concurrence).
- La politique de la concurrence définit des **règles** concernant les entreprises. Elle interdit aux entreprises de s'entendre sur les prix ou les quantités produites. Les entreprises ne doivent pas abuser d'une position dominante sur le marché. Enfin, la Commission européenne contrôle les opérations de concentration afin d'empêcher les pratiques anticoncurrentielles.

> **Mot clé**
> L'**abus de position dominante** consiste, pour une entreprise, à profiter de sa position de « leader » sur le marché, en empêchant l'arrivée de nouvelles entreprises sur un marché lié par exemple.

- La politique de la concurrence concerne également les **interventions publiques**. Les aides de l'État sont interdites lorsqu'elles risquent de fausser la concurrence. De plus, elle remet en cause les monopoles publics en les ouvrant à la concurrence.

II Les limites

1 L'absence de « champions européens »

- La politique de la concurrence est jugée trop restrictive. Elle contrôle les concentrations, refuse certaines d'entre elles et empêche la constitution de « champions européens », c'est-à-dire d'entreprises suffisamment importantes pour faire face à la concurrence internationale.
- L'interdiction des aides publiques aux entreprises est également critiquée et vue comme un handicap (tous les pays hors de l'UE, notamment la Chine et les États-Unis, soutiennent leurs entreprises).

2 La remise en cause des services publics

- L'Union européenne a remis en cause les monopoles publics jugés inefficaces. La politique de la concurrence a incité la Commission européenne à redéfinir la notion de service public. Elle distingue les services d'intérêt économique général (SIEG) qui doivent être soumis à la concurrence, des services d'intérêt général (Santé, Éducation, Défense) qui peuvent échapper au marché et donner lieu à l'intervention de l'État.

> **Mot clé**
> Un **monopole public** est une entreprise gérée par l'État ou une collectivité locale qui est le seul offreur sur un marché.

- L'ouverture de certains services publics peut avoir des effets économiques, sur l'emploi par exemple, mais surtout sur la cohésion sociale. Mais la recherche de l'efficacité et de coûts moins élevés amène les services publics traditionnels à réduire leurs coûts et leur présence sur le territoire national (fermetures de bureaux de poste par exemple).

L'ESSENTIEL

La politique européenne de la concurrence

Objectifs
- protéger la libre concurrence
- favoriser la consommation (baisse des prix…)

Modalités
- responsabilité de la Commission européenne
- interdiction des abus de position dominante
- ouverture des monopoles publics à la concurrence

Limites
- absence de « champions européens »
- remise en cause des monopoles publics

La politique économique conjoncturelle de l'UE

23

☐ OK

SES

Pour agir sur l'activité économique, les pouvoirs publics mettent en œuvre une politique économique conjoncturelle. Celle-ci repose sur deux instruments principaux : la politique monétaire et la politique budgétaire.

I La politique monétaire

1 Les principes de la politique monétaire

- La **politique monétaire** désigne l'ensemble des moyens mis en œuvre pour contrôler l'offre de monnaie. Elle est menée en France par la Banque centrale qui peut être indépendante du pouvoir politique, et dans la zone euro, par la Banque centrale européenne (BCE).
- Aujourd'hui, les principaux **instruments** de la politique monétaire sont les taux d'intérêt et le montant des réserves obligatoires. La Banque centrale agit sur la création monétaire des banques en fixant un taux d'intérêt pour le refinancement des banques (taux d'intérêt directeur). Elle intervient également sur le marché monétaire (*open market*), comme c'est le cas pour la BCE.
- Les **réserves obligatoires** recouvrent la quantité de monnaie que chaque banque doit obligatoirement déposer sur un compte à la Banque centrale. Celle-ci détermine un taux de réserve obligatoire mesuré par la quantité de monnaie en réserve relative à la quantité de monnaie scripturale créée par les banques.

2 Les effets de la politique monétaire

- La politique monétaire est un instrument pour agir sur la conjoncture économique. Traditionnellement, elle agit pour réduire l'**inflation**. Cependant, dans une optique keynésienne, la politique monétaire peut permettre de relancer l'activité économique.
- Une variation des **taux d'intérêt** a des effets sur la demande de crédits et donc sur la demande de monnaie. Ainsi, une hausse du taux directeur accroît le coût du crédit et limite la création monétaire (et inversement pour une baisse du taux directeur). La hausse du taux de réserves obligatoires produit les mêmes conséquences.

Mot clé

Le **taux directeur** désigne le taux d'intérêt fixé par la Banque centrale. Il influence les taux d'intérêt des banques.

HGGSP

GRAND ORAL

Cependant, une politique monétaire destinée à limiter l'inflation, comme celle menée par la BCE, peut avoir des **effets négatifs** sur la croissance économique et l'emploi. Le coût plus élevé du crédit freine la croissance de l'investissement ainsi que celle de la consommation.

II La politique budgétaire

La politique budgétaire consiste, pour les pouvoirs publics, à utiliser le budget de l'État pour agir sur la conjoncture économique. Les ressources du budget dépendent de la **politique fiscale** : taux d'imposition, création ou suppression d'impôts. Les dépenses publiques recouvrent les dépenses de l'État et des administrations publiques ainsi que celles des organismes de Sécurité sociale.

Un solde budgétaire (différence entre les recettes et les dépenses publiques) négatif est le signe d'un **déficit public**. L'action sur le déficit peut être un instrument essentiel de la politique budgétaire.

La politique budgétaire peut être utilisée dans le cadre d'une **politique de relance**. Une hausse des dépenses publiques et/ou une baisse du taux d'imposition a des effets positifs sur la demande globale sur le marché. Cependant, dans la zone euro, cette politique connaît des limites du fait du Pacte de stabilité et de croissance ▶ FICHE 24 car elle a pour effet d'augmenter l'endettement des pays. Le remboursement de cet endettement prend une part de plus en plus importante dans les dépenses publiques.

La hausse des dépenses publiques peut entraîner une accélération de l'inflation et un déficit extérieur élevé. Dès lors, la baisse des dépenses et la réduction de l'endettement public deviennent prioritaires pour limiter l'inflation (**politique de rigueur**).

L'ESSENTIEL

La politique monétaire (Banque centrale)	▸ **Principe** : la BCE fixe les taux d'intérêt et le montant des réserves obligatoires ▸ **Effets** : réduire l'inflation, relancer l'activité
La politique budgétaire (État)	▸ **Politique de relance** : hausse des dépenses et baisse des prélèvements (dans les limites fixées par le Pacte de stabilité et de croissance) ▸ **Politique de rigueur** : baisse des dépenses et de la dette pour limiter l'inflation

Spécificités et défauts de coordination des politiques économiques de l'UE

24

☐ OK

SES

Les spécificités de la politique économique au sein de l'Union européenne nécessitent une coordination des politiques conjoncturelles.

I Les caractéristiques de la politique économique de l'UE

1 Une politique monétaire européenne unique mais…

- Pour les 19 pays ayant adopté l'euro comme monnaie unique, la politique monétaire est unique et elle est mise en œuvre par la Banque centrale européenne (BCE). Les Banques centrales nationales mettent en application ses décisions.

Mot clé

La **Banque centrale européenne** est indépendante du pouvoir politique car aucun gouvernement ne peut lui imposer ses décisions.

- Les statuts de la BCE stipulent que son objectif principal est la stabilité des prix, c'est-à-dire un niveau d'inflation avoisinant les 2 %. Pour atteindre cet objectif, la BCE fixe les taux d'intérêt directeurs auxquels les banques se refinancent auprès de la BCE. Ces taux d'intérêt s'appliquent à tous les pays de la zone euro quelle que soit la situation de leur conjoncture économique.

2 … des politiques budgétaires nationales et un faible budget européen

- La politique budgétaire reste sous la responsabilité de chaque État de l'UE. Pour coordonner les politiques budgétaires nationales et éviter l'apparition de déficits excessifs, les pays de la zone euro ont adopté, en 1997, un Pacte de stabilité et de croissance (PSC).
- Le PSC oblige les pays de la zone euro à avoir un déficit public inférieur à 3 % du PIB et un taux d'endettement public inférieur à 60 % du PIB. Si un pays dépasse les limites imposées par le PSC, la Commission européenne doit, en principe, engager une procédure pour déficit excessif.
- La faiblesse du budget européen empêche toute politique de relance économique en cas de nécessité. En effet, son budget ne représente que 1 % du PIB des pays de l'Union européenne. Il est principalement utilisé pour la Politique agricole commune (PAC) et la Politique de cohésion.

HGGSP

GRAND ORAL

II Les difficultés de la politique économique de l'UE

- Une politique monétaire commune peut avoir des **conséquences différentes** sur la croissance économique selon les pays de la zone euro. Si le taux d'inflation moyen au sein de la zone euro est trop élevé, la BCE peut augmenter ses taux d'intérêt, provoquant ainsi un ralentissement de la croissance dans les pays où elle est déjà faible.
- Ainsi, dans les années 2000, l'Espagne avait un taux de croissance et une inflation élevés alors que l'Allemagne et la France avaient une croissance faible. Des taux d'intérêt trop hauts freinaient la croissance des pays les moins dynamiques; trop bas, ils favorisaient l'inflation déjà élevée des pays à croissance forte.
- Malgré le PSC, les pays de l'UEM sont impactés différemment par les chocs asymétriques. La crise des subprimes, par exemple, a touché inégalement les pays de l'UE : forte augmentation du taux de chômage dans certains pays (Grèce et Espagne), baisse de ce taux en Allemagne.

Mot clé

Un **choc asymétrique** est un choc économique qui ne touche qu'un seul pays ou dont l'effet diffère selon les pays.

- L'**absence de solidarité** et de coordination des politiques conjoncturelles ne permet pas de relancer l'activité économique d'un pays européen frappé par une crise. Les pays de la zone euro ont contraint la Grèce dans les années 2010 à une politique de baisse drastique des dépenses publiques en contradiction avec la politique monétaire menée par la BCE, accentuant ainsi le chômage et la pauvreté.
- Afin d'éviter que les politiques de rigueur ne remettent en cause l'Union économique et monétaire, un fonds de solidarité financière (le **Mécanisme européen de stabilité**, MES) a été créé.

L'ESSENTIEL

Les défauts de coordination

- **Contraintes** : faible budget européen, PSC
- **Impuissance** face aux chocs asymétriques
- Politique monétaire unique **parfois en contradiction** avec politique budgétaire
- Politiques budgétaires **parfois opposées** d'un État à un autre

Économie (2)

1 Chômage structurel et conjoncturel

▶ FICHES 13 À 15

1. Le chômage frictionnel résulte…
- [ ] a. du ralentissement de l'activité économique.
- [ ] b. des délais d'ajustement d'un emploi à un autre.
- [ ] c. d'un désaccord entre les salariés et leur employeur.

2. Le chômage conjoncturel peut résulter d'une baisse…
- [ ] a. de la consommation.
- [ ] b. des exportations.
- [ ] c. des importations.

3. Comment lutter contre le chômage conjoncturel ?
- [ ] a. en stimulant le pouvoir d'achat des ménages
- [ ] b. en baissant les taux d'intérêt
- [ ] c. en développant la formation

2 Crises financières et bancaires

▶ FICHES 16 À 20

1. Lors d'une crise financière, le prix des actifs financiers…
- [ ] a. connaît une hausse.
- [ ] b. connaît une baisse.

2. La supervision bancaire a pour objectif…
- [ ] a. d'assurer la stabilité du système bancaire.
- [ ] b. d'augmenter les crédits accordés par les banques.
- [ ] c. de favoriser l'augmentation de la taille des banques.

3 Les politiques économiques dans l'UE

▶ FICHES 21 À 24

1. La Commission européenne remet en cause les monopoles publics car ils sont…
- [ ] a. la propriété de l'État.
- [ ] b. jugés inefficaces.

2. Dans l'UE, la politique budgétaire est conduite par…
- [ ] a. la Commission.
- [ ] b. le Conseil européen.
- [ ] c. les États.

CORRIGÉS

1 Chômage structurel et conjoncturel

1. Réponse b. Le chômage frictionnel correspond aux délais d'ajustement d'un emploi à un autre. Les chômeurs ont en effet besoin de temps pour rechercher un nouvel emploi et aussi pour s'y adapter.

2. Réponses a et b. La consommation et les exportations sont des composantes de la demande globale : leur insuffisance entraîne une baisse des débouchés pour les entreprises, source de chômage conjoncturel.

3. Réponses a et b. Stimuler le pouvoir d'achat des ménages et/ou baisser les taux d'intérêt doit permettre de vaincre le chômage conjoncturel. Il s'agit de politiques macroéconomiques de soutien de la demande globale.

2 Crises financières et bancaires

1. Réponse b. Les crises financières peuvent également se manifester par la faillite d'institutions financières ou non financières.

2. Réponse a. La supervision bancaire a également pour objectif de protéger l'épargne des clients des banques.

3 Les politiques économiques dans l'UE

1. Réponse b. La Commission européenne a redéfini la notion de service public. Elle distingue les services d'intérêt économique général (SIEG) des services d'intérêt général (santé, éducation, défense).

2. Réponse c. Mais chaque pays se voit imposer des limites par le Pacte de stabilité et de croissance : déficit budgétaire inférieur à 3 % du PIB, endettement public inférieur à 60 % du PIB.

À savoir

Si un pays dépasse les limites imposées par le PSC, la Commission européenne peut engager une **procédure pour déficit excessif**. Le Conseil Ecofin, réunissant les ministres de l'Économie et des Finances de tous les pays membres, a alors le droit de prendre des sanctions (dépôt auprès de la BCE, amende).

La société française : un espace social hiérarchisé

26

☐ OK

La société française est hiérarchisée en groupes sociaux. L'appartenance à un groupe est déterminée par la profession de l'individu. Mais il existe d'autres critères de hiérarchisation de l'espace social.

I La profession, un déterminant central de la position sociale

1 Un accès aux ressources lié à la profession occupée

- La position sociale d'un individu est fortement liée à sa profession. Si le niveau de diplôme détermine fortement les chances d'accès à une profession, celle-ci conditionne l'accès à de nombreuses ressources.
- Les revenus, et donc l'accès aux biens et services de consommation, les conditions de travail, le prestige social sont très variables selon les professions ainsi que la stabilité économique (le montant de l'allocation chômage étant d'ailleurs calculé en fonction du salaire journalier de référence). Toutes les professions sont donc associées à des positions sociales hiérarchisées.

2 Des catégories socioprofessionnelles hiérarchisées

- La nomenclature des professions et catégories socioprofessionnelles (PCS) a été élaborée pour classer les professions et regrouper celles qui présentent une certaine similarité en termes d'accès aux ressources valorisées ou de pratiques sociales dans une même catégorie socioprofessionnelle (CSP). Elle constitue un outil pour rendre compte de la structure sociale.
- Il en résulte une hiérarchie sociale, reposant sur le type d'emploi occupé, la place dans la hiérarchie, le niveau de qualification, le secteur d'activité. Les membres des CSP ouvriers et employés occupent généralement une position sociale proche, mais inférieure à celle qu'occupent les membres de la CSP profession intermédiaire, ceux-ci occupant une position sociale inférieure aux membres de la CSP cadres et professions intellectuelles supérieures.

Mot clé

La **nomenclature des PCS** de l'Insee est fondée sur différents critères (activité, inactivité, profession, statut de l'emploi, niveau de qualification…) et rassemble dans une même catégorie des individus présentant des propriétés sociales communes.

II D'autres facteurs de structuration

1 La position dans le cycle de vie et le genre

- Le genre est une variable importante de différenciation. Les femmes ont généralement un **désavantage** sur les hommes pour accéder aux ressources valorisées. Elles occupent plus souvent un emploi précaire, ont une rémunération moindre et consacrent plus de temps aux activités domestiques que les hommes.

- Certaines hiérarchies sociales se rapportent à la **position** dans le cycle de vie. Les jeunes actifs sont plus exposés au chômage que les individus plus âgés. Ainsi, en 2019, 20 % des jeunes de 20 à 24 ans sont au chômage, ce taux est 2,3 fois plus élevé que celui des actifs de 25 à 49 ans.

Mot clé

Le **cycle de vie** est constitué des différentes étapes qui jalonnent la vie (entrée à l'école, insertion sur le marché du travail, retraite...).

2 Le lieu de résidence et la composition du ménage

- L'accès aux ressources socialement valorisées diffère aussi selon le **lieu de résidence**. Ainsi les résidents de zone rurale ou périurbaine accèdent moins facilement aux consommations culturelles que les urbains. De même, à diplôme égal, habiter un quartier d'une banlieue défavorisée donne un désavantage en termes d'accès à l'emploi. Selon le rapport 2016 de l'Observatoire national de la politique de la ville, un diplômé bac + 5 de plus de 30 ans a 22 % de chances de moins d'occuper un emploi de cadre lorsqu'il est issu des quartiers prioritaires.

- La **composition du ménage** est enfin un facteur de différenciation sociale. Les familles monoparentales sont ainsi plus exposées à la pauvreté que les familles composées d'un couple et de leurs enfants. À revenu du ménage égal, le niveau de vie d'un célibataire et celui d'une famille nombreuse sont aussi très différents.

L'ESSENTIEL

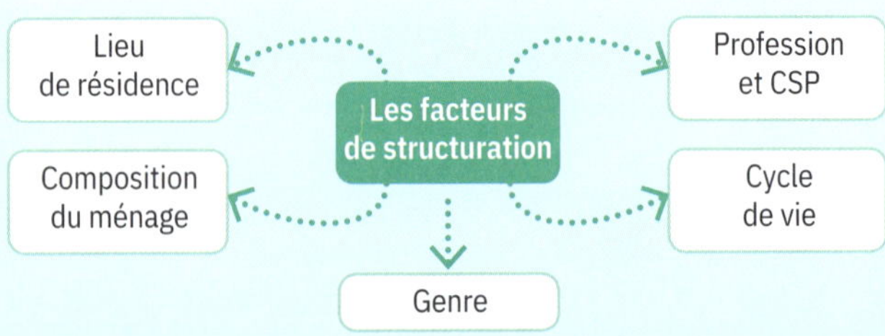

Les évolutions de la structure socioprofessionnelle en France

27

☐ OK

La structure socioprofessionnelle correspond à la répartition de la population active parmi les types d'emplois ou CSP. Depuis les années 1950, elle a connu plusieurs mutations.

I Des emplois de plus en plus salariés qui se tertiarisent

1 La salarisation des emplois

- Engagée dès le XVIIIe siècle, la salarisation se poursuit jusqu'à nos jours. Selon l'Insee, dans les années 1960, 30 % des actifs occupés exercent une profession indépendante, contre 10 % dans les années 2000. Depuis, la part des emplois salariés reste stable (89 % des emplois).
- Depuis 2009 se développent des formes d'emploi brouillant la frontière entre emplois salariés et emplois indépendants ▶ FICHE 38.

2 La tertiarisation des emplois

- Jusque dans les années 1960, la salarisation est liée à l'industrialisation et au recul des emplois indépendants. Mais progressivement, la part des emplois directement liés à la production de biens recule au profit des emplois de services.
- Les emplois dans les services représentent 40 % du total des emplois dans les années 1960 et plus de 70 % aujourd'hui. Ce changement s'accompagne du recul de la part des ouvriers au profit de celle des employés, des cadres et des professions intermédiaires.

Mot clé

Les **employés** dans les CSP regroupent les actifs salariés occupant des emplois non directement liés à la production de biens et nécessitant peu de qualification.

II Des emplois de plus en plus qualifiés

- La part des emplois qualifiés dans l'emploi total croît fortement dans les dernières décennies. Par exemple, celle des cadres et des professions intellectuelles supérieures a presque quadruplé depuis les années 1960.

Mot clé

La **qualification** d'un emploi repose sur les qualités, compétences, niveau et type de diplôme, considérés comme nécessaires, pour occuper un poste.

- Parallèlement, la part globale des **emplois peu ou non qualifiés** a diminué. La part des emplois peu qualifiés a diminué dans le secteur secondaire. La part des ouvriers a été divisée par plus de deux depuis les années 1960. Mais leur nombre s'accroît dans le secteur des services. Les emplois non qualifiés représentent aujourd'hui 1 emploi sur 5 environ.

III Une croissance de l'emploi féminin

1 Les femmes plus présentes sur le marché du travail

- En 1960, 6,8 millions de femmes et 13 millions d'hommes occupent un emploi contre respectivement 12,7 et 13,5 millions en 2017. Cette augmentation est donc due à la **croissance** de l'emploi féminin. Il représente aujourd'hui 48,5 % de l'emploi total (contre 34 % en 1960).
- Ce processus est lié aux **mutations** économiques, aux modifications de la place des femmes dans la société et aux progrès dans la reconnaissance de leurs droits.

2 La persistance des inégalités de genre

- À diplôme égal, les femmes accèdent moins souvent que les hommes aux postes les plus qualifiés et sont en moyenne **moins bien rémunérées** ▶ FICHE 48. Selon le ministère du Travail, en 2019, elles perçoivent un salaire (équivalent temps plein) de 18,5 % inférieur à celui des hommes.
- Certains emplois leur sont réservés et d'autres continuent à leur être relativement fermés, témoignant de la persistance de **stéréotypes**.

L'ESSENTIEL

Les évolutions de la structure sociale en France

- **Salarisation** : part des **emplois salariés** de 70 % (années 1960) à 89 % (de nos jours)
- **Tertiarisation** : part des **emplois de services** de 40 % (années 1960) à 70 % (de nos jours)
- **Qualification** : part des **emplois qualifiés** presque quadruplée depuis les années 1960
- **Féminisation** : part de l'**emploi féminin** de 34 % (années 1960) à 48,5 % (de nos jours)

Les analyses fondatrices de la stratification sociale

28

☐ OK

La stratification sociale correspond au découpage de la société en groupes sociaux, homogènes en termes d'accès aux ressources socialement valorisées, mais hiérarchisés. Les analyses de Marx et Weber sont fondatrices des théories ultérieures de la stratification sociale.

I L'analyse marxiste des classes sociales

1 Des « classes en soi »

- Pour Marx, le mode de production (la manière d'organiser la production et les échanges de biens et services dans une société) crée des positions sociales distinctes et hiérarchisées et forme des groupes sociaux dont les intérêts s'opposent. Ces groupes sont appelés classes sociales.
- Marx identifie deux classes sociales : la bourgeoisie, propriétaire du capital, et le prolétariat qui, ne possédant pas les moyens de production, est contraint, pour assurer sa subsistance, de vendre son travail à la première. Objectivement, les prolétaires partagent la même situation et ont donc le même intérêt, opposé à celui de la bourgeoisie qui les domine. Chaque groupe forme ainsi une classe en soi.

Mini-bio

Karl Marx (1818-1883), économiste, philosophe, historien et militant politique allemand, est également considéré comme un précurseur de la sociologie, notamment pour ses analyses de la stratification sociale.

2 Des « classes pour soi »

- La concurrence à laquelle sont soumis les prolétaires pour vendre leur force de travail tend d'abord à les diviser et à les empêcher d'agir collectivement pour défendre leurs intérêts de classe.
- Mais progressivement, au fil de l'histoire et des révolutions, émerge une véritable conscience de classe, c'est-à-dire le sentiment de former un groupe uni par les mêmes intérêts et soudé par l'opposition à la classe bourgeoise ▶ FICHE 29. La classe ouvrière devient une classe pour soi, mobilisée contre la domination de la bourgeoisie dans une lutte des classes.

II La théorie wébérienne de la stratification sociale

1 La notion de classe sociale chez Max Weber

Weber définit une classe comme une catégorie composée d'individus partageant une même **situation de classe**, soit une même probabilité d'accéder aux ressources économiques (biens et services, revenus, patrimoine...). Pour lui, les classes sociales sont **hiérarchisées** mais ne sont pas de véritables groupes sociaux, dotés d'un sentiment d'appartenance et en lutte les uns contre les autres.

2 Une stratification sociale tridimensionnelle

- Alors que pour Marx la stratification sociale s'organise autour d'un seul élément de nature économique (la possession ou non des moyens de production), Weber considère que la stratification sociale s'organise selon trois **dimensions** (ou ordres) en partie indépendantes les unes des autres. Chaque individu peut occuper une position différente dans chacune des dimensions de la stratification sociale.

Mini-bio

Max Weber (1864-1920), économiste et sociologue allemand, est un des fondateurs de la sociologie. La religion constitue un des objets d'étude centraux de son œuvre.

- La position sociale de l'individu n'est pas seulement liée à sa classe sociale (**dimension économique**). Elle dépend également de son groupe de statut, qui rassemble tous ceux qui bénéficient de la même probabilité d'accéder au prestige social (**dimension sociale**) et de sa plus ou moins grande participation au pouvoir politique, selon son degré d'engagement dans un parti, à titre de dirigeant, de membre actif ou de simple électeur (**dimension politique**).

L'ESSENTIEL

La théorie de K. Marx →
- La possession ou non des moyens de production détermine deux « **classes en soi** » ayant des **intérêts opposés** : la bourgeoisie et le prolétariat.
- Elles sont des « **classes pour soi** » si leurs membres connaissent leurs intérêts et les défendent.

La théorie de M. Weber →
- **Outils de classement**, les multiples classes sociales sont une des dimensions de la **stratification sociale**.
- Pluridimensionnelle, la position individuelle dépend aussi du groupe de **statut** (dimension sociale) et du **parti** (dimension politique).

La pertinence de l'approche en termes de classes sociales

29

☐ OK

La pertinence de l'approche en termes de classes sociales peut être questionnée à la lumière des mutations de la structure sociale et des modifications des appartenances ressenties par les individus.

I La question des inégalités

1 Les inégalités (ou distances) inter-classes

- Jusqu'au début des années 1980, la société française a connu une tendance à la réduction des inégalités économiques et sociales, à l'homogénéisation relative des pratiques sociales et à une montée en puissance des catégories moyennes ainsi qu'un déclin numérique des ouvriers. Ces réalités ont conduit certains sociologues à pronostiquer la fin des classes sociales et à parler de moyennisation de la société.

Mot clé

La **moyennisation** de la société est le processus de constitution d'une vaste classe moyenne qui s'accompagne d'une réduction des écarts de niveau de vie entre les positions extrêmes dans la stratification sociale et d'une homogénéisation relative des modes de vie.

- À partir du milieu des années 1980, le mouvement de réduction des inégalités cesse, voire se retourne, tandis que l'emploi non qualifié croît dans le secteur des services. Le maintien des inégalités et de la distance entre les classes sociales plaide en faveur de la pertinence d'une approche de la stratification sociale en termes marxistes.

2 Les inégalités (ou distances) intra-classes

- Dans le même temps, les inégalités et les différences de niveaux de vie et de conditions d'existence se creusent à l'intérieur des classes. Ainsi, dans les classes populaires et moyennes, les écarts s'accroissent entre ceux qui sont exposés au chômage et à la précarité et ceux qui y échappent, tandis qu'au sein des classes supérieures, les inégalités de revenus explosent. Selon l'Insee, en 2015, en moyenne, une personne seule appartenant au groupe des 1 % les plus riches perçoit 14 749 euros de revenu par mois avant redistribution contre 108 082 euros pour une personne seule appartenant au 0,01 % des plus riches.
- Au sein de chaque classe, des inégalités liées au genre persistent, notamment dans les domaines de l'emploi, des rémunérations et dans la répartition des tâches domestiques.

- L'accroissement de ces inégalités intra-classes peut brouiller la stratification sociale et remettre en cause la pertinence d'une approche centrée sur les classes sociales.

II La question des identifications subjectives

1 Un déclin de la conscience de classe

- Les enquêtes convergent pour montrer que de moins en moins d'individus s'identifient à une classe sociale et quand ils le font, déclarent majoritairement se sentir membre des classes moyennes.
- Ce déclin de la conscience de classe et du sentiment de partager une condition et des intérêts communs est particulièrement net dans les catégories populaires, qui ne formeraient plus une classe pour soi à la différence des membres des classes dominantes qui savent s'unir pour défendre leurs intérêts.

2 Une conséquence des processus d'individualisation

- Ce déclin du sentiment d'appartenir à une classe opposée à une autre est lié à l'accroissement des inégalités intra-classes (par exemple, selon l'âge ou la génération, le sexe, le type de contrat de travail) qui s'accompagne d'une individualisation des inégalités.
- Les inégalités sont de moins en moins interprétées comme résultant d'un destin collectif lié à l'organisation de la société ; elles sont davantage vécues comme une expérience individuelle, l'individu étant renvoyé à son mérite, ses échecs et sa responsabilité.

> **Mot clé**
>
> L'**individualisation** est un processus historique de long terme qui conduit à la reconnaissance de la singularité de l'individu, à son émancipation des institutions et groupes d'appartenance et à l'accroissement de ses possibilités de choix.

L'ESSENTIEL

Les classes sociales en question

- Maintien des inégalités inter-classes, mais **accentuation des inégalités intra-classes**
- **Déclin de la conscience de classe**, notamment dans les catégories populaires
- Multiplication des **facteurs d'individualisation** de l'expérience sociale

Le rôle de l'École dans les sociétés démocratiques

30

☐ OK

L'École transmet les savoirs qu'elle estime indispensables aux générations futures. L'École française est fondée sur un idéal républicain né de la Révolution française qui prône une éducation pour tous, formant des citoyens libres et éclairés.

I La transmission de savoirs

Les savoirs sont des connaissances et compétences partagées par un groupe social. Les savoirs scolaires sont ceux que l'École enseigne.

1 Instruction élémentaire et savoirs rationnels

- L'instruction élémentaire désigne la lecture, l'écriture et le calcul, que l'on enseignait déjà dans les écoles de l'Égypte antique, ainsi que la pratique de la gymnastique.
- Les savoirs rationnels sont produits de façon méthodique, selon une logique scientifique, et validés par l'expérience (ex. : SES, sciences physiques, SVT). Ils diffèrent de la foi religieuse ou des goûts alimentaires.

2 Les valeurs républicaines

En France, le Code de l'éducation dit que : « outre la transmission des connaissances, la Nation fixe comme mission première à l'École de faire partager aux élèves les valeurs de la République. » En plus de ces valeurs (la liberté, l'égalité, la fraternité) sont promus le principe de laïcité et le refus de toutes les discriminations.

3 Des savoirs utiles au développement économique

- En 1747 est fondée l'École nationale d'ingénieurs des Ponts et Chaussées.
- Victor Duruy, ministre de l'Instruction publique de 1863 à 1869, crée pour les ouvriers un enseignement post-scolaire et fonde l'École pratique des hautes études pour former à la recherche par la pratique et le travail de cas concrets.
- Des instituts universitaires de technologie (IUT) sont ouverts en 1966 afin de faire face aux besoins de management intermédiaire des entreprises.

Mini bio

En tant que ministre de l'Instruction publique, **Jules Ferry** fait voter entre 1881 et 1882 les lois scolaires qui rendent l'***École* gratuite, laïque et obligatoire** de 6 à 13 ans en France.

II Favoriser l'égalité des chances

1 Des chances de réussite scolaire inégales

- Par son caractère sélectif, l'École française privilégie les meilleurs élèves tout au long de leur scolarité, jouant ainsi un rôle majeur dans l'accès aux emplois qualifiés.
- Les sociétés démocratiques se caractérisent par leur souci de l'égalité des chances d'accès des individus aux différentes positions sociales, dans une logique méritocratique, donc en fonction des efforts et du travail de chacun. Cet objectif sera explicitement recherché par le gouvernement français à partir de la fin des années 1980.
- Les enquêtes PISA menées par l'OCDE mettent en lumière les inégalités de chances de réussite scolaire et rappellent régulièrement que la France est le pays de l'OCDE où l'appartenance sociale est la plus déterminante dans la réussite scolaire.

Mot clé

L'**égalité des chances** suppose que l'accès des individus aux différentes positions sociales ne résulte que de leurs mérites, et non d'avantages liés à leur origine sociale.

2 L'égalité des chances : l'objectif de l'École républicaine

De nombreuses réformes ont tenté de réduire les inégalités de réussite scolaire, parmi lesquelles : le collège unique en 1975 qui dispense un socle commun de connaissances à tous les élèves jusqu'à 16 ans en retardant l'orientation et la sélection des élèves, la carte scolaire visant à assurer une certaine mixité sociale ainsi que les politiques d'éducation prioritaire donnant plus de moyens aux établissements accueillant les élèves les plus en difficulté (REP).

L'ESSENTIEL

Le rôle de l'École dans les sociétés démocratiques

Transmettre les savoirs
- instruction élémentaire : lecture, écriture, calcul
- valeurs républicaines : liberté, égalité, fraternité
- savoirs techno-économiques

Favoriser l'égalité des chances
- socle commun de connaissances (collège unique)
- carte scolaire (répartition de l'offre éducative)
- politique d'éducation prioritaire (REP)

L'évolution de l'accès à l'École et à l'enseignement supérieur

31

☐ OK

Depuis les années 1950, l'allongement généralisé des études à toutes les catégories sociales a assuré une démocratisation quantitative de l'École – ou massification scolaire – qui peine encore à assurer une réelle démocratisation qualitative.

I Une indéniable massification

La démocratisation désigne un processus consistant à rendre une ressource accessible à tous. La massification scolaire, c'est-à-dire l'augmentation des taux de scolarisation et d'accès aux différents diplômes, représente ainsi une démocratisation de l'École.

1 La hausse du taux de scolarisation

- Le taux de scolarisation est le rapport entre le nombre d'élèves scolarisés d'un âge donné et le nombre d'individus de cet âge.
- En 1959, la loi prolonge l'obligation scolaire de 2 ans supplémentaires, jusqu'à 16 ans. Alors que 30 % des enfants de 16 ans étaient scolarisés en 1953, ils sont 95,8 % en 2018.
- L'urbanisation, le travail féminin et la bonne réputation des classes maternelles entraînent une forte demande parentale de scolarisation des enfants, relayée par les communes. Entre 1960 et 1990, le taux de scolarisation des enfants de 3 ans passe de 60 % à presque 100 %.
- 80 % des jeunes de 18 ans sont aujourd'hui scolarisés, contre 15 % dans les années 1950. À partir de 2020, pour lutter contre le « décrochage » scolaire, les jeunes de 16 ans sans formation et sans emploi ont l'obligation de se former jusqu'à l'âge de 18 ans.

2 La hausse des taux d'accès

- Entre 1968 et 2018, le taux d'accès au bac a été multiplié par 4 : la part des bacheliers dans une classe d'âge est passée de 20 % à près de 80 %. Cette progression s'explique notamment par la création des bacs technologiques (1968) et professionnels (1985). Les transformations économiques et la demande des familles populaires pour la prolongation de la formation de leurs enfants en ont été les principaux moteurs.

Mot clé

Le taux d'accès désigne la part des individus d'une génération qui accèdent à un diplôme ou un niveau d'étude donné.

Parallèlement, le taux d'accès à l'enseignement supérieur a augmenté. Cela s'explique par la **diversification de l'offre de formation**, surtout dans les filières technologiques ou longues. En 1960, l'enseignement supérieur comptait 215 000 inscrits, contre 8 fois plus en 2015.

II Une démocratisation inaboutie

1 Une réussite scolaire et des taux d'accès inégaux

En France, 25 % des élèves **les plus défavorisés** ont des difficultés pour maîtriser les savoirs élémentaires. En 2017, en CE2, 58,1 % d'entre eux avaient le niveau requis en français, contre 87,3 % du quart des élèves les plus favorisés. Au collège, 21 % d'entre eux avaient redoublé, contre 5,1 % pour les élèves les plus favorisés.

L'accès aux **différents bacs** témoigne également de cette inégalité. En 2018, 37,3 % des enfants d'ouvriers ont obtenu un bac général, contre 77,6 % des enfants de cadres supérieurs.

En 2017-2018, les **enfants d'ouvriers** représentent près de 27 % des élèves au collège, mais seulement 11,7 % des étudiants à l'université et 7 % des élèves des classes préparatoires aux grandes écoles.

2 Une massification plus qu'une réelle démocratisation

Des lois Jules Ferry à l'« École de la confiance » de l'actuel gouvernement, les principales réformes de l'École ont pour premier objectif sa **démocratisation**, c'est-à-dire le souci d'égaliser les chances d'accès des individus aux savoirs dispensés par l'Éducation nationale.

Mais les inégalités demeurent, se reportant des niveaux primaire et secondaire vers le supérieur. La **démocratisation** semble ainsi plus quantitative que **qualitative** ; on parle alors de **massification** scolaire.

L'ESSENTIEL

L'évolution de l'accès à l'enseignement

Massification
- hausse du taux de scolarisation
- hausse du taux d'accès au bac
- hausse du taux d'accès aux diplômes de l'enseignement supérieur

Persistance des inégalités scolaires
- résultats inégaux selon l'appartenance sociale
- taux d'accès inégaux aux filières prestigieuses
- massification plutôt que réelle démocratisation

Les facteurs d'inégalités de réussite scolaire

32

☐ OK

SES

Malgré la gratuité de l'École, les inégalités persistent. Les sociologues l'expliquent par les différences de socialisation et les inégalités familiales, mais également par le fonctionnement de l'École elle-même.

I Les facteurs familiaux aux sources des inégalités de réussite scolaire

Les origines sociales ainsi que les stratégies familiales, différentes selon le milieu d'origine, sont déterminantes pour la réussite scolaire.

1 La socialisation familiale

- La socialisation selon le genre renforce les inégalités scolaires. La socialisation des garçons les incite à choisir les filières les plus valorisées. D'après Christian Baudelot et Roger Establet (*Allez les filles !*, 1992), les filles ont des résultats scolaires supérieurs à ceux des garçons mais délaissent pourtant les filières valorisées et les grandes écoles.

- La socialisation selon le milieu social renforce également les inégalités scolaires. Selon Pierre Bourdieu (1930-2002), le capital culturel hérité de la famille permet aux élèves favorisés de détenir des références culturelles et un langage proche de celui des enseignants, ce qui favorise leur réussite scolaire. Le sentiment d'être à leur place à l'école incite ces élèves à faire des études plus longues et prestigieuses.

Mots clés

- La **socialisation selon le genre** correspond à l'intégration de valeurs et de normes différentes entre les filles et les garçons.
- Le **capital culturel** est une notion de P. Bourdieu qui désigne les diplômes, les connaissances (langage, capacités intellectuelles, savoir, etc.) ainsi que la possession d'objets culturels (livres, etc.).

2 Les stratégies scolaires des familles

- Selon Raymond Boudon (1934-2013), les ménages ne sont pas totalement déterminés socialement, mais adoptent des stratégies scolaires d'ascension sociale fondées sur un calcul coûts-avantages. Les coûts sont associés au prix des études mais aussi à leur difficulté, alors que l'avantage consiste à obtenir un diplôme supérieur à celui des parents et donc à connaître une promotion sociale.

HGGSP

GRAND ORAL

- Les **ménages aisés**, dont les enfants ont statistiquement les meilleures chances de réussite scolaire, encouragent davantage leurs enfants à poursuivre des études longues et coûteuses.
- Les choix de résidence varient en fonction des origines sociales et jouent un rôle important dans l'orientation et la réussite scolaire. Les familles des milieux favorisés adoptent des stratégies pour contourner la carte scolaire et scolariser leurs enfants dans les meilleurs établissements, accentuant ainsi la **ségrégation spatiale et scolaire**.

II Le rôle de l'École dans les inégalités scolaires

1 La reproduction des inégalités scolaires

Selon Bourdieu, les **enseignants** ont tendance à valoriser la culture des classes dominantes. Eux-mêmes sont souvent issus de ces classes et doivent leur réussite à la mobilisation de cette culture dans leurs études. Dès lors, ils évaluent les élèves selon leur maîtrise de cette culture, privilégiant ceux issus des classes dominantes. S'opérerait alors une « violence symbolique » sur les élèves, qui conduirait les moins « performants » à intérioriser le sentiment d'une infériorité sociale.

2 Le contexte scolaire

À l'échelle de chaque établissement (« **effet établissement** », c'est-à-dire l'efficacité propre à chaque établissement) et de chaque enseignant (« **effet maître** »), certaines pédagogies peuvent être plus favorables à la progression des élèves que d'autres et ont une efficacité différente selon les élèves. Certaines ambiances de classes (« **effet classe** ») peuvent être également plus propices à l'apprentissage. Pour chaque effet, les établissements des zones favorisées sont privilégiés en raison de classes plus calmes, de professeurs plus expérimentés, etc.

L'ESSENTIEL

Les facteurs d'inégalités de réussite scolaire

Le rôle de la famille et de la socialisation
- choix des filières déterminé par le genre
- héritage du capital culturel
- stratégies scolaires des familles (ségrégation)

Le rôle de l'École
- valorisation de la culture dominante
- « violence symbolique » selon P. Bourdieu
- « effet établissement »

Quiz EXPRESS 33

Avez-vous bien révisé les fiches 26 à 32 ? On vérifie !

Sociologie (1)

1 La structure socioprofessionnelle en France ▶ FICHE 27

1. La salarisation des emplois est…

☐ **a.** l'augmentation du niveau des salaires.

☐ **b.** l'augmentation de la part des salariés parmi les actifs.

2. La tertiarisation des emplois est…

☐ **a.** le développement des emplois de services.

☐ **b.** l'augmentation de la part des emplois qualifiés.

☐ **c.** l'augmentation de la part des femmes dans l'emploi.

2 L'approche en termes de classes sociales ▶ FICHE 29

En France, l'approche en termes de classes sociales…

☐ **a.** suffit à rendre compte de la stratification sociale.

☐ **b.** a été remis en cause par la moyennisation.

☐ **c.** a été brouillé par les inégalités intra-classes.

3 L'évolution de l'accès à l'enseignement ▶ FICHES 30 ET 31

1. La méritocratie consiste à répartir les individus selon…

☐ **a.** leur fortune. ☐ **b.** leurs efforts. ☐ **c.** leur âge.

2. Le taux de scolarisation est le rapport entre…

☐ **a.** le nombre d'élèves et la population totale.

☐ **b.** le nombre d'élèves d'un âge donné et la pop. de cet âge.

4 Les facteurs d'inégalités de réussite scolaire ▶ FICHE 32

1. La socialisation est source d'inégalités scolaires car…

☐ **a.** les filières choisies par les filles sont moins prestigieuses.

☐ **b.** certaines familles jouissent d'un capital culturel plus élevé.

☐ **c.** la stratégie scolaire repose sur un calcul coûts-avantages.

CORRIGÉS

1 La structure socioprofessionnelle en France

1. Réponse b.

La part que représente l'emploi salarié dans l'emploi total augmente au détriment de l'emploi indépendant qui ne disparaît pas pour autant.

2. Réponse a.

La tertiarisation est liée au recul des emplois dans l'agriculture et dans l'industrie. Elle s'est accompagnée d'une féminisation de l'emploi et d'une hausse du niveau de qualification.

2 L'approche en termes de classes sociales

Réponses b et c.

La moyennisation tend à réduire les inégalités et les distances entre les classes sociales, qui apparaissent ainsi de moins en moins comme des facteurs de différenciation. Mais ce processus a pris fin dans les années 1980. Parallèlement, les inégalités à l'intérieur des groupes sociaux, dites intra-classes (liées par exemple au genre ou à l'âge), se sont développées, ce qui complexifie la stratification sociale.

3 L'évolution de l'accès à l'enseignement

1. Réponse b.

Dans une société méritocratique, à l'école chaque élève réussit, théoriquement, en fonction de son travail et de ses efforts.

2. Réponse b.

À ne pas confondre avec le taux d'accès qui, lui, indique la part des individus d'une génération accédant à un diplôme ou un niveau d'étude donné.

4 Les facteurs d'inégalités de réussite scolaire

Réponses a et b.

En effet, pour R. Boudon, les stratégies familiales ne relèvent pas de la socialisation, mais d'un calcul coûts-avantages.

Définitions et formes de la mobilité sociale

34

☐ OK

La mobilité sociale désigne le déplacement d'un individu au sein de la structure sociale. La possibilité d'une mobilité sociale est une caractéristique des sociétés démocratiques.

I Les diverses formes de mobilité

1 La mobilité sociale, une mobilité parmi d'autres

- La mobilité sociale désigne le changement de position sociale d'un individu, évaluée par la catégorie socioprofessionnelle ▶ FICHE 26.
- Par exemple, un ouvrier du bâtiment qui crée son entreprise artisanale connaît une situation de mobilité sociale et intègre la CSP artisan commerçant, chef d'entreprise.
- La mobilité d'un individu n'est pas toujours de nature sociale. Un individu qui change de profession ou de fonction sans que son statut social n'en soit affecté connaît une mobilité professionnelle.
- La mobilité est également géographique lorsqu'un individu change de lieu de travail ou de résidence. Celle-ci se développe, pour certaines catégories de salariés, avec l'ouverture internationale et l'intégration croissante des économies.

Mot clé

Le **statut social** désigne la position occupée dans un système social à laquelle sont associés un niveau et un mode de vie donnés, un prestige plus ou moins grand, des comportements et des aspirations attendus.

2 Mobilité intra- et intergénérationnelle

Les études de mobilité sociale portent sur les changements de position sociale d'un individu au cours de sa vie et concernent la mobilité intragénérationnelle. Mais elles reposent plus souvent sur la comparaison entre la position sociale d'un individu et celle de ses parents : on parle alors de mobilité sociale intergénérationnelle.

3 Mobilité ascendante et descendante, immobilité

- Une mobilité sociale est ascendante lorsque l'individu acquiert un statut social plus élevé. Elle est descendante lorsque le statut social est en régression : on parle aussi de déclassement social. Cette distinction renvoie à une hiérarchie de prestige des positions sociales variable selon les époques, les sociétés, les groupes sociaux.

- L'**immobilité sociale** est l'absence de changement de position entre position d'origine et position acquise.

II Une caractéristique des sociétés contemporaines

1 Démocratie et méritocratie

- Dans les **sociétés traditionnelles**, le statut social est donné à la naissance (il est hérité) et se présente comme un ordre naturel. Les sociétés d'ordres de l'Ancien Régime ou de castes comme en Inde fonctionnent selon ce principe.
- Dans les **sociétés démocratiques**, les principes d'égalité et d'autonomie des individus les conduisent à construire leur situation professionnelle future sur la base de leurs choix, de leurs talents et de leurs efforts.

2 École et égalité des chances

- L'École ▶ FICHES 30 À 32 joue alors un rôle central dans une société qui garantit la mobilité sociale en faisant reposer l'attribution des positions sociales sur le principe méritocratique et **l'égalité des chances**.
- Les travaux de **sociologie de l'École** montrent cependant que le mérite scolaire est très inégalement réparti selon les groupes sociaux et que les meilleures positions scolaires restent en partie le produit d'un héritage familial.

> **Mot clé**
> Selon le **principe méritocratique**, les positions sociales sont attribuées selon les qualités personnelles et le travail de chacun.

L'ESSENTIEL

Les définitions et formes de la mobilité sociale

Diverses formes de mobilité
- mobilité sociale
- mobilité professionnelle
- mobilité géographique

Diverses formes de mobilité sociale
- mobilité intra- ou intergénérationnelle
- mobilité ascendante ou descendante

Caractéristique des sociétés démocratiques
- principe d'égalité et d'autonomie
- principe méritocratique

Les tables de mobilité : instrument de mesure de la mobilité sociale

35

☐ OK

SES

Les tables de mobilité permettent d'appréhender les déplacements entre milieu social d'origine et position sociale. Ces outils présentent des limites.

I Les principes de construction

Les tables de mobilité croisent deux variables : la CSP de l'individu à un moment de son existence et la CSP de son père ou de sa mère. À partir de données en valeur absolue, on déduit deux tables en pourcentage.

1 La table des destinées

- La table des destinées répond à la question : « Que sont devenus les fils d'agriculteurs (d'ouvriers, de cadres...) ? » En 2017, sur 100 fils d'agriculteurs, 24,6 étaient devenus agriculteurs et 33,5 étaient ouvriers.
- La diagonale indique la part des immobiles pour chaque CSP d'origine. La colonne « Ensemble » donne la répartition socioprofessionnelle des enquêtés, quelle que soit la CSP de leur père : en 2017, 23,8 % des hommes de 30 à 59 ans appartiennent aux professions intermédiaires.

Selon la position d'origine	CSP du père						
CSP du fils	1	2	3	4	5	6	Ensemble
1. Agriculteurs exploitants	**24,6**	0,6	0,5	0,4	0,4	07	2,5
2. Artisans, commerçants, chefs d'entreprise	7,4	**19,3**	8,8	7,3	7,2	8,0	9,4
3. Cadres et professions intellectuelles supérieures	11,6	23,4	**49,3**	28,1	19,3	10,5	21,6
4. Professions intermédiaires	16,0	22,0	24,4	**32,2**	27,0	21,4	23,8
5. Employés	6,9	9,7	7,9	12,7	**17,9**	12,1	11,5
6. Ouvriers	33,5	25,1	9,2	19,2	28,2	**47,2**	31,4
Ensemble	**100,0**	**100,0**	**100,0**	**100,0**	**100,0**	**100,0**	**100,0**

Source : Site académie de Versailles, Insee, Hommes de 30 à 59 ans, 2017.

2 La table des recrutements

- La table des recrutements répond à la question : « D'où viennent les agriculteurs (les ouvriers, les cadres...) ? » 79,4 % des agriculteurs sont des fils d'agriculteurs et seulement 2,9 % sont des fils de cadres.

HGGSP

GRAND ORAL

La diagonale de la table indique le poids de l'auto-recrutement, c'est-à-dire la part au sein de chaque CSP de ceux qui en sont eux-mêmes issus. La ligne « Ensemble » indique la répartition des individus selon la CSP de leur père. Ainsi en 2017, sur 100 hommes de 30 à 59 ans, 38,3 sont fils d'ouvriers.

Selon la position occupée	CSP du père						
CSP du fils	1	2	3	4	5	6	Ensemble
1. Agriculteurs exploitants	**79,4**	3,1	2,9	2,6	1,7	10,3	**100,0**
2. Artisans, commerçants, chefs d'entreprise	6,3	**27,6**	13,5	12,1	7,9	32,7	**100,0**
3. Cadres et professions intellectuelles supérieures	4,3	14,6	**32,9**	20,3	9,2	18,7	**100,0**
4. Professions intermédiaires	5,3	12,5	14,8	**21,1**	11,7	34,6	**100,0**
5. Employés	4,8	11,4	9,9	17,3	**16,1**	40,6	**100,0**
6. Ouvriers	8,5	10,8	4,2	9,6	9,2	**57,8**	**100,0**
Ensemble	7,9	13,5	14,4	15,6	10,3	38,3	**100,0**

Source : Site académie de Versailles, Insee, Hommes de 30 à 59 ans, 2017.

II Intérêts et limites des tables de mobilité

Les tables de mobilité permettent de mesurer la mobilité sociale intergénérationnelle. Elles permettent d'évaluer la fluidité sociale, par le calcul des odds ratio qui indiquent le lien entre la position sociale occupée et la position d'origine et ainsi le degré d'égalité des chances. Un odds ratio qui diminue indique une fluidité sociale qui augmente.

Cependant, les tables de mobilité présentent des limites : le degré de mobilité ou d'immobilité est fortement lié au niveau de détail des CSP utilisées, car plus les catégories utilisées sont nombreuses, plus les déplacements entre catégories apparaissent mécaniquement importants ; on compare dans le temps des professions dont la représentation a pu changer ; les tables de mobilité ignorent les mères majoritairement inactives dans les générations passées.

L'ESSENTIEL

La table des destinées → Elle montre **ce que deviennent les individus** d'une même origine sociale (diagonale = poids de l'immobilité sociale)

La table des recrutements → Elle montre **d'où viennent les individus** d'une même CSP (diagonale = poids de l'autorecrutement)

L'exploitation des tables de mobilité

36

☐ OK

Si au sein de certaines catégories sociales l'immobilité intergénérationnelle est forte, celle-ci diminue au profit d'une mobilité sociale ascendante et descendante et d'une plus grande fluidité sociale.

I Les tendances de la mobilité sociale actuelle

1 Le poids de l'immobilité sociale

- La part des individus immobiles est de l'ordre d'un tiers (36,6 % chez les hommes de 30 à 59 ans en 2017), avec des écarts importants en fonction des CSP. Cela reflète une forte reproduction sociale.

> **Mot clé**
> La **reproduction sociale** désigne la tendance qu'a la structure sociale à se perpétuer.

- Ce sont les enfants d'ouvriers et de cadres qui connaissent l'immobilité la plus forte puisque respectivement 47,2 % des premiers et 49,3 % des seconds occupent la même CSP que leur père en 2017. Les agriculteurs sont marqués par un fort auto-recrutement puisque près de 80 % d'entre eux sont eux-mêmes enfants d'agriculteurs. C'est vrai aussi pour près de 60 % des ouvriers.

2 La mobilité ascendante et descendante

- Les ouvriers et employés connaissent mécaniquement une mobilité ascendante plus forte, étant situés en bas de l'échelle sociale. Ainsi 21,4 % des fils d'ouvriers ont intégré les professions intermédiaires en 2017 et 10,5 % sont devenus cadres. À l'inverse, les cadres et professions intellectuelles supérieures connaissent une mobilité descendante mécaniquement plus forte : sur 100 fils de cadres, 24,4 sont professions intermédiaires, 7,9 sont employés et 9,2 sont ouvriers.
- La CSP professions intermédiaires est celle qui permet le plus de mobilité (ascendante et descendante).
- Ascendants ou descendants, les trajets de mobilité s'effectuent majoritairement au sein de CSP proches.

3 La mobilité sociale des femmes

- En 2015, 70,5 % des femmes de 35 à 59 ans occupent une CSP différente de celle de leur mère et 29,5 % occupent la même CSP. La mobilité des femmes est supérieure à celle des hommes (+5,3 points).

Les femmes, comparées à leur mère, connaissent une mobilité ascendante supérieure à celle des hommes, comparés à leur père. En revanche, comparées à leur père, leur mobilité ascendante est plus faible de près de 6 points à celle des hommes.

II Les évolutions de la mobilité sociale

La mobilité sociale s'est accrue entre 1977 et 1993, particulièrement chez les femmes comparées à leur mère (+10 points). Depuis 1993, elle diminue pour les hommes (–2,2 points) et reste stable chez les femmes.

La mobilité verticale augmente sur l'ensemble de la période (+12 points chez les hommes, +29 points chez les femmes). Chez les femmes, c'est la mobilité ascendante qui augmente le plus tandis que chez les hommes c'est la mobilité descendante, caractéristique d'un phénomène de déclassement social.

Mot clé

Outre la mobilité sociale descendante, le **déclassement social** désigne aussi une mobilité professionnelle descendante et l'occupation d'une position socioprofessionnelle inférieure à ce que le niveau de formation permet d'atteindre.

La fluidité sociale s'est globalement accrue depuis 1977 : la probabilité de devenir cadre plutôt qu'ouvrier était, en 1977, 91,7 fois supérieure chez les fils de cadres que chez les fils d'ouvriers, et en 2003, 28,8 fois supérieure.

Cet affaiblissement de l'effet de l'origine sur la position sociale s'est traduit en même temps par une hausse de la mobilité sociale ascendante et des déclassements plus nombreux.

L'ESSENTIEL

Ce que montrent les tables de mobilité

- Poids de l'**immobilité sociale**, reflet d'une forte **reproduction sociale** au sein de certaines CSP (ouvriers, cadres)
- **Augmentation de la mobilité** ascendante (ouvriers et employés) et descendante (cadres et prof. intellectuelles sup.)
- **Fluidité sociale** en hausse entre 1977 et 2003
- **Mobilité des femmes** supérieure à celle des hommes et davantage ascendante

Les déterminants de la mobilité sociale

37

☐ OK

Les mutations de la structure socioprofessionnelle et du système de formation jouent un rôle essentiel dans la mobilité sociale. La famille exerce également une action déterminante.

I La structure socioprofessionnelle et les niveaux de formation

1 La mobilité structurelle

- La comparaison entre la répartition socioprofessionnelle des individus et celle de leur père permet d'observer les CSP en déclin et les CSP en expansion entre les deux générations. Ainsi 7,9 % des enquêtés sont fils d'agriculteurs en 2017, mais seulement 2,5 % sont agriculteurs eux-mêmes.
- Cette comparaison reflète une transformation de la structure socioprofessionnelle française, marquée par la baisse séculaire du poids du secteur de l'agriculture, une désindustrialisation depuis les années 1970 et un triple processus de salarisation, de tertiarisation et de féminisation de l'emploi ▶ FICHE 27.
- Les CSP en déclin (agriculteurs, ouvriers, artisans-commerçants-chefs d'entreprise) ont généré une mobilité structurelle vers les CSP en expansion (cadres, professions intermédiaires), celle-ci expliquant l'essentiel de la mobilité et de son augmentation ces dernières décennies.

Mot clé

La **mobilité structurelle** désigne les déplacements intergénérationnels, ascendants ou non, liés aux transformations de la structure socioprofessionnelle.

2 L'élévation du niveau de diplôme et de formation

- L'accès à un niveau de formation plus élevé est une condition essentielle d'une mobilité sociale ascendante ▶ FICHE 31.
- L'élévation du niveau de formation accompagne les transformations de la structure socioprofessionnelle et permet une mobilité sociale ascendante pour des enfants de catégories populaires et moyennes. Mais un niveau de formation qui s'élève plus vite que la structure des emplois génère une moindre rentabilité des diplômes.

II Le rôle de la famille et de ses transformations

1 Ressources familiales et reproduction sociale

- La famille au travers de son rôle de socialisation crée des aspirations, différentes selon le milieu social, qui influencent la trajectoire sociale des individus, au travers des choix d'études notamment.

- La famille met également en œuvre des stratégies qui influencent les choix d'études et les positions sociales futures. Selon le sociologue Raymond Boudon, ces stratégies scolaires rationnelles sont le fruit de décisions qui reposent sur un calcul coût/avantages encourageant l'inégalité des chances, les familles des catégories supérieures anticipant plus d'avantages aux choix de poursuite d'études que les familles de catégories inférieures.

- Le sociologue Pierre Bourdieu a montré que la reproduction sociale était liée, selon les groupes sociaux, à la possession différente en quantité et en qualité de capitaux économiques, culturels ▶ FICHE 32 et sociaux qui ont une rentabilité scolaire plus ou moins forte. Le capital social joue un rôle majeur pour l'accession à certains types d'études ou d'emplois qui nécessitent la constitution d'un réseau.

2 Le rôle des configurations familiales

- La configuration familiale a des effets sur la socialisation des individus, sur leurs aspirations et leurs projets, leurs choix d'études et donc sur leurs trajectoires futures.

- Les transformations de l'institution familiale, marquée par le développement des familles monoparentales et recomposées, ont des effets sur les destins individuels.

Mot clé

La **configuration familiale** désigne la composition et les modes de constitution de la famille, le nombre et l'âge des frères et sœurs, la position dans la fratrie, la place des grands-parents...

L'ESSENTIEL

Les déterminants de la mobilité sociale

- **Origine structurelle**, liée à l'évolution de la structure socioprofessionnelle
- Élévation du **niveau de formation** :
  - favorise une mobilité ascendante
  - génère une forme de déclassement
- Rôle important de la **famille** et de ses configurations (ressources économiques, culturelles, sociales)

Les frontières de l'activité professionnelle

38

☐ OK

Les frontières entre emploi, inactivité et chômage sont moins marquées depuis vingt ans en raison du développement de formes atypiques d'emploi qui modifient la qualité de l'emploi.

I Des frontières plus floues entre emploi, chômage et inactivité

1 Une diversité de situations possibles face à l'emploi

- La population active comprend toutes les personnes qui déclarent exercer un emploi ou qui sont sans emploi mais en recherchent un. Elle est donc composée de la « population active occupée » (personnes ayant un emploi) et de la population au chômage (en recherche d'emploi). Il existe différentes définitions du chômage, selon l'organisme international (Bureau international du travail, BIT) ou national (Pôle Emploi) ▶ FICHE 12.

Mot clé

Un **emploi** (de statut salarié ou non salarié) correspond à un poste occupé pour exercer une activité professionnelle rémunérée en contrepartie du travail fourni (au sens de facteur de production).

- La population inactive comprend toutes les personnes qui ne peuvent pas légalement travailler et celles qui renoncent provisoirement à un travail rémunéré.

2 Un brouillage des frontières

- Les frontières entre emploi, inactivité et chômage sont moins marquées depuis vingt ans, en raison de l'augmentation des situations intermédiaires.
- Parmi ces formes d'emploi atypiques (la norme étant le contrat à durée indéterminée à temps plein) figurent notamment les personnes occupant un emploi à temps partiel (volontairement ou non) ou un emploi précaire (saisonnier, intérimaire, en contrat à durée déterminée).
- Certaines populations se trouvent à la croisée de l'emploi, de l'inactivité et du chômage (« halo du chômage ») contribuant ainsi à la difficulté de mesurer précisément le chômage. Des travailleurs potentiels sont catégorisés en inactifs car en formation, ou découragés par les recherches, voire radiés des statistiques, ou encore travaillant de manière non déclarée.

II La mesure de la qualité de l'emploi

1 Une thématique récente

- Au cours des dernières décennies, avec l'augmentation des formes atypiques d'emploi, la thématique de la **qualité de l'emploi** a été notamment développée par les organisations internationales (Bureau international du travail, Commission européenne et OCDE) et nationales (DARES).

- Les études réalisées montrent que la **mesure de la qualité** de l'emploi importe autant que celle de sa quantité. La crise financière de 2008 ▶ FICHE 16 a ainsi lourdement pesé sur le nombre d'emplois disponibles, mais aussi sur leur qualité.

2 Une notion multidimensionnelle

- La qualité de l'emploi se mesure grâce à des indicateurs répartis en **plusieurs dimensions** qui décrivent la qualité de l'emploi du point de vue du travailleur (et non celui de l'employeur). Si la **rémunération** (salaires, primes…) est un facteur essentiel, d'autres éléments liés à la qualité de vie et au bien-être individuel sont pris en compte.

- Le type de contrat de travail (permanent, temporaire) et l'aménagement du temps de travail (temps partiel, volontaire ou subi) permettent d'évaluer la **sécurité économique** ainsi que l'équilibre entre vie professionnelle et vie privée.

- Les **conditions de travail** (horaires, charge de travail, pénibilité, environnement) et la variété des tâches effectuées tiennent une place importante, ainsi que l'accès à la formation (possibilité d'acquérir de nouvelles qualifications).

Mot clé

Le **contrat de travail** est un contrat de type privé signé entre l'employeur et le salarié (qui s'engage à travailler contre une rémunération). Le contrat confère à chacun des droits et obligations à respecter.

L'ESSENTIEL

Champ : France métropolitaine, personnes de 15 à 64 ans.

L'évolution des modèles d'organisation du travail

39

☐ OK

Les modes de coopération des travailleurs au sein d'une organisation productive ont d'abord été marqués par une forte division technique du travail qui a fait l'objet de critiques au milieu du XXe siècle entraînant la mise en place de nouvelles formes d'organisation plus souples.

I | Le modèle d'organisation taylorien

À savoir

L'ingénieur américain **Frederick Winslow Taylor** (1856-1915) met au point au tournant du XXe siècle une méthode de travail qu'il qualifie d'« **organisation scientifique du travail** » fondée sur une rationalisation et une optimisation des opérations de production.

1 Une division du travail horizontale et verticale

- La division du travail horizontale est fondée sur une organisation par postes de travail. Elle se traduit par une spécialisation des travailleurs qui doivent réaliser des tâches répétitives en un minimum de temps.
- Le principe de la division du travail verticale consiste à séparer la conception de l'exécution du travail : les ingénieurs dans les « bureaux des méthodes » sont les seuls capables de réaliser l'analyse scientifique des tâches, des gestes et des temps de travail et conçoivent la méthode de production la plus efficace (« the one best way »), notamment en observant la façon de faire des meilleurs ouvriers.

Mot clé

La **division du travail** est la décomposition de la production en de nombreuses opérations ou tâches élémentaires, limitées et complémentaires, permettant d'augmenter l'efficacité du travail.

2 Une relation hiérarchique stricte

- La parcellisation des tâches accroît le caractère substituable des exécutants, soumis à une surveillance stricte des contremaîtres.
- Les méthodes de production s'imposent en effet aux ouvriers, qui sont contrôlés et chronométrés pour les amener à rester concentrés sur leurs tâches d'exécution et éviter toute « flânerie ». Les salariés sont par ailleurs encouragés par une rémunération au rendement.

II Le modèle d'organisation post-taylorien

Le modèle taylorien a permis d'importants gains de productivité et favorisé l'emploi massif de main-d'œuvre peu qualifiée. Dans la seconde moitié du XXe siècle, il fait néanmoins l'objet de contestations qui entraînent la mise en place de **nouveaux modèles** dits « post-tayloriens » relâchant la contrainte productiviste du taylorisme.

1 Une flexibilité et une polyvalence accrues

Pour rompre la monotonie des tâches, une **rotation** du personnel d'exécution sur les différents postes de travail est aménagée.

2 Une recomposition des tâches

Les ouvriers se voient confier le soin d'effectuer des tâches plus diverses et pointues (entretien et contrôle des machines par exemple, vérification de la qualité), restituant ainsi de l'intérêt au travail lui-même. Cet enrichissement des tâches et des responsabilités contribue à rendre à l'ouvrier **un plus grand contrôle** sur le processus de production.

3 Un management participatif

- Les modes de management ont également évolué avec le renforcement de l'**autonomie** des employés qui permet aux travailleurs d'organiser et de répartir eux-mêmes le travail au sein d'une équipe. L'objectif est de diminuer la division verticale du travail (moins de hiérarchie). La productivité du travail est désormais davantage collective.
- Ce management participatif s'illustre par exemple par la mise en place de **cercles de qualité** pour résoudre des problèmes de production et la mise en avant de démarches de communication et de concertation au sein de l'entreprise.

L'ESSENTIEL

L'évolution des modèles d'organisation du travail

Taylorisme	Post-taylorisme
division horizontale du travail (spécialisation) division verticale du travail (« one best way ») relation hiérarchique stricte	flexibilité et polyvalence enrichissement des tâches et responsabilisation management participatif

Les conséquences des nouveaux modes d'organisation du travail

40

☐ OK

L'évolution des modèles d'organisation, en particulier avec l'essor du numérique, a des effets contrastés à la fois sur les conditions de travail et le rapport au travail dans la société.

I Les conséquences sur les conditions de travail

1 Des améliorations des conditions de travail

- La mise en place de nouveaux modes de travail post-tayloriens ▶ FICHE 39 libère les salariés des contraintes imposées par le taylorisme et le fordisme, critiqués pour leurs conséquences néfastes (augmentation des maladies professionnelles, désengagement des travailleurs…).
- La baisse de la pénibilité (suppression des tâches les plus répétitives et dangereuses) et l'enrichissement du travail (davantage d'autonomie, de motivation et d'intégration des salariés) améliorent les conditions de travail et le bien-être des salariés.

Mot clé

Les **conditions de travail** renvoient aux caractéristiques liées au poste et à l'environnement de travail : horaires et organisation des tâches, pénibilité et prévention des risques, contraintes psycho-sociales…

2 Des effets positifs à nuancer

- La polyvalence et l'autonomie dans le travail peuvent cependant rendre le travail plus intense. Le salarié subit une tension permanente et une charge mentale (plus que physique) pour produire, contrôler à la fois la qualité du produit et surveiller la machine.
- Le travail de l'employé reste contraint par la machine, la demande des clients ou le contrôle hiérarchique, et plus récemment le développement de techniques numériques de contrôle de l'activité du salarié.
- De plus, le taylorisme demeure dans l'industrie (agroalimentaire, textile). Ses principes se sont même étendus au secteur tertiaire (restauration, centres d'appels…).

II L'impact du numérique sur le travail et l'emploi

En constante progression depuis les années 1990, l'usage des outils numériques se généralise et s'accompagne de modifications notables des conditions de travail.

1 L'essor du numérique brouille les frontières du travail

L'affranchissement des frontières spatiales et temporelles bouleverse l'activité professionnelle avec un **décloisonnement de l'espace-temps** entre travail/hors travail (accélération des échanges, connexion permanente, voire dépendance vis-à-vis des outils numériques).

2 Les conséquences sur les relations d'emploi

- L'usage de ces outils numériques pour un travail mobile ou à distance favoriserait l'exposition à plusieurs **risques psychosociaux** dus à une charge de travail et une charge mentale importantes, ainsi qu'à des situations de débordement sur la sphère privée (travail dans l'urgence, culture de la réactivité, surcharge informationnelle).
- Les outils numériques permettent en outre d'assurer un **contrôle** et une **traçabilité** forte de l'activité professionnelle.
- Ces conditions de travail exigeantes sont contrebalancées par une **plus grande autonomie** et récompensées par un sentiment de reconnaissance professionnelle.

3 Le risque de polarisation de la qualité des emplois

- Ces évolutions avec notamment le développement d'entreprises de l'économie numérique, se traduisent par une polarisation de la qualité des emplois. Des emplois très qualifiés (ingénieurs, développeurs...) côtoient des emplois de « gig economy » qui rassemblent tous les petits travaux précaires issus notamment de « l'ubérisation » (mise en relation d'entreprises, de travailleurs indépendants et de clients via une plateforme numérique).

Mot clé

La **polarisation de la qualité des emplois** désigne la déformation de la structure de l'emploi où la part des emplois situés aux deux extrémités de l'échelle des qualifications augmente tandis que celle des emplois intermédiaires baisse.

L'ESSENTIEL

Les conséquences des nouveaux modes d'organisation du travail

Conséquences positives
- autonomie
- baisse de la pénibilité
- motivation et intégration dans l'entreprise accrues

Conséquences négatives
- intensification du travail
- tension permanente

Le rôle du travail et de l'emploi dans l'intégration sociale

41

☐ OK

SES

Le travail représente un puissant facteur d'intégration sociale, mais ce rôle s'affaiblit. Les évolutions récentes du marché du travail accentuent les facteurs de précarité.

I Le travail, facteur d'intégration sociale

1 Une reconnaissance sociale

- Le travail exercé est un indicateur du milieu social auquel appartient l'individu (par le biais des catégories socioprofessionnelles) et procure à l'individu un sentiment d'utilité sociale.
- Le travail est aussi source de socialisation (par l'intériorisation de normes et de valeurs propres au milieu professionnel) et source de sociabilité (en permettant de nouer de nombreuses relations sociales). Le travail offre une vie ritualisée et rythmée par les obligations professionnelles.

Mot clé

La **sociabilité** désigne l'ensemble des relations sociales choisies et réciproques que les individus souhaitent entretenir (discussions, sorties...).

2 Une source de revenus

- Le travail est également porteur d'intégration économique dans la mesure où il permet de bénéficier d'un revenu (un salaire pour le salarié, un revenu mixte pour un travailleur indépendant).
- Grâce à ce revenu, le travailleur peut satisfaire l'ensemble de ses besoins et intégrer la société de consommation. La division du travail et la spécialisation des activités et des travailleurs rendent l'acte de consommer nécessaire. De plus, adhérer aux normes collectives de consommation permet de s'identifier à ses semblables.

3 Une protection sociale

- Le travail, dans les pays développés, permet également de bénéficier d'une couverture sociale qui assure au travailleur, ainsi qu'à sa famille, une relative sécurité face à certains risques sociaux (chômage, maladie, accident, vieillesse). Cette couverture se caractérise par la distribution de revenus sociaux (pensions de retraite, allocation-chômage, remboursement de dépenses de santé), financés par un prélèvement sur les revenus d'activité qui alimente le budget de l'État ou des organismes de la Sécurité sociale ▶ FICHE 13.

HGGSP

GRAND ORAL

II Les effets de l'évolution de l'emploi

1 Le chômage affaiblit les liens sociaux

- Le **chômage** persistant ainsi que l'alternance de périodes d'emploi et de chômage entraînent une perte de revenu, malgré les mécanismes d'indemnisation.
- La perte d'emploi génère une perte de repères et des rythmes de travail, une rupture de sociabilité, ce qui peut être **source d'isolement**, d'affaiblissement des liens sociaux et de remise en cause du statut social (perte de dignité au travail et d'utilité sociale, risque de stigmatisation).

2 La précarisation des emplois fragilise l'intégration sociale

- Le besoin de flexibilité du marché du travail a fait évoluer les normes du salariat, développant des formes particulières d'emploi ▶ FICHE 38. Le travail ne fournit plus à l'individu les garanties de revenu, d'accès à la consommation, au logement et au crédit. Il existe ainsi de plus en plus de **travailleurs pauvres** dont les revenus irréguliers et/ou insuffisants ne permettent pas de vivre décemment ou de faire des projets.
- Les **contrats précaires** plus instables compliquent également l'intégration dans des collectifs de travail (travail en équipe, syndicats).
- La **polarisation de la qualité des emplois** ▶ FICHE 40 aggrave les inégalités entre emplois très qualifiés et peu qualifiés, que ce soit en termes de salaires ou d'exposition aux difficultés économiques que peut connaître l'entreprise.
- Globalement, la rupture de liens relationnels et professionnels peut conduire à l'**exclusion sociale**.

L'ESSENTIEL

Les risques d'exclusion liés à l'absence d'emploi

Chômage persistant
- stigmatisation
- perte de revenu
- affaiblissement des liens sociaux

Précarisation des emplois
- travailleurs pauvres
- polarisation de la qualité des emplois
- aggravation des inégalités

Quiz EXPRESS

42

Avez-vous bien révisé les fiches 34 à 41 ? On vérifie !

SES

Sociologie (2)

1 Les tables de mobilité

▶ FICHES 34 ET 35

1. Quelle part des hommes de 30-59 ans l'immobilité affecte-t-elle ?

☐ a. 1/3 ☐ b. 50 % ☐ c. 2/3

2. Parmi les affirmations suivantes, lesquelles sont vraies ?

☐ a. La mobilité sociale s'accroît et l'immobilité décroît.

☐ b. Les mobilités ascendante et descendante augmentent.

☐ c. La fluidité sociale décroît.

2 Les déterminants de la mobilité sociale

▶ FICHE 37

Pour Bourdieu, la famille influence la mobilité sociale par...

☐ a. des stratégies scolaires, sources d'inégalité des chances.

☐ b. la transmission de capitaux économiques, culturels et sociaux.

☐ c. les choix qu'elle dicte aux enfants.

3 Les frontières de l'activité professionnelle

▶ FICHE 38

1. Une forme atypique d'emploi est par exemple...

☐ a. un CDD. ☐ b. un contrat d'intérim.

☐ c. un CDI à temps plein.

2. Les chômeurs font partie de la population active.

☐ a. Vrai ☐ b. Faux

4 Les modes d'organisation du travail

▶ FICHE 39

Le principe de la division verticale du travail est de...

☐ a. spécialiser les ouvriers en tâches répétitives.

☐ b. séparer la conception de l'exécution des tâches.

☐ c. rémunérer les employés selon leur qualification.

HGGSP

GRAND ORAL

CORRIGÉS

1 Les tables de mobilité

1. Réponse a.

Ce poids des immobiles cache des disparités selon les CSP puisque près de la moitié des fils d'ouvriers sont ouvriers eux-mêmes en 2017.

2. Réponses a et b.

La mobilité s'accroît, qu'elle soit ascendante ou descendante.

2 Les déterminants de la mobilité sociale

Réponse b.

Les capitaux transmis par la famille jouent le rôle d'investissements qui vont avoir une rentabilité scolaire plus ou moins grande.

3 Les frontières de l'activité professionnelle

1. Réponses a et b.

Les formes atypiques d'emploi comprennent toutes les formes d'emploi qui dérogent au statut typique de CDI à temps plein.

2. Réponse a.

La population active inclut la population sans emploi à la recherche d'un emploi, c'est-à-dire les chômeurs qui sont donc des actifs.

4 Les modes d'organisation du travail

Réponse b.

La division verticale du travail consiste à effectuer une division entre les concepteurs du travail (ingénieurs ou « cols blancs ») et les exécutants (ouvriers ou « cols-bleus »).

À noter

Le **numérique** désigne l'ensemble des terminaux (ordinateurs, téléphones...), logiciels et applications, ainsi que la mise en réseau des données (Internet...). L'usage de ces outils numériques, en permettant au salarié d'effectuer du **télétravail**, contribue à brouiller les frontières entre travail et hors-travail.

Les formes de l'engagement politique

43

☐ OK

SES

S'engager politiquement est essentiel au fonctionnement de nos démocraties. Cet engagement prend une pluralité de formes, impliquant plus ou moins durablement les individus qui souhaitent peser sur les choix de société.

I Qu'est-ce que l'engagement politique ?

- L'engagement politique est une participation individuelle et collective à une activité politique au sens large. Il comprend un ensemble d'actions qui visent à influencer de manière directe ou indirecte les décisions politiques et les règles de fonctionnement de la société.

- L'engagement politique s'appuie sur des valeurs et se traduit par des actes dont la temporalité et le degré d'implication individuelle sont variables : voter est une forme d'engagement limité ; militer au sein d'une organisation politique, d'un syndicat ou d'une association engage bien davantage au regard du temps mobilisé (pour débattre, organiser des actions…).

> **Mot clé**
>
> Une **valeur** est un principe, un idéal, qui oriente les actions et les comportements des individus au sein d'un groupe social ou d'une société.

- L'économiste américain Albert Hirschman (1915-2012) a distingué trois types de réaction d'un citoyen ou consommateur mécontent : le choix de la défection (*exit*), celui de la soumission (*loyalty*) ou celui de la prise de parole (*voice*). L'engagement relève de ce dernier choix.

II Les diverses formes de l'engagement politique

1 La notion de répertoire d'actions politiques

- Un répertoire d'actions politiques représente les différents moyens d'action dont disposent les individus afin d'exprimer des idées, des revendications, individuellement ou collectivement.

- Le sociologue Charles Tilly (1929-2008) distingue le répertoire d'actions ancien qui a pour modèle les révoltes paysannes des XVIIe et XVIIIe siècles (mouvements localisés et peu organisés) du répertoire moderne qui émerge au XIXe siècle avec le mouvement ouvrier et apporte de nouveaux moyens d'action, comme la grève, avec des enjeux politiques plus larges, portés par des organisations (syndicats, partis).

HGGSP

GRAND ORAL

2 Catégoriser les formes de l'engagement

- On caractérise **différents registres** d'engagement politique, utilisés différemment selon les époques, les contextes, les groupes sociaux concernés : les pratiques liées aux élections ; le militantisme (partisan, syndical, associatif) et les pratiques militantes (assister à des réunions, coller des affiches, distribuer des tracts...) ; les actions de protestation (pétition, manifestation, grève, occupation, blocage...).

- On distingue traditionnellement les **formes conventionnelles** de la participation politique et les **formes non conventionnelles** : les premières sont liées au processus électoral ▶ PROGRAMME DE 1re, les secondes prennent la forme d'actions protestataires contestant les pouvoirs en place et leurs décisions : participer à des manifestations, des grèves, des pétitions, des occupations de locaux, voire à des activités illégales ou violentes. Cette distinction est aujourd'hui moins pertinente avec l'affaiblissement des formes traditionnelles de l'engagement.

> **À savoir**
>
> Les **formes conventionnelles d'engagement** s'appuient de plus en plus sur la capacité d'Internet à mobiliser et à donner de la visibilité aux actions.

- La **consommation engagée** exprime une contestation sociale par des choix de consommation, en privilégiant ou boycottant certains produits, en participant à des actions anti-publicité, en encourageant l'agriculture biologique ou les circuits courts (AMAP) et en s'appuyant notamment sur les associations de consommateurs.

L'ESSENTIEL

L'engagement

Diverses formes d'engagement
- répertoire d'actions politiques :
  - ancien (soulèvements paysans du Moyen Âge)
  - moderne (depuis le mouvement ouvrier au XIXe s.)

Différents registres d'action collective
- formes conventionnelles (élections et vote)
- formes non conventionnelles (pétitions, manifestations, consommation engagée, etc.)

Les déterminants de l'engagement politique

44

OK

SES

S'engager repose sur des motivations individuelles et un contexte particulier, mais aussi sur des déterminants sociodémographiques qui favorisent ou non la probabilité de participer politiquement.

I Pourquoi s'engager ?

1 L'individu rationnel n'a pas intérêt à s'engager...

- Mancur Olson (1932-1998) indique que l'individu considéré comme doté d'une rationalité parfaite, effectue un calcul coût-avantage qui l'incite à ne pas s'engager dans une action collective et à se comporter en passager clandestin. Il peut en effet bénéficier des gains d'une action collective sans avoir à s'y engager personnellement et à en supporter les coûts.
- Mais si tous les individus agissent de la sorte, l'action collective n'a pas lieu et il n'y a alors aucun espoir de gain. Pourtant, les actions collectives existent bien et des individus les mettent en œuvre : c'est le paradoxe de l'action collective.

2 ... mais il peut être incité à s'engager

- Selon Olson si les individus s'engagent rationnellement dans des actions collectives, c'est parce que des incitations sélectives les encouragent à le faire, en réservant aux participants de l'action collective les avantages obtenus.
- Les individus sont aussi guidés par des rétributions symboliques les poussant à s'engager quel qu'en soit le coût : la défense d'une cause, le sentiment de solidarité et de partage... qui apportent des satisfactions non matérielles.

> **Mot clé**
> Les **incitations sélectives** sont des avantages réservés aux participants d'une action collective : par exemple, la réservation de certains services (emploi, assurance, crèche...) aux seuls adhérents.

- La structure des opportunités politiques crée un contexte plus ou moins propice au succès des mobilisations qui influencent l'engagement. La proximité d'élections, le poids de l'opinion... agissent comme des facteurs ou des freins à l'émergence et au développement de mobilisations.

HGGSP

GRAND ORAL

II Les déterminants sociologiques de l'engagement

1 Le rôle de l'âge, de la génération et du sexe

- L'engagement sous ses formes les plus conventionnelles est moins fort chez les jeunes et augmente avec l'âge, tout comme le taux d'adhésion à une association, un syndicat ou un parti politique. À l'inverse, le potentiel protestataire est plus fort chez les jeunes, décroît avec l'âge mais augmente pour l'ensemble de la population. Certaines études montrent des **effets de générations**, la participation à des événements importants comme mai 1968 favorisant la politisation.

> **Mot clé**
>
> L'indice de **potentiel protestataire** est construit à partir de plusieurs indicateurs de participation politique : signer une pétition, prendre part à un boycott ou une manifestation.

- L'**engagement politique des femmes** au travers du vote est proche de celui des hommes. Les enquêtes montrent en revanche un moindre intérêt des femmes pour la politique et un sentiment d'incompétence plus grand. Si l'indice de potentiel protestataire des femmes est plus faible, il augmente pour les hommes et les femmes et les écarts se réduisent.

2 Le poids de la catégorie socioprofessionnelle et des diplômes

- L'appartenance à des CSP + et à des niveaux de diplômes élevés augmente la probabilité de s'engager. Les **ressources symboliques et culturelles**, liées au milieu social, à la socialisation politique familiale, aux compétences politiques différenciées que cela génère chez les individus, jouent donc un rôle important.
- Dans certains contextes, des « **mobilisations improbables** » peuvent s'organiser au sein de groupes sociaux qui n'ont pas les compétences et les ressources appropriées (mouvement des Gilets jaunes).

L'ESSENTIEL

Les déterminants de l'engagement

- **L'âge** : des individus âgés plutôt que jeunes
- **Le sexe** : plutôt des hommes que des femmes
- **La génération** : des témoins/acteurs d'événements marquants
- **Le milieu social** : des membres de CSP + et diplômés

Objets, acteurs et répertoires de l'action collective

45

☐ OK

SES

Les formes et les objets de l'engagement politique se sont transformés au cours du temps. Les conflits du travail, auparavant centraux, n'ont pas pour autant disparu, même si les modalités d'action sont largement renouvelées.

I La transformation des enjeux

1 La prédominance des conflits du travail

Depuis le XIXe siècle, l'action collective se construit essentiellement autour des conflits du travail et du mouvement ouvrier, porté par des organisations syndicales et des partis politiques, ce qui n'exclut pas d'autres types de conflits (lutte pour le droits des femmes…). Ces conflits qui ont pour enjeu les conditions de vie et de travail des salariés vont conduire à la conquête de nouveaux droits en matière de rémunération, temps de travail, congés payés, protection sociale…

Mot clé

Les **conflits du travail** opposent des collectifs ou des organisations de salariés et des patrons d'entreprises ou organisations patronales, pour l'obtention ou la sauvegarde de droits économiques et sociaux.

2 De nouveaux enjeux de conflictualité sociale

- À partir des années 1960-1970 de nouveaux enjeux se développent. Qualifiés de postmatérialistes car ne portant pas sur la sphère du travail et les conditions matérielles de l'existence, ils revendiquent de nouveaux droits (égalité homme-femme, mariage pour tous…), la reconnaissance de minorités (ethniques…), le respect de l'environnement…
- Les conflits « matérialistes » ne disparaissent pas même s'ils peuvent évoluer dans leurs formes, comme le mouvement des Gilets jaunes (hiver 2018) qui a démarré pour protester contre la hausse du prix des carburants, ou celui contre la réforme des retraites (hiver 2019).

II L'évolution des répertoires et des acteurs

1 Un élargissement du répertoire de l'action collective

- La grève reste un élément incontournable du répertoire d'actions ▸ FICHE 43 même si, par définition, elle ne concerne que les salariés. Elle s'accompagne souvent de manifestations, d'occupations…

HGGSP

GRAND ORAL

De nouveaux moyens d'action cherchent à mobiliser davantage les citoyens et à donner une visibilité plus grande aux revendications et aux groupes mobilisés dans un cadre souvent international. Ils s'appuient sur l'usage des **médias** et des **réseaux sociaux numériques** et mettent en scène des actions spectaculaires à l'image d'Act Up dans les années 1980-1990 cherchant à alerter sur l'épidémie de sida et à défendre les droits des personnes homosexuelles. Les actions d'Extinction Rebellion prônant la désobéissance non violente illustrent ce renouvellement.

Des mouvements plus **ponctuels** et **spontanés** émergent. S'appuyant également sur la capacité de mobilisation d'Internet, ils se développent en marge des structures hiérarchisées, manifestant une volonté de démocratie directe (Stylos rouges chez les professeurs en 2019).

2 Une diversification des acteurs

Les acteurs traditionnels de l'engagement traversent une **crise** : l'adhésion aux partis politiques concerne une très faible minorité de citoyens et le taux de syndicalisation baisse depuis les années 1970.

De **nouveaux acteurs** (associations, collectifs...) et de nouvelles formes de militantisme (moins durables, moins hiérarchisées...) apparaissent en marge ou défiants à l'égard des organisations traditionnelles.

Mot clé

Le **taux de syndicalisation** représente la part des salariés adhérents d'une organisation syndicale (syndiqués) dans l'ensemble des salariés.

Pour autant les partis – dans le cadre des élections – et les syndicats – dans leur **capacité** à organiser les conflits sociaux – restent des acteurs incontournables.

L'ESSENTIEL

Les transformations de l'action collective

De nouveaux acteurs
- crise des acteurs traditionnels (partis politiques, syndicats)
- naissance d'associations, de collectifs, de coordinations, etc.

Un élargissement des modalités d'action
- nouvelles formes de militantisme : revendications postmatérialistes, usage des médias et réseaux sociaux, occupations, etc.
- actions ponctuelles et spontanées
- structures moins hiérarchisées

Quiz EXPRESS 46

Avez-vous bien révisé les fiches 43 à 45 ? On vérifie !

Science politique

1 Les formes de l'engagement politique

▶ FICHE 43

1. Quelles actions relèvent d'une action protestataire ?

☐ **a.** participer à une occupation d'usine

☐ **b.** voter à l'élection présidentielle

☐ **c.** faire une grève de la faim

2. Quelle action n'est pas un acte de consommation engagée ?

☐ **a.** adhérer à l'association « UFC-Que Choisir » ?

☐ **b.** signer une pétition contre l'obsolescence programmée

☐ **c.** adhérer à la Confédération paysanne

2 Les déterminants de l'engagement politique

▶ FICHE 44

1. Pourquoi s'engager rationnellement dans une action collective ?

☐ **a.** le coût individuel sera supérieur au bénéfice attendu

☐ **b.** celui qui s'engage le fait au nom de ses valeurs

☐ **c.** le bénéfice individuel attendu sera supérieur au coût

2. Quelles sont les catégories au potentiel protestataire élevé ?

☐ **a.** les femmes ☐ **b.** les ouvriers ☐ **c.** les jeunes

3 Objets, acteurs et répertoires de l'action collective

▶ FICHE 45

Quels peuvent être des enjeux « postmatérialistes » ?

☐ **a.** le mouvement #MeToo contre les violences faites aux femmes

☐ **b.** la destruction de cultures OGM

☐ **c.** la grève des salariés de Michelin contre la fermeture du site de la Roche-sur-Yon

☐ **d.** une manifestation de personnels hospitaliers pour réclamer des revalorisations de salaire

CORRIGÉS

1 Les formes de l'engagement politique

1. Réponses a et c.

Le vote ne relève pas d'une action de type protestataire, mais fait partie des formes conventionnelles d'engagement.

2. Réponse c.

La Confédération paysanne est une organisation professionnelle représentative des agriculteurs.

2 Les déterminants de l'engagement politique

1. Réponse c.

L'individu rationnel opère un calcul coût-bénéfice : si le coût est supérieur au bénéfice, il n'agit pas, tout en espérant éventuellement que les autres agissent pour lui, se comportant ainsi en passager clandestin.

2. Réponse c.

D'après les enquêtes, les femmes et les ouvriers ont un potentiel protestataire plus faible en moyenne.

En revanche, il est plus élevé chez les jeunes, même s'ils s'engagent moins de façon conventionnelle.

> **À savoir**
> En 2018, 42% des citoyens considèrent que **manifester dans la rue** est un moyen efficace pour influencer les décisions, soit 16 points de plus qu'en 2017.

3 Objets, acteurs et répertoires de l'action collective

Réponses a et b.

- La proposition **a** relève d'un enjeu de dignité humaine et d'égalité.
- La proposition **b** relève d'un enjeu environnemental (et social car opposant différentes conceptions de l'agriculture).
- Les propositions **c** et **d** relèvent de la défense des emplois et des conditions matérielles de vie.

L'évolution des inégalités économiques depuis le début du XXᵉ siècle

47

☐ OK

Depuis le début du XXᵉ siècle, on constate une tendance à la baisse des inégalités économiques (revenu, patrimoine) au niveau mondial entre les pays, alors que les inégalités au sein d'un grand nombre de pays (développés ou en développement) tendent à augmenter à nouveau.

I | Les différentes inégalités économiques

Les inégalités désignent les différences entre les individus ou les groupes sociaux dans l'accès à des ressources socialement valorisées dans la société.

1 Les inégalités de revenu

- Le revenu est un flux de ressources issues directement ou indirectement de l'activité économique. Il est le plus souvent une ressource monétaire mais il peut correspondre à une ressource réelle (logement de fonction par exemple).
- On distingue les revenus primaires des revenus de transfert. Les premiers rémunèrent les facteurs de production travail et capital (salaires, intérêts, dividendes, loyers, revenus mixtes des travailleurs indépendants). Les revenus de transfert correspondent à des droits sociaux (santé, chômage, retraite) et se versent principalement sous la forme de prestations sociales.
- Les inégalités de revenu apparaissent lors de la distribution des revenus primaires, mais également après la redistribution des revenus de transfert.

Mot clé

La **redistribution** des revenus correspond aux prélèvements obligatoires (impôts, cotisations sociales) et au versement de prestations sociales.

2 Les inégalités de patrimoine

- Le patrimoine correspond à l'ensemble des avoirs, financiers ou non (une action ou un logement par exemple), et des dettes d'un agent économique. Le patrimoine est un stock alimenté notamment par un flux d'épargne ▶ FICHE 48.
- Les inégalités de patrimoine dépendent principalement de la concentration de la propriété. Cependant, elles ont des effets sur les inégalités de revenu car la propriété du patrimoine donne lieu au versement de revenus : intérêts, dividendes ou loyers par exemple.

II L'évolution des inégalités économiques

1 L'évolution des inégalités de revenu en France

Au XXe siècle, l'étude de l'évolution des inégalités de revenu permet de distinguer **deux périodes**. La première correspond à la période du début du siècle jusqu'au milieu des années 1970, au cours de laquelle les inégalités de revenu baissent. La part des revenus captée par les 10 % les plus riches passe de 50 % à 30 % du total. Depuis la fin des années 1970, les inégalités de revenu sont reparties légèrement à la **hausse**.

2 L'évolution des inégalités de patrimoine en France

- Au cours du XXe siècle, les inégalités de patrimoine ont tendance à baisser. Une classe moyenne se constitue qui détient une part grandissante du patrimoine.
- Depuis le milieu des années 1980, les **inégalités de patrimoine** augmentent. Cette tendance est modérée, mais continue.

Mot clé

La **classe moyenne** correspond aux personnes dont le patrimoine se situe « au milieu », entre les 10 % les plus riches et les 50 % les plus pauvres.

3 L'évolution des inégalités dans le monde

- Après deux siècles de hausse continue des inégalités entre les citoyens du monde, suite à la révolution industrielle, ce processus s'est ralenti, puis renversé depuis une vingtaine d'années : on observe un **recul des inégalités** entre pays du monde lié à la croissance des pays émergents et des pays en développement.
- Parallèlement on assiste à la hausse des **inégalités internes** aux pays. Au niveau mondial, les 1 % les plus riches ont profité deux fois plus de la croissance des revenus que les 50 % les plus pauvres.

L'ESSENTIEL

L'évolution des inégalités économiques

En France
- 1914-1970 : baisse
- depuis 1980 : accroissement des inégalités de patrimoine

Entre les pays
- 1870-1990 : hausse
- depuis 1990 : recul

Le caractère multiforme et cumulatif des inégalités économiques et sociales

48

☐ OK

Les inégalités présentent plusieurs dimensions car elles peuvent être économiques mais également sociales. Ces différentes dimensions ont un caractère cumulatif, une inégalité pouvant en engendrer une ou plusieurs autres.

I Les différentes dimensions des inégalités

1 Les inégalités économiques

- Les **inégalités de revenu et de patrimoine** sont les principales formes d'inégalités économiques. Cependant, d'autres inégalités économiques sont constatées : l'accès à un emploi stable ou précaire, le chômage, la consommation, l'épargne.
- Les inégalités économiques englobent le phénomène de **pauvreté monétaire**. Est considérée comme pauvre en France toute personne ayant un revenu inférieur à 60 % du revenu médian. Ce seuil de pauvreté mesure une pauvreté relative dans le sens où elle évolue en fonction du revenu médian.

Mot clé

Le **revenu médian** est le revenu qui divise la population en deux parties égales : 50 % de la population a un revenu supérieur et 50 % un revenu inférieur.

- La **pauvreté absolue** touche les personnes qui ne disposent pas des ressources qui leur permettent de satisfaire leurs besoins essentiels : se nourrir, se vêtir, se chauffer, se loger. Cette pauvreté peut être mesurée par un minimum vital.

2 Les inégalités sociales

Les inégalités sociales sont des différences entre individus ou groupes sociaux portant sur des avantages ou des désavantages dans l'accès à des **ressources socialement valorisées** (la santé, l'obtention d'un diplôme qui favorise l'entrée dans une profession, l'accès à des fonctions politiques). Autant d'accès qui peuvent être **différenciés** entre hommes et femmes et selon les milieux sociaux.

Chiffres clés

La pauvreté en France en 2019

- Le seuil de pauvreté est de **1 020 €** par mois.
- **8,8 millions** de personnes sont considérées comme pauvres.
- Le revenu de solidarité active (RSA) est de **559,74 €**.

II Le caractère cumulatif des inégalités sociales

> **Mot clé**
> L'**épargne** est la partie du revenu non dépensée dans la consommation.

- Les inégalités économiques se cumulent. Les **inégalités de revenu** entraînent des comportements de consommation et d'épargne différents. Les détenteurs des revenus les plus élevés épargnent plus que ceux qui ont des revenus faibles. Cette épargne permet d'acquérir un patrimoine expliquant ainsi les **inégalités de patrimoine**. Le patrimoine génère des revenus qui se cumulent aux revenus de l'activité économique : ces revenus tendent à accroître les inégalités économiques.
- Les inégalités économiques entraînent des inégalités sociales. Les inégalités économiques ont des effets sur la **réussite scolaire**, celle-ci dépendant en grande partie des conditions matérielles d'existence des élèves ▶ FICHE 32. Des revenus importants donnent aussi un meilleur **accès aux soins** expliquant ainsi les différences d'espérance de vie entre les catégories socioprofessionnelles : un cadre a une espérance de vie plus élevée qu'un ouvrier.
- Les inégalités sociales engendrent des inégalités économiques. Les **inégalités scolaires** ont des conséquences sur le niveau de revenu. La réussite scolaire conditionne l'accès aux diplômes, et donc au type d'emploi occupé, engendrant ainsi des inégalités de revenu, de logement…
- Ce **caractère cumulatif** des inégalités, qui touche les catégories défavorisées dans tous les domaines, se constate pour une même génération et se poursuit également d'une génération à l'autre. La reproduction des inégalités perdure effectivement avec la transmission d'un héritage économique et culturel différencié selon le milieu d'origine. La corrélation de revenus parents-enfants ▶ FICHE 49 permet par exemple de mesurer cette transmission d'inégalités.

L'ESSENTIEL

Les inégalités économiques → Concernent **les revenus et le patrimoine** :
- pauvreté monétaire (par rapport au revenu)
- pauvreté absolue (par rapport à la satisfaction des besoins essentiels : se nourrir, se loger…)

Les inégalités sociales → Concernent **l'accès à des ressources socialement valorisées** (santé, éducation…) :
- inégalités selon le milieu social
- inégalités selon le sexe

Les principaux outils de mesure des inégalités

49

☐ OK

L'étude des inégalités nécessite des outils pour les mesurer. On distingue les outils statiques des outils dynamiques, ces derniers permettant de savoir si les inégalités sont héréditaires.

I La mesure statique des inégalités

1 Les rapports inter-quantiles

- Pour mesurer les inégalités de revenu, on classe la population en tranches, les quantiles, en fonction de leur revenu. Chaque tranche correspond au revenu maximum de la population de cette tranche. On mesure les inégalités de revenu en fonction du rapport de revenu entre ces tranches.

- Le rapport inter-quantile le plus utilisé est le rapport inter-décile. Le premier décile est le niveau de salaire qui sépare les 10 % des salariés les moins bien payés des 90 % les mieux rémunérés. Le décile D5 correspond au revenu partageant la population en deux (la médiane). Le rapport D9 / D1 évalue l'inégalité des revenus.

Mot clé

La population est divisée en tranches de 10 % selon le revenu ou le patrimoine, le **décile** est ainsi la valeur qui sépare chaque tranche, de 10 % en 10 %.

- On peut mesurer d'autres rapports inter-quantiles. Si on divise la population en groupes de 25 % en fonction des revenus, on obtient le rapport inter-quartile. Le rapport inter-centile mesure les écarts de revenu entre les 1 % les plus riches et les 1 % les plus pauvres.

2 La courbe de Lorenz et le coefficient de Gini

- La courbe de Lorenz est une représentation graphique permettant de visualiser la distribution d'une variable (patrimoine, revenu) au sein d'une population. Le plus souvent, pour construire la courbe, la population est divisée en déciles.

- Le coefficient de Gini est un indicateur synthétique d'inégalités de revenu. Il varie entre 0 et 1. Il est égal à 0 s'il y a égalité parfaite dans la distribution des revenus (tous les revenus sont égaux). Il est égal à 1 si un seul agent économique concentre l'ensemble des revenus. Entre 0 et 1, l'inégalité est d'autant plus forte que le coefficient de Gini est élevé.

3 Le top 1 %

Le top 1 % ou centile supérieur rassemble le 1 % de la population la plus riche. Cette population regroupe 500 000 personnes environ en France. La part du revenu (ou du patrimoine) détenue par le top 1 % est un instrument pour mesurer la **concentration de richesses** et les **inégalités**.

II La mesure dynamique des inégalités

1 Les limites de la mesure statique des inégalités

- Rapports inter-quantiles, courbe de Lorenz ou coefficient de Gini sont des outils qui mesurent les inégalités à un moment donné. Ils offrent un **instantané** des inégalités en rassemblant les revenus de populations dont le niveau de revenu est transitoire.
- Le niveau des inégalités peut être lié à des **facteurs transitoires** comme la composition de la population. Si celle-ci comporte de nombreux étudiants, le revenu de ces derniers a une grande probabilité d'augmenter dans les années qui suivent, réduisant ainsi les inégalités de revenu.

2 La corrélation des revenus parents-enfants

- Une mesure dynamique des inégalités consiste à comparer les revenus des parents et des enfants. L'économiste Alan Krueger a construit une courbe, dite **courbe de Gatsby**, qui met en relation sur l'axe horizontal l'inégalité des revenus sur une génération et sur l'axe vertical la différence de revenu entre générations différentes.
- La courbe de Gatsby montre que les pays ayant les plus grandes inégalités de revenu sont ceux où les enfants ont des revenus comparables à ceux de leurs parents, les inégalités devenant ainsi **héréditaires**.

L'ESSENTIEL

Mesure statique
- rapports inter-quantiles
- courbe de Lorenz
- coefficient de Gini
- top 1 %

⇠ **Mesurer les inégalités** ⇢

Mesure dynamique
- courbe de Gatsby (corrélation des revenus parents-enfants)

Les différentes conceptions de la justice sociale

50

☐ OK

Égalité et justice sociale sont des principes fondamentaux des sociétés démocratiques. Cependant, on distingue différentes formes d'égalité conduisant à définir plusieurs conceptions de la justice sociale.

I Les différentes formes d'égalité

1 Égalité des droits

- L'égalité des droits signifie que tous les membres de la société ont les mêmes droits (égalité devant la loi). Cette forme d'égalité apparaît en France avec la Révolution française et la Déclaration des droits de l'homme et du citoyen.
- L'égalité des droits implique qu'il est interdit de se fonder sur les caractéristiques personnelles des personnes pour les exclure ou les traiter différemment sous peine de discrimination.

Mot clé

On parle de **discrimination** lorsqu'un individu ou un groupe d'individus est traité différemment en raison de caractéristiques personnelles : sexe, origine ethnique, handicap...

2 Égalité des chances

- L'égalité des chances signifie que tous les membres d'une société disposent des mêmes opportunités pour accéder aux positions sociales les plus élevées dans la hiérarchie sociale. Dès lors, la position sociale dépend des mérites des personnes et non de leur origine.
- Le système scolaire est l'un des principaux domaines où doit s'exercer l'égalité des chances ▶ FICHE 31. Les résultats scolaires dépendent en principe des mérites des élèves et non de leur milieu social.

3 Égalité des situations

- Si chacun est traité de façon identique par la loi (égalité formelle), tous les individus ne bénéficient pas des mêmes conditions matérielles d'existence (égalité réelle).
- L'égalité des situations correspond à une égalité réelle entre les membres d'une société qui disposent des mêmes ressources économiques et sociales (revenus, patrimoine, prestige, etc.). Les égalités (ou inégalités) de situations peuvent se mesurer notamment avec des indicateurs d'inégalités (de revenus, de patrimoine ▶ FICHE 49).

II Les conceptions de la justice sociale

1 La conception « égalitariste »

- La conception « égalitariste » de la justice sociale prône une égalité politique, économique, sociale complète.
- Pour les **marxistes**, la justice sociale implique aussi bien l'égalité des droits que l'égalité des chances et surtout l'égalité des situations. Cette égalité « absolue » est la condition de la liberté. Celle-ci est incompatible avec l'inégalité car elle revient à la liberté d'une minorité d'exploiter et de dominer la majorité.

> **Mot clé**
>
> La **justice sociale** est l'ensemble des principes et des valeurs permettant la répartition des ressources essentielles d'une société et l'orientation des actions correctrices à mener.

2 La conception « libérale »

- La conception libérale de la justice sociale privilégie le **principe de liberté** au principe d'égalité. Les libéraux justifient ainsi l'existence d'inégalités. Les libéraux « utilitaristes » considèrent que la justice sociale consiste à maximiser le bien-être de la population grâce à la « main invisible » du marché qui permet d'obtenir un optimum social.
- Les **ultralibéraux** ou « libertariens » estiment que la liberté est la valeur ultime qui doit être défendue dans toute société démocratique et que seule l'égalité des droits doit être respectée.
- Le philosophe américain John Rawls (1921-2002) défend une **conception « libérale égalitaire »** de la justice sociale : le principe d'équité. Il combine le principe de liberté pour chaque individu si elle est compatible avec la liberté pour tous et le principe de différence : on peut justifier les inégalités si elles profitent aux plus défavorisés.

L'ESSENTIEL

L'égalité et la justice sociale

Différentes formes d'égalité
- égalité des droits
- égalité des chances
- égalité des situations

Différentes conceptions de la justice sociale
- égalitariste (marxiste)
- libérales (utilitariste, libertarienne, libérale égalitaire)

Pouvoirs publics et justice sociale

51

☐ OK

SES

Dans les sociétés démocratiques, la lutte contre les inégalités est l'un des objectifs traditionnels de l'action des pouvoirs publics. Cependant, cette action connaît des limites entraînant des débats sur sa pertinence.

I L'action des pouvoirs publics pour la justice sociale

1 La protection sociale

Le système de protection sociale mis en place en France après la Seconde Guerre mondiale répondait à une logique d'assurance : ceux qui avaient cotisé (principalement les salariés) pouvaient en bénéficier. Mais l'évolution de la protection sociale répond de plus en plus à une logique d'assistance : même ceux qui n'ont pas cotisé (les plus démunis) perçoivent des prestations sociales.

Mot clé

La **protection sociale** est le système de solidarité permettant aux individus de faire face aux risques sociaux (maladie, charges de famille, vieillesse, perte d'emploi...).

2 La fiscalité et les services collectifs

- L'impôt sur le revenu est le prélèvement obligatoire qui corrige le mieux les inégalités économiques car c'est un impôt progressif : le taux d'imposition augmente lorsque le revenu augmente.
- Les services collectifs comme la Santé ou l'Éducation sont des productions non marchandes financées par les prélèvements obligatoires. En les fournissant à titre quasi gratuit, les pouvoirs publics favorisent l'égalité des chances et réduisent les inégalités face à la santé.

3 La lutte contre les discriminations

- Les pouvoirs publics adoptent des lois condamnant les discriminations ▶ FICHE 50, permettant ainsi l'égalité des droits.
- Ils agissent aussi par l'octroi de dotation accrue de moyens matériels pour compenser une inégalité initiale (Éducation prioritaire...).
- Ils peuvent également avantager des populations considérées comme discriminées en menant une politique de discrimination positive corrigeant les mécanismes de marché (recrutements préférentiels avec des quotas pour des catégories comme les personnes handicapées).

HGGSP

GRAND ORAL

II L'action des pouvoirs publics en débat

1 Les contraintes pesant sur l'action des pouvoirs publics

L'action des pouvoirs publics pour lutter contre les inégalités est soumise à des **contraintes de financement**. La conjoncture économique (ralentissement de la croissance, chômage élevé) freine la progression des ressources publiques. Cette action est également soumise aux **contraintes européennes** qui imposent une limitation du déficit budgétaire afin de réduire l'endettement public ▶ FICHE 24. De plus, le cadre européen limite l'action des services publics soumis à la concurrence.

2 Les débats sur l'efficacité et la légitimité des pouvoirs publics

- La capacité des pouvoirs publics est remise en cause. En effet, ils peinent à limiter la **dégradation** du marché du travail (chômage, précarité) qui engendre une nouvelle pauvreté s'accroissant en période de crise ▶ FICHE 41.
- Pour réduire les inégalités, les pouvoirs publics doivent disposer de ressources importantes notamment grâce à l'**impôt**. Or, on assiste à une dégradation du « consentement à l'impôt ». Le « citoyen-contribuable » est devenu un « usager-client » des services publics, perdant de vue la fonction sociale de l'impôt.
- Selon une logique libérale ▶ FICHE 50, l'action des pouvoirs publics a des **effets pervers**. Le versement d'indemnités de chômage ou de minima sociaux peut encourager les chômeurs à ne pas occuper des emplois à bas salaire (« trappe à chômage » ▶ FICHE 13).

L'ESSENTIEL

Les pouvoirs publics et la justice sociale

La réduction des inégalités
- fiscalité
- services collectifs
- protection sociale

Les limites de l'action publique
- contraintes de financement
- contraintes européennes
- efficacité limitée
- crise de légitimité

Coopérations et conflits entre les acteurs pour l'environnement

52

☐ OK

SES

Les biens communs que représentent l'environnement, les ressources naturelles, sont gérés par une grande diversité d'acteurs (États, citoyens, experts). Leurs actions complexes qui s'exercent à différentes échelles (locale, nationale, européenne et mondiale) ne sont pas toujours harmonisées.

I Différents acteurs à différentes échelles

- À l'échelle internationale, les États, l'ONU et l'Union européenne prennent des mesures pour préserver l'environnement et contraindre les agents économiques à les respecter, en réduisant par exemple les émissions de gaz à effet de serre ou en réglementant la pêche du thon rouge.
- Les scientifiques du GIEC (Groupe d'experts intergouvernemental sur l'évolution du climat) prennent position et rendent leurs rapports sur le réchauffement climatique.
- Les organisations non gouvernementales (ONG) internationales ont pour rôle d'alerter et de former l'opinion publique sur les questions environnementales (Greenpeace, WWF).
- À l'échelle européenne, le programme de financement LIFE soutient des projets nationaux et transnationaux en faveur de l'environnement et du climat.
- À l'échelle nationale puis locale, les États mettent en place des collaborations avec les mouvements citoyens et parfois les entreprises. Les partis politiques ont tous intégré la question de l'environnement dans leur programme et les partis écologistes progressent lors des élections.

Mot clé

L'**environnement** désigne le capital naturel qui regroupe l'ensemble des ressources renouvelables et non renouvelables de la planète.

- Dans les métropoles notamment, les conseils municipaux prennent en compte l'écologie pour organiser l'urbanisme, les transports, etc.
- Les entreprises ont globalement adhéré au principe d'une responsabilité sociale et environnementale (RSE) et s'engagent à abandonner la production de voitures diesel comme le fait Toyota.
- Les mouvements citoyens, constitués principalement d'associations, s'organisent pour se faire entendre par des manifestations, des pétitions, etc.

II Les relations entre les différents acteurs

- La multiplicité des acteurs aux intérêts divergents est source de **conflits**. La protection de l'environnement réclamée par différents acteurs tels que les ONG peut nuire à la rentabilité des entreprises.

- Les mouvements citoyens, comme la Marche pour le climat, organisent des **événements** pour mobiliser la population et faire pression sur les gouvernements. Leur objectif est la « mise à l'agenda » politique des problèmes environnementaux afin d'obtenir des solutions de la part des pouvoirs publics qui, seuls, peuvent proposer des lois protectrices de l'environnement.

> **Mot clé**
> Une « **mise à l'agenda** » correspond au passage d'un problème du domaine privé au domaine public.

- Les **propositions** de préservation de l'environnement diffèrent selon les acteurs. Les entreprises acceptent souvent une protection de l'environnement qui ne nuit pas à leur rendement alors que les ONG préconisent des solutions plus drastiques, moins centrées sur les conséquences en termes d'emplois et de profits.

- Les différents acteurs internationaux collaborent aussi et privilégient la **coopération**. La Conférence des Nations unies sur les changements climatiques (COP 21) a ainsi adopté en 2015 l'Accord de Paris, entré en vigueur en 2016, prévoyant de contenir la hausse des températures sous la barre des 2°C.

- Au niveau national, les pouvoirs publics appliquent les **accords internationaux** en fonction de leurs spécificités. Ils associent à leurs prises de décisions les ONG comme Greenpeace. Ils s'inspirent également des rapports d'experts du GIEC. En France, le gouvernement a créé en 2019 un Conseil de défense écologique afin de respecter les objectifs en matière de protection du climat et de la biodiversité.

L'ESSENTIEL

Les coopérations et confits entre les acteurs pour l'environnement

Les différents acteurs en présence
- pouvoirs publics (États, ONU, UE)
- entreprises
- experts (GIEC)
- ONG et mouvements citoyens

Les relations entre les différents acteurs
- conflits pour la mise à l'agenda politique
- coopération aux niveaux local, national, européen et international

L'efficacité des instruments des pouvoirs publics pour l'environnement

53

☐ OK

SES

Le système économique international provoque un déséquilibre climatique par ses émissions de gaz à effet de serre. Ces externalités négatives sont combattues par les pouvoirs publics à l'aide de plusieurs instruments.

I L'action publique pour contrôler les externalités

- Le marché ne tient pas compte des externalités parce qu'elles n'ont pas de prix associé. Une entreprise à l'origine d'externalités négatives n'est pas sanctionnée et ne verse pas de compensation monétaire. Il s'agit donc d'une défaillance de marché qui empêche ce dernier d'atteindre une situation optimale.

> **Mot clé**
>
> Une **externalité** est une conséquence, positive ou négative, d'une activité économique, non prise en compte par le marché.

- Une production s'effectuant sans précaution (sans filtres ni recyclage) est polluante mais moins onéreuse qu'une production respectueuse de l'environnement. Les entreprises sont donc incitées à produire sans préserver l'environnement pour maintenir des prix bas tandis que les ménages sont amenés à consommer ces produits pour préserver leur pouvoir d'achat.

- L'action publique s'articule à différentes échelles. Par exemple, pour honorer ses engagements pris au titre de l'Accord de Paris, la France a adopté dans le cadre européen un programme de diminution des émissions de CO_2 d'ici 2030 d'au moins 40 % par rapport aux niveaux de 1990. À l'échelle nationale, la France implante des centres régionaux de recyclage comme en Bretagne ou propose aux particuliers des aides financières pour rénover écologiquement leur habitation.

II L'efficacité des instruments de la politique climatique

- La réglementation regroupe l'ensemble des normes et des lois dont le non-respect est sanctionné par des amendes. Elle est destinée à modifier le comportement des agents économiques. Elle peut limiter les externalités négatives (vignette Crit'Air) et imposer la production d'externalités positives (recyclage des déchets).

HGGSP

GRAND ORAL

Ces **normes** sont diverses : les normes d'émissions limitant les rejets de CO_2, les normes de procédé imposant l'utilisation de matières recyclées, les normes de produit comme le pot catalytique et les normes d'utilisation (interdisant la circulation des véhicules certains jours...).

D'après l'économiste britannique Arthur Cecil Pigou (1877-1959), il est possible d'**internaliser** les externalités, c'est-à-dire de taxer les externalités négatives qui nuisent à l'environnement et d'allouer une subvention aux externalités positives qui le préservent. Par exemple, le bonus-malus écologique impose une taxe sur les voitures les plus polluantes pouvant aller jusqu'à 20 000 euros. À l'inverse, la subvention à l'**innovation verte** consiste à récompenser financièrement les entreprises qui créent des innovations de produit (panneau solaire) ou de procédé (nouvelle manière de recycler) plus respectueuses de l'environnement, incitant ainsi les autres entreprises à se tourner vers ce type d'innovation peu polluant.

Pour maintenir l'équilibre climatique, c'est-à-dire la stabilité des températures, l'UE a instauré le marché des quotas d'émission limitant les rejets de CO_2 provenant des externalités négatives. La Commission européenne fixe un plafond maximum d'émissions de CO_2 par an. Sur chaque tonne appelée « quota », un droit de propriété est posé. Les quotas sont distribués aux entreprises selon leur degré de pollution.

> **Mot clé**
>
> Un **marché des quotas** est un lieu d'échanges entre l'offre et la demande de quotas de CO_2 qui déterminent le prix de la tonne de carbone.

Une entreprise qui dépasse son nombre de quotas d'émission est contrainte d'en acheter aux **entreprises excédentaires** sur le marché des quotas au prix fixé par la loi de l'offre et de la demande.

L'ESSENTIEL

L'efficacité de la politique climatique

Le sens de l'action publique
- lutte contre les défaillances du marché qui ne tient pas compte des externalités négatives
- lutte à différentes échelles contre les externalités négatives

Les objectifs des instruments
- la règlementation utilise les normes
- la taxation fixe un prix aux externalités
- le marché des quotas fixe un plafond de pollution

Les limites des instruments des pouvoirs publics pour l'environnement

54

☐ OK

SES

Les principaux instruments de la politique climatique peuvent réduire partiellement les externalités négatives, mais leur efficacité étant limitée, ils sont utilisés de manière complémentaire.

I Les limites des instruments de la politique climatique

1 Les limites de la réglementation

- La **réglementation** est souvent difficile à doser : trop laxiste, elle manque d'effet, trop ferme, elle peut inciter à frauder. Elle ne pousse pas les entreprises à poursuivre leurs efforts pour préserver l'environnement quand la norme est atteinte. La taxation paraît plus dissuasive.
- La mise aux **normes**, évoluant régulièrement, a un coût qui détériore la compétitivité-prix des entreprises, augmente les prix et creuse les inégalités entre ménages aisés et ménages pauvres. Ce coût pèse également sur les pouvoirs publics qui contrôlent leur application.

2 Les limites de la taxation et du marché des quotas

- La **taxation** peut être onéreuse quand elle ne compense pas les subventions versées (cas du bonus-malus écologique pour les véhicules neufs). Elle peut également peser lourdement dans le budget des ménages les plus pauvres. Enfin, la taxe, augmentant les coûts des entreprises, nuit à leur compétitivité-prix et potentiellement à leurs investissements en faveur de l'environnement.
- La taxe n'est qu'**incitative** (l'agent économique a le droit de polluer dès lors qu'il paye sa taxe), contrairement à la réglementation. La taxe n'a pas pour objectif d'établir un plafond maximum de pollution, contrairement au marché des quotas d'émission.
- Des effets rebonds apparaissent, c'est-à-dire des **effets inattendus**, voire contraires au mécanisme mis en place (effet Veblen), comme l'augmentation de la demande de véhicules polluants malgré la mise en place de la taxe, certains agents économiques souhaitant se distinguer par l'achat de biens coûteux.

Mot clé

On parle d'**effet Veblen** lorsque la demande d'un produit peut être d'autant plus forte que son prix est élevé.

HGGSP

GRAND ORAL

- Le **marché des quotas d'émission** se révèle inefficace pour modifier le comportement des entreprises, le prix du quota n'étant pas suffisamment élevé. Ce marché ne s'adresse pas aux petits pollueurs (ménages, artisans), mais aux grandes entreprises, sachant que les quotas ont été généreusement distribués sur le marché européen.
- La **spéculation** se développe sur ce marché des quotas, ce qui fausse le prix du marché et modifie les quantités disponibles.

II Une mise en œuvre confrontée aux dysfonctionnements de l'action publique

- L'action publique s'exerce sous la pression des groupes d'intérêt. Les acteurs politiques sont parfois en conflits et ne défendent pas toujours l'intérêt général mais des **intérêts privés** (secteur bancaire, agricole...). Les groupes d'intérêt se positionnent aussi en experts pour influencer l'action publique, comme le géant pétrolier Exxon qui finance des études climato-sceptiques.

> **Mot clé**
>
> Un **groupe d'intérêt** désigne une organisation qui tente d'influencer les pouvoirs et l'opinion publics pour obtenir des décisions en sa faveur.

- Les changements réguliers de gouvernement et de ministres désorganisent également l'action publique par **manque de continuité**.
- Dans une logique électoraliste, les pouvoirs publics ont régulièrement renoncé aux **avancées écologiques**, comme en 2013 lorsque le gouvernement abandonne l'écotaxe touchant les poids lourds suite au mouvement de protestation breton des « Bonnets rouges ».

L'ESSENTIEL

Les limites des instruments des pouvoirs publics

Les limites des instruments
- application de la réglementation difficile à vérifier
- effets rebonds créés par la taxation
- prix trop faible du quota fixé par le marché

Le dysfonctionnement de l'action publique
- pression des groupes d'intérêt
- changements fréquents des responsables politiques
- logique électoraliste et renoncement aux avancées écologiques

Les contraintes pesant sur les accords internationaux pour l'environnement

55

☐ OK

L'équilibre climatique est un bien commun difficile à sauvegarder : certains pays souhaitent mettre en place des accords environnementaux pour le préserver, d'autres les refusent pour privilégier leur croissance ou permettre leur développement.

I L'environnement, un bien commun

- L'environnement désigne le capital naturel formé de plusieurs composants dont les **biens privés** qui peuvent être privatisés et vendus sur un marché (poissons d'un étang privé par exemple).

- L'environnement désigne également les **biens communs** mondiaux comme les forêts ou le climat (l'équilibre climatique) qui sont des biens rivaux et non-excluables. Les pays européens se sont accordés pour limiter les quantités d'émission de gaz à effet de serre et pour ne pas émettre plus de 2 000 milliards de tonnes de CO_2 dans l'atmosphère. Mais cet engagement s'avère difficile à contrôler, chacun pouvant émettre du CO_2 selon ses besoins (en faisant démarrer son véhicule par exemple ou en allumant un feu de cheminée).

Mot clé

Un **bien commun** est non-excluable (on ne peut pas en contrôler l'accès) et rival (son utilisation par un individu empêche un autre de faire de même).

II La tentation du passager clandestin

- En présence de biens communs, les agents économiques, s'ils sont rationnels, sont incités à adopter un comportement de **passager clandestin**, laissant les autres limiter leur consommation sans restreindre la leur ni en supporter les désavantages.

- Ainsi, les **États-Unis** se sont désengagés dans la lutte contre le réchauffement de la planète en sortant de l'Accord de Paris en 2019.

- Toutefois, la pression de l'opinion publique, les actions menées par les ONG, les sommets mondiaux sur le changement climatique incitent une grande majorité de pays (comme la Chine) à poursuivre leur **engagement**.

Mot clé

Un **passager clandestin** est un agent économique rationnel qui souhaite profiter d'un bien ou d'un service sans en supporter le coût.

III Des pays très inégaux face à la question climatique

- Tous les pays n'ont pas le même **niveau de pollution**. Ainsi, un individu riche en Occident pollue presque 3 000 fois plus qu'un individu dans un pays pauvre.
- Le niveau de pollution de la **Chine** a été multiplié par 4 depuis 1970. Ce pays est responsable de 30 % des émissions de CO_2 de la planète. Les États-Unis et la Chine émettent à eux deux presque 50 % des émissions mondiales.
- Les **pays pauvres** ont une faible empreinte écologique et sont les moins pollueurs : au Yémen ou à Haïti par exemple, l'émission de CO_2 par habitant est d'environ une demi-tonne, donc quarante fois moins qu'un Américain. Ces pays revendiquent auprès des pays riches qui polluent plus et de longue date leur droit à se développer et à user de leur « dette écologique ».

> **Mot clé**
>
> **L'empreinte écologique** mesure la quantité de terres (en hectares) nécessaire à un habitant pour se nourrir et recycler ses déchets.

- Les **pays en développement**, plus que les pays développés, seront particulièrement exposés aux catastrophes naturelles découlant du réchauffement climatique (épidémies, famines, montée des eaux qui menacent notamment plus de 10 millions de Bangladais...). Pour respecter les accords internationaux sur l'environnement (COP, Kyoto...), ils devront s'endetter pour acquérir les équipements écologiques nécessaires (énergies renouvelables, usines de recyclage...).

L'ESSENTIEL

Les contraintes pesant sur les accords internationaux

L'environnement, un bien commun
- des biens rivaux non-excluables (climat...)
- mais la tentation du comportement de passager clandestin

Des pays inégaux face à l'enjeu environnemental
- les populations riches polluent davantage
- les États-Unis et la Chine émettent presque 50% des émissions mondiales de CO_2

Quiz EXPRESS

56

Avez-vous bien révisé les fiches 47 à 55 ? On vérifie !

SES

Regards croisés

1 Les inégalités économiques et sociales

▶ FICHES 47 À 49

1. En France, les inégalités de patrimoine augmentent…

☐ **a.** tout au long du XXe s. ☐ **b.** depuis les années 1980.

☐ **c.** entre les deux guerres mondiales.

2. Les principales formes d'inégalités économiques sont…

☐ **a.** les revenus et le patrimoine.

☐ **b.** la consommation et le logement.

☐ **c.** l'emploi et le chômage.

2 Justice sociale et action des pouvoirs publics

▶ FICHES 50 ET 51

L'action des pouvoirs publics pour la justice sociale connaît une crise de légitimité car…

☐ **a.** elle a des effets pervers. ☐ **b.** elle n'a plus de ressources.

☐ **c.** elle n'est pas démocratique.

3 Les instruments des pouvoirs publics pour l'environnement

▶ FICHES 52 À 55

1. La taxation permet…

☐ **a.** d'internaliser les externalités.

☐ **b.** de taxer les externalités positives.

☐ **c.** de diminuer les externalités négatives.

2. Le marché des quotas d'émission est peu efficace…

☐ **a.** car il détermine des prix trop faibles.

☐ **b.** car il ne s'applique qu'à de grandes entreprises.

☐ **c.** car il ne concerne que les ménages.

3. Un bien commun est un bien…

☐ **a.** rival. ☐ **b.** non rival. ☐ **c.** non-excluable.

HGGSP

GRAND ORAL

CORRIGÉS

1 Les inégalités économiques et sociales

1. Réponse b.

Même si cette augmentation est régulière depuis le début des années 1980, elle reste modérée.

2. Réponse a.

D'autres inégalités économiques peuvent être relevées : l'accès à un emploi stable ou précaire, le chômage, la consommation, l'épargne.

2 Justice sociale et action des pouvoirs publics

Réponse a.

Pour les libéraux, l'action des pouvoirs publics engendre des phénomèns de désincitation et encourage une « trappe à inactivité » pour les individus recevant des prestations sociales.

Mot clé

L'effet d'une mesure qui modifie l'analyse coût/avantages d'une situation peut engendrer une **désincitation** et réduire ainsi la motivation des individus à adopter un comportement jugé souhaitable pour la société.

3 Les instruments des pouvoirs publics pour l'environnement

1. Réponses a et c.

La taxation détermine le prix des externalités négatives, ce qui incite les agents économiques à moins consommer ou à moins produire les biens et services qui les provoquent.

À savoir

La réglementation, la taxation et le marché des quotas sont trois **instruments complémentaires** qui ont tous pour objectif de protéger le climat en tant que bien commun.

2. Réponses a et b.

Ce marché est peu efficace parce qu'il détermine des prix trop faibles et ne concerne que les entreprises européennes d'une certaine taille.

3. Réponses a et c.

En effet, un bien commun est rival, donc en quantité limitée, et non-excluable parce qu'on ne peut pas en contrôler l'accès.

HGGSP

SOMMAIRE

Quand vous avez révisé une fiche, cochez la case ☐ correspondante !

De nouveaux espaces de conquête

Faire la guerre, faire la paix : formes de conflits et modes de résolution

Histoire et mémoire, histoire et justice

Identifier, protéger et valoriser le patrimoine : enjeux et géopolitiques

SOMMAIRE

L'environnement, entre exploitation et protection : un enjeu planétaire

L'enjeu de la connaissance

Océan et espace : quelles spécificités ?

1

OK

SES

HGGSP

GRAND ORAL

Si la surface terrestre est presque totalement appropriée, les océans et l'espace constituent de nouveaux champs d'exploration et d'exploitation pour l'activité humaine, où presque tout est à construire.

I Une connaissance et une maîtrise en constante évolution

1 La « planète océane » : un espace encore mal connu

- La surface de la Terre est couverte à 71 % par les mers et les océans. Si la cartographie de la surface terrestre est achevée, seuls 10 % de la surface océane le sont, généralement près des côtes.

Chiffres clés

Les océans totalisent **362 millions de km²** et près de **1 320 millions de km³** d'eau, soit **97 %** de l'eau terrestre.

- Paradoxalement, on connaît mieux la topographie de la Lune et de Mars – dépourvues de masses liquides – que celle des océans. La bathymétrie (science de la mesure des profondeurs et du relief de l'océan) demeure mal connue : les campagnes de cartographie par sonars multifaisceaux sont longues et coûteuses. La première cartographie complète et à haute résolution du plancher océanique est annoncée pour 2030… La biodiversité marine est ainsi fort mal connue : 90 % des espèces marines resteraient à découvrir.

2 L'espace : une exploration à peine entamée

- L'espace – au-delà de l'atmosphère, soit environ 100 kilomètres d'altitude – est défini comme tous les objets extérieurs à la Terre. L'espace est infini au sens mathématique du terme.
- Sa connaissance et son exploration restent donc largement théoriques, et d'autant plus que l'on s'éloigne de notre planète :
  - espace circumterrestre, domaine des satellites ;
  - Lune, notre satellite, exploré par l'Homme en 1969 ;
  - système solaire, exploré par des sondes, surtout Mars et Vénus ;
  - objets transneptuniens, astéroïdes au-delà de l'orbite de Neptune, comètes, abordés par quelques sondes et surtout par télescopes.
- Les sondes américaines *Voyager*, les plus éloignées, ne sont pas encore sorties du système solaire…

II Les dernières frontières ?

1 Des espaces à conquérir

- La « frontière » envisagée ici n'est pas celle qui sépare des États. Ce terme, d'origine américaine (*frontier*), désigne la limite, sans cesse repoussée, entre civilisation et sauvagerie (*wilderness* ▶ FICHE 49).
- Océans et espace constituent les « dernières frontières », sorte de **front pionnier** le long duquel l'Humanité progresse et conquiert de nouveaux espaces.

2 Des milieux qui représentent de réels défis

Les défis sont multiples : **températures extrêmes** (3 °C dans les océans, – 140 °C dans l'hiver martien et – 273 °C théoriques dans le vide, mais + 465 °C sur Vénus), **pressions** extrêmes (du vide spatial aux 1 000 atmosphères du fond océanique), **luminosité** (à 150 m de profondeur océanique, 99 % de la lumière solaire est absorbé), radiations cosmiques dont nous protège la magnétosphère terrestre.

3 Le défi technologique

- Les technologies nécessaires existent, tant pour la conquête des océans que pour celle de l'espace péri-terrestre, voire martien. Mais le **coût** très élevé constitue le principal **obstacle** à la prochaine étape de l'histoire de l'Humanité.
- Pour la conquête spatiale au-delà de la banlieue terrestre, en revanche, on attend encore des technologies de rupture capables de repousser la *frontière*.

L'ESSENTIEL

Les dernières frontières ?

L'océan
- températures et pressions extrêmes
- très faible luminosité

→ **espace peu connu** (non cartographié à 90 %, et dont la biodiversité est inconnue à 90 %)

L'espace
- températures et pressions extrêmes
- radiations cosmiques
- très grandes distances

→ **exploration très limitée** du système solaire (Lune et Mars surtout) et nulle au-delà

Les enjeux géopolitiques d'une conquête : la course à l'espace

2

☐ OK

**La course à l'espace est d'abord le fruit de la rivalité américano-soviétique pendant la guerre froide.
La fin de celle-ci permet l'avènement d'une nouvelle ère, faite de coopération, de l'arrivée de nouvelles puissances spatiales, et même de l'irruption du privé.**

I La conquête spatiale pendant la guerre froide

- Les débuts de la conquête spatiale sont dominés par la **dimension politique**, à cause d'incontestables potentialités **militaires**. Les **Soviétiques** font la course en tête. En 1957, ils lancent le premier satellite artificiel, ***Spoutnik***, puis mettent en orbite la chienne Laïka ; leurs sondes *Luna* survolent la Lune et la photographient ; le 12 avril 1961, le premier homme dans l'espace est **Youri Gagarine** ; en 1965, Alexei Leonov effectue la première sortie en extravéhiculaire.

- Les **Américains** s'efforcent de combler leur retard : en 1958 ils créent la NASA, qui lance le programme de vol habité *Mercury*. Le programme *Gemini* leur donne la maîtrise du vol spatial et débouche sur les missions *Apollo*. Et le **21 juillet 1969**, Neil Armstrong et Buzz Aldrin gagnent la **course à la Lune**. De 1969 à 1972, douze Américains foulent le sol lunaire.

> **Info**
> La **NASA** est la National Aeronautics and Space Administration, l'agence spatiale américaine.

- Les **Soviétiques** battus se recentrent alors sur des objectifs moins spectaculaires. De 1971 à 1986 sont placées en orbite **huit stations spatiales**, Saliout, Soyouz, Mir de 1986 à 2001, qui permettent d'accumuler de l'expérience en vol et en vie durable dans l'espace. Les **Américains** font le choix inverse, de **navettes spatiales** réutilisables, capables de missions fréquentes en orbite terrestre à partir de 1981.

II Coopérations et nouvelles puissances spatiales

- La **fin de la guerre froide**, en 1991, ouvre une nouvelle ère de coopération spatiale en raison de la baisse drastique des budgets spatiaux. La course à l'espace est devenue **commerciale**, car les applications offertes par les satellites – télécommunications, positionnement, météo, climatologie, agriculture, suivi de catastrophe – sont innombrables : elles représentent plus de 300 milliards de dollars de chiffre d'affaires annuel.

- La coopération russo-américaine s'est traduite par des séjours communs à bord de Mir, puis le lancement de la **Station spatiale internationale** (ISS ▶ FICHE 5), en partenariat avec les agences spatiales européenne, canadienne et japonaise. En 1975 est créée l'Agence spatiale européenne (ESA) : la première fusée Ariane décolle de Kourou (Guyane) en 1979.
- De **nouveaux acteurs étatiques** sont apparus : la Chine, dont les ambitions sont immenses, et l'Inde, avec des missions à bas coût. Israël, les Corées ou l'Iran se sont également lancés dans la course avec des objectifs militaires évidents (satellites espions, satellites tueurs).

III Le *New Space* : l'irruption du privé dans l'espace

Info

Le développement des entreprises privées vers l'espace a été baptisé ***New Space***.

- Essentiellement **américaines**, les entreprises d'Elon Musk (SpaceX), de James Cameron (Planetary Resources) ou de Jeff Bezos (Blue Origin) ne sont que les exemples les plus connus d'une nébuleuse d'**un millier d'entreprises** qui ont investi la course à l'espace.
- Leurs **objectifs** sont commerciaux mais **ambitieux** : fabriquer des lanceurs réutilisables, ravitailler l'ISS, connecter le monde entier à Internet (projet *Starlink*), développer le tourisme spatial, exploiter les ressources minières extraterrestres, coloniser la planète Mars (SpaceX)…
- Or, le traité de l'espace de 1967, qui interdit l'appropriation de l'espace ou des corps célestes par les États, ne concerne pas le secteur privé. En 2015, le Space Act du président Obama a autorisé les sociétés américaines à extraire les ressources minières des astéroïdes et des planètes.

L'ESSENTIEL

La conquête spatiale

1957	1958	12 avril 1961	21 juil. 1969
Spoutnik (URSS), 1er satellite artificiel	Création de la NASA (É.-U.)	Y. Gagarine (URSS), 1er homme dans l'espace	N. Armstrong (É.-U.), 1er homme sur la Lune

Les puissances maritimes

3

☐ OK

SES HGGSP GRAND ORAL

La puissance maritime, sous-marine et aéronavale, est aujourd'hui la composante essentielle de la dissuasion nucléaire et de la projection de puissance à l'échelle mondiale.

I Le « thalassokrator » américain

- Inégalée depuis 1945, la puissance maritime américaine s'appuie sur un **réseau mondial de bases et facilités navales**. Forte de 314 bâtiments de combat, dont 10 groupes aéronavals centrés sur des porte-avions géants de classe Nimitz, l'US Navy représente, avec 205 Mds $ de budget, **9 % des dépenses militaires mondiales**. 14 SNLE de classe Ohio, embarquant 24 missiles Trident II, assurent la permanence de la dissuasion nucléaire américaine.

> **Mot clé**
> Les **SNLE** sont les sous-marins nucléaires lanceurs d'engins, dont la mission consiste à rester cachés au fond des océans en attendant un ordre de frappe nucléaire stratégique.

- La classe de SNLE Columbia remplacera dès 2021 les SNLE Ohio. Un objectif de 350 bâtiments a été annoncé. Malgré les **coûts** astronomiques des armements modernes, les États-Unis demeurent la **seule puissance** capable de projeter **victorieusement** ses forces **simultanément** en plusieurs points du monde.

II Les puissances maritimes occidentales

1 La France

- La France dispose de **capacités de projection de rang mondial**. Le groupe aéronaval centré sur le porte-avions *Charles-de-Gaulle* – unique porte-avions nucléaire non américain capable de lancer tous types d'avions – peut intervenir rapidement sur les théâtres d'opérations les plus lointains. Ses six sous-marins nucléaires permettent le contrôle des espaces maritimes et les frappes par missiles de croisière.

- La **dissuasion nucléaire française** repose sur quatre SNLE, emportant des missiles nucléaires intercontinentaux. La France dispose ainsi en permanence d'une capacité de seconde frappe.

> **Mot clé**
> Il s'agit de la **capacité de représailles** face à un adversaire qui utiliserait l'arme nucléaire en premier.

2 Le Royaume-Uni

- Première puissance maritime au XIXe siècle, le Royaume-Uni a fait le choix de l'**arrimage aux États-Unis** : sa dissuasion nucléaire repose ainsi exclusivement sur les SNLE de classe Vanguard équipés de missiles Trident II américains.
- Les autres pays « occidentaux » font progresser leurs marines de guerre depuis quelques années, en particulier pour contrer la menace chinoise et faire respecter leur sécurité territoriale (**Japon**, **Australie**).

III L'affirmation des puissances maritimes émergentes

- La **flotte russe** a nettement réduit son format depuis la fin de la guerre froide. Malgré la modernisation engagée par Vladimir Poutine, qui permet le maintien de la dissuasion nucléaire russe, la projection de puissance à partir du vieillissant porte-avions *Kouznetsov* est illusoire.
- La **Chine**, en revanche, est en plein essor et est à présent la **deuxième du monde** en tonnage, avec plus de 600 navires de guerre FICHE 7. Cantonnée au plan régional dans les années 2000, sa capacité de projection s'étend progressivement à l'échelle mondiale.
- L'**Inde**, à son tour, a entamé la modernisation de sa flotte de guerre pour construire une stratégie de sécurité et s'affirmer dans l'océan Indien. 7e au monde par le tonnage, la flotte indienne comprend notamment un SNLE pour la dissuasion nucléaire, des sous-marins français Scorpène, et bientôt deux porte-aéronefs.

L'ESSENTIEL

Les puissances maritimes

États-Unis
- 314 navires de combat
- 11 porte-avions
- 14 SNLE

Russie
- 1 porte-avions
- 13 SNLE

France
- 1 porte-avions
- 4 SNLE

Chine
- + de 600 navires de combat
- 2 porte-avions
- 5 SNLE

Royaume-Uni
- 2 porte-avions
- 4 SNLE

Inde
- 1 porte-avions
- 1 SNLE

Les zones de tensions maritimes

4

☐ OK

SES

Mers et océans sont des territoires où s'affirment les puissances maritimes et où s'expriment leurs rivalités, révélant les recompositions géopolitiques du XXIe siècle.

I Une zone stratégique : l'océan Indien

1 Contrôler les routes maritimes

L'océan Indien constitue l'un des « ventricules du commerce international ». Sur cet « **océan de transit** » se croisent les routes maritimes commerciales qui connectent l'Asie orientale à l'Europe, *via* la route du Cap ou celle du canal de Suez. C'est également « l'autoroute des hydrocarbures ». Or, cet océan n'est connecté aux autres mers et océans que par quatre passages stratégiques.

> **Chiffre clé**
>
> **70 % des hydrocarbures** du Moyen-Orient sont acheminés vers la Chine, le Japon, la Corée du Sud et Taïwan.

2 Assurer la liberté de navigation

- Les **V^e et VIIe flottes américaines**, permanentes, basées à Bahreïn et à Singapour, contrôlent de près les détroits d'Ormuz et de Malacca, et assurent la liberté de navigation. Elles pourraient aussi frapper l'Iran ou couper l'approvisionnement de la Chine en pétrole.
- La **France** est la 2e puissance navale de rang mondial dans la zone. Elle bénéficie de sa présence territoriale à La Réunion et à Mayotte, mais aussi de ses bases de Djibouti et d'Abu Dhabi. Les forces navales et aériennes françaises assurent la liberté de navigation, la sécurité des territoires ultramarins et de leur ZEE, et la lutte contre la piraterie.

HGGSP

3 L'irruption des puissances émergentes

- La montée en puissance de la **marine de guerre chinoise** ▶ FICHES 7 ET 8 bouleverse les données géostratégiques. La Chine dépend en effet des routes maritimes pour ses **exportations vers l'Europe** (400 Mds €) et ses **importations d'hydrocarbures** en provenance du golfe Persique (90 % de sa consommation).
- Aussi a-t-elle développé un réseau de points d'ancrages et de facilités navales : le « **collier de perles** ». En 2017, elle a créé sa première base outre-mer, à Djibouti, à côté des bases française et américaine.

GRAND ORAL

- L'Inde s'inquiète du déploiement de la puissance chinoise, qu'elle assimile à un encerclement régional. Elle multiplie les accords de défense et les installations de surveillance (îles Andaman). L'Indian Navy se développe ▶ FICHE 3.

II Une zone instable : la mer Méditerranée

- La Méditerranée est parcourue de flux considérables : Suez et Gibraltar sont les portes d'entrée qui connectent l'Europe au Moyen-Orient et à l'Asie. Anciens et nouveaux acteurs régionaux et mondiaux (non riverains) tentent d'y affirmer leur puissance ou leur souveraineté.
- Les pays riverains connaissent de fortes tensions avec la découverte de gisements d'hydrocarbures dans des ZEE mal définies (Israël/Liban ou Chypre/Turquie). Les contentieux anciens ne sont pas réglés, notamment entre la Grèce et la Turquie : en 2018, les violations turques des eaux territoriales grecques ont quintuplé.
- La Chine, nouvelle arrivée, développe ses points d'appui en Algérie (El-Hamdania), en Grèce (Le Pirée), en Égypte (Port-Saïd). La Russie profite de la guerre en Syrie pour restaurer son influence en Méditerranée orientale (facilités à Chypre et base syrienne de Tartous).
- La France constitue un acteur clé. La base de Toulon, port d'attache du groupe aéronaval du porte-avions *Charles-de-Gaulle*, est le premier port militaire français. Le « *Charles* » a été engagé contre Daech en Syrie et en Irak.

Info

Depuis l'entrée du Monténégro dans l'OTAN en 2017, l'OTAN contrôle tout le littoral nord-méditerranéen. La **base de Tartous** constituait alors l'unique accès russe à la Méditerranée.

L'ESSENTIEL

Une zone stratégique : l'océan Indien
- **routes maritimes commerciales** entre Europe et Asie
- export des **hydrocarbures** du Moyen-Orient
- **présence militaire** américaine et française (détroit d'Ormuz et corne de l'Afrique notamment)
- **marine de guerre chinoise** (« collier de perles »)

Une zone instable : la mer Méditerranée
- flux concentrés aux **détroits de Suez et Gibraltar**
- **tensions** entre pays riverains à propos des ZEE
- développement des **influences chinoise et russe**
- **Toulon**, port d'attache du *Charles-de-Gaulle*

Coopérer pour développer la Station spatiale internationale

5

☐ OK

SES

HGGSP

GRAND ORAL

La fin de la guerre froide a conduit les puissances spatiales, devant la baisse drastique des budgets militaires, à gérer leurs intérêts communs au travers de coopérations. Le bilan est cependant contrasté, comme le montre l'exemple de la Station spatiale internationale.

I La Station spatiale internationale (ISS)

- L'ISS est une station spatiale habitée. Elle est placée en orbite terrestre basse, aux alentours de 350 à 400 km d'altitude, ce qui exige moins d'énergie de la part des lanceurs et lui assure une moindre exposition au rayonnement cosmique. Mais l'orbite basse génère une traînée atmosphérique qui nécessite des corrections d'orbite périodiques.
- L'ISS est le plus gros objet artificiel placé en orbite terrestre : elle s'étend sur 110 m de long, 74 m de large, 30 m de haut et sa masse est de 420 tonnes. Elle comprend quinze modules pressurisés, dont quatre dédiés aux expériences scientifiques.

II Un exemple de coopération internationale

- Le projet est lancé en 1983 par le président américain Ronald Reagan, mais de multiples retards reportent le démarrage à 1998. En 1993, la Russie est invitée à participer au projet. Dès 1998, les agences spatiales européenne, canadienne et japonaise sont à leur tour associées. Chaque pays dispose de droits d'utilisation proportionnels à son investissement.
- L'ISS est occupée en permanence depuis 2000 par trois astronautes, puis six depuis 2009. Son utilisation est prévue jusqu'en 2024.

Info

L'**Agence spatiale européenne** (ESA) dispose de 8,3 % des droits d'utilisation de la partie non russe de l'ISS, ce qui permet l'envoi d'un astronaute 3 à 4 mois par an.
Ainsi, le spationaute français Thomas Pesquet doit repartir pour une nouvelle mission de longue durée en 2021.

- Le bilan de l'ISS est positif sur le plan des coopérations inter-agences. L'accident de la navette spatiale américaine Columbia en 2003, qui conduit à l'arrêt de ce véhicule de transport spatial en 2011, a en effet amené l'intervention des autres agences et même d'entreprises privées.

- Le **ravitaillement** et les **corrections orbitales** sont assurées par des vaisseaux russes (Progress), japonais (HTV), européen (ATV), américains privés (Cygnus d'Orbital Sciences, Dragon de SpaceX, Starliner de Boeing). La relève de l'équipage est le fait du vaisseau russe Soyouz, en attendant l'arrivée des capsules de Boeing et de SpaceX courant 2020. L'ISS a accueilli des astronautes de 36 nationalités différentes.

III Un bilan contrasté

- Le coût de l'ISS, estimé à 115 milliards de dollars auxquels s'ajoutent 3 milliards par an, les retards accumulés, l'obsolescence rapide des composants, la sous-exploitation des modules d'expérimentation scientifiques et les problèmes budgétaires conduisent à l'**abandon programmé** de l'ISS pour 2024. Aucun successeur n'est prévu à ce jour. Le seul coût du démantèlement et de la désorbitation devrait dépasser 2 milliards de dollars.

> **Info**
> La Chine a prévu de placer en orbite sa propre station spatiale, **Tiangong-3**, à partir de 2022, mais aucune coopération internationale n'est envisagée.

- L'ISS a cependant permis l'**acquisition d'une expérience considérable** en matière de vol spatial. Les futures missions habitées vers la Lune et vers Mars capitaliseront sur cette expérience dans les domaines du vol orbital, de la conception et la maintenance des systèmes spatiaux, de l'adaptation de l'organisme humain à l'espace, etc.

L'ESSENTIEL

La Station spatiale internationale (ISS)

- **Projet** lancé par R. Reagan en **1983**, réalisé en **1998**
- Station spatiale **habitée en permanence** depuis **2000**
- Collaboration **internationale** (États-Unis, Russie, Europe, Canada, Japon)
- Acquisition de **connaissances** et **d'expérience**
- Budget annuel de **3 milliards de $**
- **Abandon programmé** de l'ISS en **2024**

Rivalités et coopérations pour les ressources des mers et des océans

6

☐ OK

L'appropriation des mers et océans est loin d'être achevée et moins encore consensuelle.

I L'appropriation étatique des mers et océans

- Mers et océans connaissent une phase de territorialisation croissante. Ce ne sont pas seulement des espaces de libre circulation, mais aussi des espaces de ressources variées. Les tensions qui en résultent ont conduit, en 1982, à la convention des Nations unies sur le droit de la mer, dite convention de Montego Bay.

Mot clé

La **territorialisation** est le processus de transformation d'un espace (ici maritime) en territoire, c'est-à-dire un espace approprié et organisé par une société humaine.

- La convention compartimente les espaces maritimes :

Mer territoriale	jusqu'à 12 milles marins des côtes	l'État riverain exerce une pleine souveraineté
Zone contigüe	jusqu'à 24 milles marins des côtes	l'État riverain dispose d'un droit de contrôle
Zone économique exclusive ou ZEE	jusqu'à 200 milles marins des côtes	l'État riverain jouit des droits d'exploitation exclusifs des ressources naturelles

Au-delà se situent les espaces maritimes internationaux, non appropriés. Les détroits internationaux sont réglementés par des conventions *ad hoc*, mais le droit de passage pacifique y est libre.

- La convention génère des différences considérables entre les États : France, États-Unis et Australie jouissent de ZEE très étendues, à l'inverse de la Chine. De nombreux conflits interétatiques se font jour pour l'appropriation des ressources halieutiques, énergétiques ou minières. C'est notamment le cas dans la zone arctique (Russie, États-Unis, Danemark, Canada) ou en Méditerranée orientale (Turquie, Chypre, Israël ▶ FICHE 4).

II La gestion commune de la biodiversité marine

- Au-delà des 200 milles marins des ZEE s'étend la haute mer, soit 43 % de la surface du globe. Or, en 2019, 66 % des océans enregistrent des impacts humains cumulatifs qui portent atteinte à la biodiversité.

SES

HGGSP

GRAND ORAL

- Depuis 2018, la **Conférence intergouvernementale sur la biodiversité marine**, émanant de l'ONU et qui rassemble tous les États membres, s'efforce de parvenir à un **traité** permettant la création d'aires marines protégées en haute mer, l'accès équitable entre tous les pays aux ressources marines, notamment génétiques, et rendant obligatoire les études d'impact environnemental lors d'activités en haute mer ou dans les grands fonds marins.
- Les **désaccords entre États**, notamment entre pays développés et émergents, restent très vifs. Une 4e et dernière session est prévue en 2020 avant présentation des projets devant l'Assemblée générale. Le chemin vers un traité universel semble encore long.

III La lutte contre la pollution

- Mers et océans constituent le **déversoir des activités humaines** : 6 millions de tonnes de produits polluants y sont rejetées chaque année, dont un tiers provient des marées noires et autres nettoyages des cuves de pétroliers en pleine mer.
- La **pollution au plastique** est préoccupante. De faible biodégradabilité, la quasi-totalité des 100 millions de tonnes déversées dans les océans depuis un siècle s'y trouve encore. Lentement transportés par les courants, ces déchets s'accumulent dans de gigantesques gyres dont le plus grand est le vortex du Pacifique nord, aussi appelé « septième continent » ou « continent de plastique ».
- Certains États – dont la France – ont adopté de **timides dispositions légales** contre la pollution au plastique, et les initiatives privées, parfois farfelues, se multiplient. Mais aucune coopération internationale ordonnée n'a vu le jour.

L'ESSENTIEL

L'appropriation des mers et océans	• conflits pour les ressources halieutiques, énergétiques et minières → **Convention de Montego Bay** (1982) sur l'espace maritime : mers territoriales, zones contigües, ZEE…
Une nécessaire gestion commune	• inégalité d'accès aux ressources marines • pollutions générées par les activités humaines → **Conférence intergouvernementale sur la biodiversité marine** (ONU) : protéger la haute mer et assurer un accès équitable aux ressources

La Chine à la conquête des nouveaux espaces : un projet politique

7

☐ OK

Après 40 ans d'une croissance économique exceptionnelle, la Chine commence à en percevoir les dividendes géopolitiques. Elle s'affirme comme une grande puissance, moins dans ses discours que dans ses investissements de souveraineté.

I L'affirmation de la Chine comme grande puissance

- Après le « siècle de la honte » (1842-1949), durant lequel la Chine fut dominée par les puissances coloniales européennes, le pays retrouve peu à peu le rang qui était le sien.
- Si le discours officiel chinois continue de se défendre d'une volonté de puissance de niveau mondial, ses actes donnent une tout autre image. Déjà, le consensus de Pékin s'affirme comme un modèle alternatif.

Info

Le **consensus de Pékin** est un modèle de relations bilatérales qui propose une aide au développement sans condition politique, en particulier démocratique, ce qui en fait le modèle favori de tous les dictateurs de la planète.

- L'extraordinaire croissance du PIB chinois, depuis quarante ans, lui donne aujourd'hui les moyens de son affirmation.
- Une lutte géopolitique s'annonce entre les États-Unis et la Chine, dont les manifestations s'expriment dans les domaines spatial et océanique. Le « rêve chinois » tant vanté par le président Xi Jinping n'est-il pas celui, prévu pour 2049 – le centenaire de la République populaire – de la domination mondiale ?

II Nouveaux investissements, nouvelles appropriations

1 Des objectifs géostratégiques et géoéconomiques

- Les objectifs stratégiques chinois dans le domaine océanique sont d'abord géoéconomiques : sécurisation des routes maritimes d'approvisionnement en énergie et matières premières, mais aussi d'exportation des produits manufacturés qui font du pays « l'usine du monde » et dont dépend la croissance (stratégie du « collier de perles » dans l'océan Indien FICHE 4).

Les **objectifs sont aussi géopolitiques** : revendiquer le contrôle des « mers proches » (mers de Chine orientale et méridionale), briser le confinement de la « première chaîne d'îles » (Japon, Taïwan, Philippines, Bornéo) contrôlée par les Américains, accéder au-delà de la deuxième chaîne d'îles (Mariannes, Guam) à une **capacité de projection globale** : en 2017, la Chine a ainsi ouvert sa première base militaire à l'étranger, à Djibouti.

2 Des moyens navals considérables

Entre 2014 et 2018, la Chine a mis à l'eau l'équivalent de la **totalité de la puissance navale britannique**.

Symboles de la puissance navale et de la capacité de projection mondiale, les **porte-avions chinois** sont déjà au nombre de deux : le *Liaoning*, discrètement racheté à l'Ukraine puis rééquipé, et le *Shandong*, premier porte-avions entièrement construit en Chine et lancé en 2019. Deux autres sont en construction.

Les **progrès** sont significatifs et le **budget** pour les armes nouvelles (missiles hypersoniques, canons électromagnétiques) en plein essor.

3 Des ambitions spatiales affirmées

Le budget spatial chinois, bien qu'opaque, est estimé à **11 milliards de dollars**, presque quatre fois le budget russe ! En 2019, la Chine a effectué **34 lancements**, contre 22 pour la Russie et 21 pour les États-Unis.

Significativement, la **coopération** avec les autres puissances en matière spatiale est très faible, notamment du fait des États-Unis.

L'ESSENTIEL

La volonté politique d'affirmation de la Chine

Domaine maritime
- sécuriser les échanges (« **collier de perles** »)
- **contourner l'influence américaine** dans la première chaîne d'îles (Taïwan, Japon...)
- contrôler les **mers proches**

→ armement d'une **flotte de combat**

Domaine spatial
- stimuler l'**innovation** scientifique et industrielle
- s'affirmer comme une **puissance technologique**

→ budget de **11 milliards de $**, projet de station spatiale

La Chine et la conquête des nouveaux espaces : de forts enjeux

8

☐ OK

Les projets chinois en matière de conquête des océans et de l'espace constituent des enjeux qui se situent à l'échelle planétaire.

I Des enjeux géoéconomiques planétaires

1 Une économie chinoise au cœur de la mondialisation

- Aujourd'hui, 90 % des produits manufacturés sont acheminés dans le monde par voie maritime, de même que la quasi-totalité des matières premières énergétiques et minières dont la Chine a besoin. Le pays consomme en effet autant de métaux que le reste du monde et est le premier importateur mondial de pétrole.
- Il est donc essentiel de contrôler les routes maritimes et les passages stratégiques, dont le blocage entraînerait l'asphyxie de la machine économique chinoise.

2 La Chine, future clé de voûte du commerce en Eurasie

- Les nouvelles routes de la soie (plus de 1 000 milliards de dollars d'investissements) prévoient de développer les infrastructures de transport. Elles comprennent un volet maritime (création d'infrastructures portuaires).
- Les objectifs de la BRI sont de sécuriser l'accès aux hydrocarbures et matières premières, d'intégrer à l'économie chinoise les économies du Sud-Est asiatique, mais aussi d'Afrique orientale, et de connecter le marché européen. Significativement les États-Unis – le grand rival – sont peu concernés par cette initiative.

> **Info**
> Les « **nouvelles routes de la soie** » ont porté plusieurs noms : « One Belt, One Road » (**OBOR**) et plus récemment la « Belt and Road Initiative » (**BRI**).

3 L'espace, un enjeu économique

Les projets spatiaux doivent stimuler l'innovation scientifique et industrielle chinoise dans le cadre du rattrapage technologique engagé. La moitié environ des lancements spatiaux sont destinés à des usages civils commerciaux ou mixtes, tel le système chinois de positionnement par satellite Beidou-2.

II Des enjeux géopolitiques vitaux

1 Contrôler les mers de Chine orientale et méridionale

- La mer de Chine orientale et méridionale constitue le lieu de déploiement de la puissance chinoise. Unique façade maritime de la Chine, elle est fermée par la première chaîne d'îles ▶ FICHE 7.

- Cet espace est l'objet de contestations avec tous les pays riverains, et le détroit de Malacca, verrou fondamental de la sécurité chinoise, est hors de portée. D'autant que la dissuasion nucléaire chinoise par SNLE, lesquels sont basés à Hainan, est hypothéquée par le confinement auquel l'astreint la marine américaine.

- La Chine a donc pour objectif de faire de cet espace sa « *mare nostrum* » (bétonisation d'îlots et installation de bases aéronavales), dans une politique du fait accompli au mépris du droit de la mer et des jugements de la Cour permanente d'arbitrage de La Haye.

2 Développer un programme spatial ambitieux

- La militarisation de l'espace se traduit par le lancement de satellites de surveillance et de renseignement, notamment électromagnétiques, mais aussi d'armes antisatellites.

- La Chine pousse également ses projets de conquête spatiale : le lanceur lourd Longue Marche 7 doit servir à l'assemblage en orbite de la future station spatiale chinoise, Tiangong-3 ; la mission Chang'e-5 prévoit de déployer un alunisseur en vue d'un établissement chinois permanent sur la Lune ; la mission Tianwen-1 doit déployer sur Mars un orbiteur et un rover d'exploration.

L'ESSENTIEL

Les enjeux des conquêtes maritime et spatiale pour la Chine

Des enjeux géoéconomiques
- contrôler les **routes maritimes**
- développer les « **nouvelles routes de la soie** » (BRI)
- stimuler l'**innovation** scientifique et industrielle

Des enjeux géopolitiques
- contrôler les « **mers de Chine** », contrer l'influence des États-Unis
- conquérir l'espace avec un **programme spatial ambitieux** (station Tiangong 3, satellites espions...)

Quiz EXPRESS

9

Avez-vous bien révisé les fiches 1 à 8 ? On vérifie !

De nouveaux espaces de conquête

1 Conquête, affirmations et rivalités

▶ FICHES 2 À 4

1. Quelle est la part du budget de l'US Navy dans les dépenses militaires mondiales ?

☐ **a.** 3 % ☐ **b.** 6 % ☐ **c.** 9 %

2. La France est la 2ᵉ puissance maritime mondiale grâce à...

☐ **a.** sa ZEE. ☐ **b.** ses SNLE.

☐ **c.** son porte-avions nucléaire, le *Charles-de-Gaulle.*

2 Enjeux diplomatiques et coopérations

▶ FICHES 5 ET 6

1. La Station spatiale internationale a permis...

☐ **a.** des avancées scientifiques majeures.

☐ **b.** l'acquisition d'expérience en matière de vol spatial.

☐ **c.** une certaine pratique de coopération internationale spatiale.

2. À 150 milles marins de la côte d'un pays étranger, un navire :

☐ **a.** peut circuler pacifiquement. ☐ **b.** peut pêcher.

☐ **c.** doit quitter ces eaux territoriales.

3 L'affirmation de la Chine

▶ FICHES 7 ET 8

1. Le « siècle de la honte » est le siècle au cours duquel...

☐ **a.** la Chine a été colonisée par les États-Unis.

☐ **b.** la Chine a été colonisée par les puissances européennes.

☐ **c.** la Chine a colonisé l'Europe.

2. Quels sont les objectifs de la Chine dans le domaine maritime ?

☐ **a.** sécuriser ses approvisionnements et exportations

☐ **b.** contrôler ses mers proches en y imposant sa présence

☐ **c.** briser le confinement stratégique américain

3. Comment s'appellent les lanceurs spatiaux chinois ?

☐ **a.** Mao ☐ **b.** OBOR ☐ **c.** Longue Marche

CORRIGÉS

1 Conquête, affirmations et rivalités

1. **Réponse c.** Le budget de l'US Navy alimente 11 groupes aéronavals. Il est presque six fois supérieur à celui de la marine chinoise, qui atteint pourtant 35 milliards de $.

2. **Réponses a, b et c.** La ZEE française est la 2e du monde. Le *Charles-de-Gaulle* est le seul porte-avions non américain à disposer d'une propulsion nucléaire et capable de lancer tous types d'avions. La France bénéficie aussi de 4 SNLE.

À savoir

Les études pour la construction d'un **2e porte-avions nucléaire français,** plus vaste et ultramoderne, ont démarré et devraient s'achever à l'été 2020.

2 Enjeux diplomatiques et coopérations

1. **Réponses b et c.** Le cumul d'expérience est capital pour le vol spatial. La coopération internationale, rendue indispensable par la contraction des budgets spatiaux, est aussi un capital précieux pour les prochaines phases de la conquête spatiale.

2. **Réponse a.** À 150 milles marins, le navire est dans la zone économique exclusive du pays considéré. Il peut donc librement la traverser, mais n'a pas le droit d'y pêcher puisque les ressources de la ZEE appartiennent exclusivement à ce pays étranger.

3 L'affirmation de la Chine

1. **Réponse b.** Le « siècle de la honte » commence pour la Chine lors des guerres de l'opium, dont la première se termine en 1842 par le traité de Nankin, imposé à une Chine en déclin par des puissances européennes impérialistes.

2. **Réponses a, b et c.** Dans le domaine maritime, la Chine veut sécuriser les routes maritimes de ses importations et exportations, mais aussi contrôler ses « mers proches » et briser le confinement stratégique américain.

3. **Réponse c.** Le nom de « Longue Marche » fait référence au périple mené par l'armée communiste entre 1934 et 1935, sous le commandement de Mao Zedong, pour fuir l'armée du Kuomintang pendant la guerre civile chinoise, qui s'achève par la victoire des communistes en 1949.

Panorama des conflits armés actuels

10

☐ OK

En 2017, on dénombre 38 conflits armés dans le monde. Différentes échelles permettent de les appréhender.

I À l'échelle mondiale : une forte concentration

- La majeure partie des conflits armés sont concentrés dans un espace allant de la bande sahélo-saharienne jusqu'à l'Asie centrale : il s'agit de l'« arc de crise » défini par le *Livre blanc sur la défense et la sécurité nationale* de 2008. Cependant, cette notion rend davantage compte de la vision stratégique française de la menace terroriste que d'une unité réelle de conflits de natures très diverses.

- Le Proche et le Moyen-Orient apparaissent comme un épicentre des conflits armés dans le monde : les guerres en Syrie, au Yémen, en Irak, en Afghanistan ou au Pakistan sont les plus meurtrières.

Chiffre clé

La guerre en Syrie a causé la mort de près de **400 000 personnes**, sur 12 millions d'habitants.

II Aux échelles continentale et régionale : l'exemple des conflits africains

1 Un continent déstabilisé par les conflits

- La majeure partie du continent africain est le théâtre de conflits armés de plus ou moins grande intensité. Depuis les années 1960, marquées par l'accès aux indépendances, les guerres ont causé la mort de près de 10 millions de personnes.

- Les trois grandes régions de conflits sont : le Sahara et sa frange sahélienne, foyer du terrorisme international ; la corne de l'Afrique et le golfe de Guinée, hauts lieux de la piraterie ; l'Afrique équatoriale.

2 Une région conflictuelle : le Sahara

- Depuis le début du XXIe siècle, le Sahara est devenu un théâtre d'action du terrorisme international avec l'implantation d'AQMI (Al-Qaida au Maghreb islamique), puis de groupes liés à Daech.

- La chute du régime du colonel Kadhafi en Libye en 2011 puis la guerre civile entraînent des flux d'armes et de combattants qui alimentent ce foyer régional.

SES

HGGSP

GRAND ORAL

III À l'échelle nationale et locale : l'exemple de l'Afghanistan

1 Un conflit de quarante ans

- Depuis l'invasion militaire soviétique de 1979, l'Afghanistan est en guerre de façon quasi permanente. De 1979 à 1988, l'Armée rouge est aux prises avec la résistance afghane aidée par les États-Unis. Le pays est ensuite déchiré par les luttes entre les seigneurs de la guerre. En 1996, les talibans s'emparent du pouvoir et protègent Al-Qaida.

- Après les attentats du 11 septembre 2001, l'OTAN intervient militairement contre le régime des talibans. Mais cette intervention s'enlise. De 2011 à 2014, l'OTAN transfère à une armée nationale la responsabilité de la sécurité du pays. Celle-ci n'est toujours pas assurée.

> **Mot clé**
> L'**Organisation du traité de l'Atlantique nord** est créée en 1949 à l'initiative des États-Unis pour assurer une protection militaire aux pays occidentaux.

2 Un épicentre : Kaboul

La capitale est un théâtre d'affrontement privilégié : espace densément peuplé, siège du pouvoir politique, bases militaires étrangères. Kaboul est ainsi le lieu d'attentats-suicide menés par les talibans au nom de la lutte contre le pouvoir en place et l'OTAN. Les civils sont la cible privilégiée dans les espaces publics (marchés, mosquées).

L'ESSENTIEL

	Exemples de conflits armés
Échelle mondiale	**Proche et Moyen-Orient**, et **Afrique saharienne** depuis les révolutions arabes de 2011
Échelle continentale	**Afrique** : Sahara et Sahel (terrorisme islamique), corne de l'Afrique et golfe de Guinée (piraterie)
Échelle régionale	**Sahara** : terrorisme accentué par la chute du régime de Kadhafi en Libye en 2011
Échelle nationale	**Afghanistan** : durant la guerre froide, guerre civile puis intervention de l'OTAN contre les talibans (2001-2014)
Échelle locale	**Kaboul** : attentats-suicides menés par les talibans contre la présence occidentale

Nature, acteurs et modes de résolution des conflits

11

☐ OK

SES HGGSP GRAND ORAL

Tenter une typologie des conflits armés dans le monde nécessite de prendre en compte leur nature, les acteurs impliqués et leurs modes de résolution.

I Des conflits de natures diverses

1 Des conflits inter et intra-étatiques

- La grande majorité des conflits armés actuels sont des conflits intra-étatiques. Ils opposent des gouvernements et des groupes armés rebelles (Pakistan). Les conflits interétatiques sont peu nombreux mais plus médiatisés (guerre de la Russie contre la Géorgie en 2008).
- Cependant, l'intervention de puissances étrangères brouille les différences (interventions américaine et russe dans la guerre civile syrienne).

2 De multiples enjeux

- Les enjeux sont d'abord politiques : rivalité entre puissances (Arabie saoudite et Iran) ; contentieux territorial (Inde et Pakistan au Cachemire) ; séparatisme à base identitaire (Tchétchènes en Russie).
- Ils sont aussi économiques : maîtrise des routes commerciales ; accès aux ressources naturelles (pétrole au Sud-Soudan).
- Ils sont enfin idéologiques : « guerre sainte » anti-occidentale (Boko Haram au Nigeria, Cameroun, Tchad et Niger). Ils masquent souvent des problèmes de mal-développement dans des États fragiles.

3 Des conflits d'inégale intensité

- On distingue des conflits de forte intensité (affrontements armés fréquents : Syrie), d'intensité moyenne (affrontements sporadiques : Mali), des conflits latents (affrontements occasionnels : Égypte).
- On fait également la distinction entre conflits majeurs (plus de 1 000 morts par an) et conflits mineurs (de 25 à 1 000 morts par an).

II Des acteurs multiples

- Les États sont des acteurs majeurs des conflits grâce à leur puissance militaire. Les États-Unis, présents dans le monde entier (flottes et bases militaires ▶ FICHE 3), restent leaders. Ils sont toutefois concurrencés par la Chine et la Russie.

L'**Organisation des Nations unies** (ONU) intervient dans les zones de conflit en envoyant ses Casques bleus avec pour mission de maintenir la paix. Des **organisations régionales** (OTAN, Union africaine) mènent des opérations militaires ayant le même objectif.

Des **sociétés militaires privées** agissant pour le compte des États interviennent sur les théâtres d'opération (Irak, Afghanistan). Des **combattants irréguliers** (milices) affrontent des armées régulières (miliciens du Hamas et armée israélienne à Gaza).

III Des conflits inégalement résolus

Les **traités de paix** signés entre les belligérants permettent de mettre fin à un conflit (en 2016, accord entre les FARC et le gouvernement colombien).

Les **cessez-le-feu** fixent l'arrêt des combats, en attendant un éventuel accord de paix (cessez-le-feu au Cachemire depuis 1949 entre l'Inde et le Pakistan).

> **Info**
>
> Les **FARC** (Forces armées révolutionnaires de Colombie) sont une guérilla marxiste agissant depuis 1964.

Certains conflits sont **en attente de résolution**. Bien qu'ils soient suspendus par une opération de maintien de la paix (mission de l'OTAN en Afghanistan depuis 2015), ils perdurent sous d'**autres formes** : attentats, assassinats, etc.

L'ESSENTIEL

Des conflits de natures diverses

... par leurs acteurs
- **intra-étatiques** (régions tribales du Pakistan)
- **interétatiques** (Russie contre Géorgie en 2008)
- intervention de **puissances étrangères** (États-Unis et Russie dans la guerre civile en Syrie)

... par leurs enjeux
- **politiques** : rivalités, séparatisme...
- **économiques** : accès aux ressources...
- **idéologiques** : imposer un modèle de société

... par leur intensité
- **forte** : affrontements armés fréquents (Syrie)
- **moyenne** : affrontements sporadiques (Mali)
- **latente** : affrontements occasionnels (Égypte)

La guerre selon le modèle de Clausewitz

12

☐ OK

Le Prussien Carl von Clausewitz est considéré comme le grand théoricien de la guerre moderne. Ses réflexions s'avèrent souvent pertinentes au regard des conflits qui déchirent l'Europe, de la guerre de Sept Ans (1756-1763) aux guerres contre la France (1793-1815).

I La théorie militaire de Clausewitz

1 Clausewitz, homme d'action et intellectuel

- Carl von Clausewitz (1780-1831) participe en tant qu'officier prussien aux guerres contre la France révolutionnaire (1792-1794) et impériale (1806-1815). Il combat notamment la Grande Armée lors de la bataille de Waterloo (1815).
- Parallèlement, il enseigne à l'École générale de guerre de Berlin à partir de 1810. Il en devient directeur à partir de 1818, poste qu'il occupe jusqu'en 1830. Il élabore alors une théorie militaire qu'il développe dans son traité *De la guerre,* publié à titre posthume à partir de 1832.

2 Un théoricien de la guerre moderne

- Selon Clausewitz, « la guerre n'est que la simple continuation de la politique par d'autres moyens » (livre I) : il estime que la guerre n'est qu'un moyen, parmi d'autres, du politique pour atteindre ses objectifs.
- Il assimile la guerre à un duel entre États qui mobilisent leurs moyens militaires pour soumettre leurs adversaires, voire les anéantir : d'où l'enjeu de la bataille décisive, « centre de gravité de la guerre ».
- Il souligne la singularité de chaque guerre, qui combine trois principes : le principe politique, le principe militaire et le principe populaire. Il constate que les guerres révolutionnaires ont accru l'importance de ce dernier.

II La théorie à l'épreuve des conflits modernes

1 La guerre de Sept Ans (1756-1763)

- Ce conflit européen, auquel le père de Clausewitz a participé, oppose l'Angleterre et la Prusse d'une part, à la France, l'Autriche et leurs alliés (Russie, Suède, Espagne, princes allemands) de l'autre.

- Les enjeux sont bien politiques : l'Autriche veut reprendre la Silésie, perdue lors de la guerre de Succession d'Autriche, à la Prusse ; la France et l'Angleterre rivalisent pour étendre leurs empires coloniaux.

- Cette guerre oppose des États qui sont les grandes puissances militaires du XVIIIe siècle. Elle est ponctuée de batailles décisives comme celle de Rossbach (1757) remportée par l'armée prussienne sur l'armée française, considérée jusque-là comme la première d'Europe.

À noter

La guerre de Sept-Ans marque le **recul de la puissance française** en Europe et outre-mer.

2 Les coalitions contre la France révolutionnaire et impériale (1793-1815)

- De 1793 à 1815, durant la Révolution puis l'Empire, la France fait face à sept coalitions européennes successives. Les enjeux en sont idéologiques (lutter contre les principes révolutionnaires pour éviter la « contagion révolutionnaire ») et politiques (renverser la domination française pour rétablir un équilibre européen).

- Il s'agit bien d'une confrontation entre États : la France affronte quasiment seule de nombreux États coalisés (en particulier l'Angleterre, l'Autriche, la Prusse et la Russie). La bataille d'Austerlitz (1805) permet à Napoléon Ier de consolider sa domination sur l'Europe.

- La mobilisation populaire souligne la singularité française : le système de la conscription (1798) permet la constitution d'une véritable armée nationale.

Mot clé

Selon le système de la **conscription** institué par la loi Jourdan (1798), tous les Français âgés de 20 à 25 ans peuvent être mobilisés.

L'ESSENTIEL

La guerre selon Clausewitz dans *De la guerre* (1832)

Une théorie militaire...
- guerre = opposition **entre États**
- guerre = « **continuité de la politique** par d'autres moyens »
- guerre = combinaison de **trois principes** (politique, militaire et populaire)

... expliquant les conflits de l'époque
- prépondérance des **enjeux politiques**
- aspect décisif des **batailles**
- importance de la **mobilisation populaire**

Le modèle de Clausewitz à l'épreuve des « guerres irrégulières »

13

☐ OK

Avec l'essor du terrorisme islamiste, une partie des conflits du XXIe siècle prennent la forme de guerres irrégulières et asymétriques : ils opposent des États à des groupes moins puissants mais qui les frappent sur leurs points faibles. La théorie militaire de Clausewitz est alors remise en cause.

I L'affirmation d'acteurs non étatiques

1 L'émergence d'Al-Qaida

- À partir des années 1990, les États se trouvent confrontés à une organisation terroriste agissant en réseau à l'échelle mondiale : Al-Qaida. Le monde entre alors dans l'ère du terrorisme global. La guerre change de nature : elle devient à la fois irrégulière et asymétrique.

Mots clés

- Une **guerre irrégulière** est un conflit armé sans distinction entre combattants et non combattants ni terrain d'affrontement circonscrit.
- Une **guerre asymétrique** se caractérise par un déséquilibre notable des forces militaires antagonistes.

- Al-Qaida (« la base » en arabe) est fondée en 1988 par le Saoudien Oussama Ben Laden, ancien allié des États-Unis dans la lutte antisoviétique en Afghanistan. Les attentats du 11 septembre 2001 contre le World Trade Center à New York et le Pentagone à Washington lui donnent une visibilité mondiale.
- Si le président américain George W. Bush déclare alors « la guerre au terrorisme », son adversaire n'a ni direction centralisée, ni territoire défini. Al-Qaida est une nébuleuse qui se ramifie dans le monde entier.

2 L'essor de Daech

- À partir de 2014, l'organisation État islamique en Irak et au Levant, ou Daech, prend le nom d'État islamique (EI). Celui-ci se dote d'un territoire qui fait fi des frontières étatiques puisqu'il s'étend sur 200 000 km^2, à cheval sur la Syrie et l'Irak.
- Grâce au recrutement de djihadistes venus du monde entier et à l'affiliation de groupes terroristes locaux (Boko Haram au Nigeria), l'EI multiplie les attentats à l'échelle planétaire. Il s'agit d'un terrorisme hybride, à la fois global et territorial.

II Des conflits d'un genre nouveau

1 Des enjeux transnationaux

- L'enjeu des guerres menées par ces organisations terroristes est avant tout **idéologique** : il s'agit, au nom d'une interprétation littérale et stricte du Coran, de lutter contre les valeurs occidentales. D'où l'importance de la **propagande** développée *via* Internet et les réseaux sociaux.
- Pour les États ciblés par les attentats, l'enjeu est avant tout **sécuritaire** et **politique** : protéger les citoyens et leur prouver la capacité à le faire.

2 L'abolition des limites

- Al-Qaida et l'EI ne font **aucune distinction entre les combattants et les non combattants**. Les civils sont les principales victimes de leurs attentats (attentats de janvier 2015 en France).
- Leur champ de bataille est **planétaire**. Si les pays occidentaux sont des cibles privilégiées, l'Irak, l'Inde, la Somalie, le Pakistan ou le Nigeria sont particulièrement touchés.
- Enfin, il n'y a **pas de bataille décisive**. Ainsi, la disparition du territoire de l'EI en mars 2019 ne met pas fin aux attentats perpétrés par des djihadistes qui s'en réclament (Sri Lanka, avril 2019).

3 L'impuissance des États

Face à un adversaire protéiforme qui peut frapper à tout endroit, à tout moment, les États semblent **impuissants**. Même coalisés, comme en Syrie, ils ne viennent pas à bout de leur ennemi. La « guerre contre le terrorisme » montre là ses limites. C'est sans doute qu'ils en sous-estiment les raisons profondes : **les retards de développement** et les **fortes inégalités sociales** qui alimentent le vivier des djihadistes.

L'ESSENTIEL

L'affirmation d'acteurs non étatiques →

Al-Qaida (à partir des années 1990)
- réseau terroriste mondial

État islamique (à partir de 2014)
- réseau terroriste mondial
- conquête de territoires en Syrie et en Irak

Des conflits d'un genre nouveau →

- motifs idéologiques : islam radical *vs* Occident
- pas de distinction entre combattants et civils
- pas de bataille décisive
- impuissance des États à rétablir la sécurité

Faire la paix par les traités : les traités de Westphalie (1648)

14

☐ OK

SES

HGGSP

GRAND ORAL

De 1618 à 1648, la guerre de Trente Ans voit s'affronter les États européens. Au terme de négociations entamées en 1644, ceux-ci signent les traités de Westphalie. Ces textes consacrent le rôle primordial des États dans les relations internationales.

I La guerre de Trente Ans (1618-1648)

1 Les enjeux du conflit

- L'enjeu de la guerre est avant tout politique : il s'agit pour la dynastie des Habsbourg de Vienne d'imposer la domination du Saint-Empire romain germanique sur l'Europe. Ce projet est contrarié par le morcellement politique de son territoire, qui comprend plus de 350 États, et par le caractère électif de la couronne impériale.

> **À savoir**
> De 1356 à 1806, l'empereur du Saint-Empire romain germanique est élu par sept puis neuf **princes-électeurs**.

- L'enjeu est en même temps religieux : les Habsbourg entendent imposer le catholicisme à une Europe divisée entre catholiques et protestants. Cependant, au sein même de leurs territoires, ils font face à des princes protestants comme l'Électeur palatin.

2 Un conflit à plusieurs échelles

- Le conflit est d'abord interne au Saint-Empire : après la défenestration de Prague (1618), il oppose les Tchèques protestants de Bohême, aidés des princes allemands protestants, à l'empereur Ferdinand II, soutenu par les Habsbourg d'Espagne. Ce dernier, qui réprime férocement la révolte, l'emporte dès 1620.

> **Date clé**
> Le **23 mai 1618**, en réaction à la fermeture de deux temples, des protestants de Bohême jettent par la fenêtre du Conseil de la ville deux gouverneurs impériaux.

- Le conflit devient ensuite européen avec l'intervention, aux côtés des princes protestants, du Danemark, de la Suède puis de la France. Finalement, à la suite de victoires décisives de l'armée française sur les armées espagnoles (Rocroi, 1643) et à l'offensive suédoise au cœur de l'Empire, l'empereur Ferdinand III doit se résigner à la paix. C'est pourquoi, dès 1644, les États belligérants entament des négociations.

II La paix de Westphalie

1 La réorganisation territoriale de l'Europe

- En 1648, deux traités mettent fin à la guerre de Trente Ans. Le premier est signé à Osnabrück entre l'empereur Ferdinand III et la Suède ; le second à Münster entre l'empereur et la France.
- Le Saint-Empire perd de nombreux territoires : la Suède reçoit une partie de la Poméranie, ce qui lui permet de contrôler les embouchures de grands fleuves comme l'Elbe ; la France obtient l'Alsace (sans Strasbourg). Les Provinces-Unies et la Confédération helvétique gagnent leur indépendance. Le Brandebourg s'étend.

2 De nouvelles règles internationales

- Les traités de Westphalie instaurent de nouveaux principes devant présider aux relations entre les États d'Europe : c'est la naissance d'un « système westphalien », en vigueur jusqu'au début du XXe siècle.
- En premier lieu, les traités affirment le rôle fondamental des États, égaux entre eux, dans les relations internationales. Ensuite, ils reconnaissent la souveraineté de chacun d'eux et excluent toute ingérence dans les affaires internes, qu'elles soient religieuses ou politiques. Enfin, ils visent à un équilibre entre États, garant de la paix.
- Par ailleurs, les traités confirment le principe de l'unicité de la confession du prince et de ses sujets en vertu de l'adage « *Cujus regio, ejus religio* » (« Tel prince, telle religion ») : en reconnaissant la division religieuse de l'Europe, les États enterrent le rêve impérial d'une religion catholique universelle.

L'ESSENTIEL

Les traités de Westphalie (1648)

→ **La réorganisation territoriale de l'Europe**
- **le Saint-Empire perd des territoires** : l'Alsace au profit de la France, une partie de la Poméranie au profit de la Suède
- **indépendances** : Provinces-Unies et Confédération helvétique

→ **De nouvelles règles internationales**
- rôle fondamental des **États, égaux entre eux**
- **souveraineté et indépendance** des États
- **unicité de la confession** sujets/souverain
- assurer la paix par un **équilibre** entre États

Faire la paix par la sécurité collective : l'ONU sous Kofi Annan

15

☐ OK

Secrétaire général de l'Organisation des Nations unies de 1997 à 2006, Kofi Annan est confronté à un monde multipolaire où les sources de conflits sont nombreuses.

I Un contexte nouveau

- Pendant la guerre froide (1947-1991), le fonctionnement de l'Organisation des Nations unies (ONU) est paralysé par l'opposition entre les États-Unis et l'Union soviétique, qui usent de leur droit de veto comme une arme géopolitique.
- À partir des années 1990, avec la disparition du bloc soviétique, 30 nouveaux États intègrent l'ONU, dirigée par l'Égyptien Boutros Boutros-Ghali. Le Ghanéen Kofi Annan lui succède en 1997. En poste jusqu'en 2006, il s'efforce de développer les instruments de la sécurité collective.

Mot clé

La **sécurité collective** est le principe selon lequel les États doivent répondre collectivement aux atteintes à la paix.

II Les avancées de la sécurité collective

1 La création de la Cour pénale internationale

En 1998, la majorité des États membres de l'ONU signe le statut de Rome pour fonder une cour internationale de justice chargée de juger les auteurs de génocide, de crime de guerre et de crime contre l'humanité. La Cour pénale internationale (CPI) se met en place en 2002.

2 Les Objectifs du Millénaire pour le développement

Considérant que le mal-développement menace la paix, les membres de l'ONU adoptent une déclaration commune fixant huit objectifs à atteindre en 2015. Il s'agit notamment de réduire l'extrême pauvreté, d'assurer l'éducation primaire pour tous et d'instaurer un partenariat mondial pour le développement.

3 La responsabilité de protéger (2005)

- Au sommet mondial de 2005, les États membres votent le principe de responsabilité de protéger : responsabilité juridique des États souverains à protéger leur population contre les génocides, les crimes de guerre, les nettoyages ethniques et les crimes contre l'humanité.

● En cas de défaillance d'un État au regard de cette responsabilité, la communauté internationale doit intervenir par des moyens pacifiques. Il s'agit ici d'un contournement de la souveraineté nationale.

III L'intervention au Kosovo (1999)

1 Une étape du démembrement de l'ex-Yougoslavie

● Depuis 1992, la Fédération yougoslave est en pleine décomposition. En 1995, l'OTAN intervient en Bosnie-Herzégovine contre la Serbie pour protéger les civils ▶ FICHE 26. Les accords de Dayton scellent le partage de la Bosnie-Herzégovine en deux.

● En 1997, le Kosovo, province serbe autonome peuplée d'une majorité d'Albanais musulmans, se soulève. Le président serbe réprime ce mouvement.

2 Une intervention militaire et diplomatique

● Après l'intervention militaire de l'OTAN contre l'armée serbe au printemps 1999, le Kosovo passe sous tutelle des Nations unies.

● Les Nations unies ambitionnent de rétablir la paix, instaurer la démocratie et reconstruire l'économie sur un territoire peu développé et dévasté par la guerre.

● Mais de nombreuses exactions sont commises à l'encontre des minorités ethniques. Lorsque le Kosovo proclame son indépendance en 2008, celle-ci n'est même pas reconnue par la Russie ni la Chine, membres permanents du Conseil de sécurité.

L'ESSENTIEL

L'ONU sous Kofi Annan (1997-2006)

- **Création de la Cour pénale internationale**
  1998 : par les statuts de Rome, l'ONU fonde une cour chargée de juger les génocides, les crimes de guerre et les crimes contre l'humanité
- **Objectifs du Millénaire pour le développement**
  2000 : déclaration commune de l'ONU fixant pour 2015 huit objectifs contre le mal-développement (éducation…)
- **Principe de responsabilité de protéger**
  2005 : intervention pacifique de l'ONU si un État ne protège pas sa population contre un génocide, des crimes de guerre…

Quiz EXPRESS

Avez-vous bien révisé les fiches 10 à 15 ? On vérifie !

16

SES HGGSP GRAND ORAL

Formes de conflits et modalités de construction de la paix

1 Guerres et paix dans le monde actuel

▶ FICHES 10 ET 11

1. L'« arc de crise » s'étend du Sahel...

☐ a. au Sahara. ☐ b. au Moyen-Orient. ☐ c. à l'Asie centrale.

2. Depuis quand l'Afghanistan est-il en guerre quasi permanente ?

☐ a. 1979 ☐ b. 2001 ☐ c. 2003

3. Parmi ces acteurs des conflits, lesquels sont nouveaux ?

☐ a. l'UE ☐ b. l'ONU ☐ c. l'OTAN

2 La dimension politique de la guerre

▶ FICHES 12 ET 13

1. Selon Clausewitz, quels sont les trois principes de la guerre ?

☐ a. les principes politique, militaire et populaire

☐ b. les principes politique, économique et religieux

☐ c. les principes politique, populaire et religieux

2. Quel est le point commun entre Al-Qaida et l'État islamique ?

☐ a. leur ancrage territorial

☐ b. leur propagande anti-occidentale

☐ c. le recrutement de djihadistes

3 Le défi de la construction de la paix

▶ FICHES 14 ET 15

1. Le « système westphalien » instaure le principe de...

☐ a. l'égalité entre États.

☐ b. la souveraineté des États.

☐ c. l'équilibre entre les États.

2. L'instauration de la paix au Kosovo s'est faite par...

☐ a. la voie diplomatique.

☐ b. la voie militaire.

CORRIGÉS

1 Guerres et paix dans le monde actuel

1. Réponse c. L'« arc de crise » s'étend du Sahel à l'Asie centrale en passant par le Moyen-Orient, englobant des conflits de natures très diverses.

2. Réponse a. À la suite de l'invasion soviétique de 1979, l'Afghanistan est en guerre de façon quasi permanente.

À noter

L'intervention de l'OTAN en 2001, consécutive aux attentats du 11 septembre 2001, a aggravé l'**instabilité politique** en Afghanistan.

3. Réponses a et c. À partir des années 1990, les actions de l'ONU en faveur de la paix sont relayées par celles de l'UE et de l'OTAN.

2 La dimension politique de la guerre

1. Réponse a. Selon Clausewitz, la guerre répond à des objectifs politiques en mobilisant des moyens militaires et humains.

2. Réponses b et c. Al-Qaida et l'État islamique dénoncent les valeurs occidentales (libertés, laïcité) et mobilisent des djihadistes dans le monde entier. Alors qu'Al-Qaida est une organisation déterritorialisée, l'État islamique revendique sa souveraineté sur un territoire bien circonscrit.

3 Le défi de la construction de la paix

1. Réponses a, b et c. Les principes du « système westphalien » posent les bases des relations entre États européens. Ils restent valables jusqu'au début du XXe siècle.

2. Réponses a et b. Les voies militaire (intervention de l'OTAN) et diplomatique (administration onusienne) ont été suivies pour maintenir la paix au Kosovo.

Guerres et paix au Moyen-Orient (de 1945 à nos jours)

17

☐ OK

Depuis la fin de la Seconde Guerre mondiale, le Moyen-Orient est devenu le principal foyer de conflits dans le monde.

I Des guerres aux multiples enjeux

1 Des enjeux économiques

Chiffres clés

Actuellement, le Moyen-Orient possède **50 % des réserves de pétrole** et **40 % des réserves de gaz** mondiales.

- Le Moyen-Orient détient les plus grandes réserves d'hydrocarbures au monde. C'est une région vitale pour les pays industrialisés.
- La région est un lieu de passage incontournable pour le trafic maritime mondial (pétrole). Le détroit d'Ormuz en est un point stratégique.
- La compétition entre États pour l'accès à l'eau est source de vives tensions (partage des eaux de l'Euphrate entre la Turquie, la Syrie et l'Irak).

2 Des enjeux politiques

- À l'échelle mondiale : la rivalité américano-soviétique pendant la guerre froide ; l'instauration d'un « nouvel ordre mondial » par les États-Unis dans les années 1990 ; la lutte contre le terrorisme depuis 2001.
- À l'échelle régionale : la reconnaissance de l'État d'Israël par les pays arabes ▶ FICHE 18 ; l'alliance avec les États-Unis (Arabie saoudite) ou leur rejet (Iran).
- À l'échelle nationale : le droit des peuples sans État (Palestiniens en Israël, Kurdes en Turquie et en Syrie) ; la démocratisation de régimes autoritaires revendiquée lors des printemps arabes de 2011.

3 Des enjeux culturels et idéologiques

- La présence des lieux saints des trois religions monothéistes (islam, christianisme, judaïsme) fait de villes comme Jérusalem ou La Mecque des lieux à forte charge symbolique et des théâtres de tensions religieuses.
- L'influence des idéologies (sionisme, nationalisme arabe, islamisme) est source de conflits à différentes échelles.

II Des acteurs étatiques et non étatiques

- Les **grandes puissances** (États-Unis, URSS puis Russie) font de la région un des théâtres de leur affrontement par **États interposés**.
- Les **puissances régionales** cherchent à imposer leur **hégémonie** : l'Égypte jusqu'en 1970 ; la Syrie et l'Irak dans les années 1980 ; l'Arabie saoudite et l'Iran actuellement.
- L'**ONU** a multiplié les opérations de maintien de la paix depuis 1948.
- Les **organisations terroristes transnationales** (Al-Qaida, EI) mènent des **guerres irrégulières** qui déstabilisent les stratégies des États. Les membres de milices (Hezbollah au Liban) ou de mouvements nationalistes (Hamas à Gaza, Kurdes) agissent en relayant souvent les **stratégies des États** (Iran pour le Hezbollah, Occidentaux pour les Kurdes).

III Différents modes de résolution

- Deux **traités de paix** entre États ont été signés sous l'impulsion des États-Unis : entre l'Égypte et Israël en 1979 ; entre Israël et la Jordanie en 1994. La **Déclaration de principes d'Oslo**, signée en 1993 entre Israël et l'Organisation de libération de la Palestine (OLP) sous l'égide des États-Unis, est censée amorcer un processus de paix, encore inachevé faute de traité.
- Des **cessez-le-feu** imposés par l'ONU ont mis fin à certains conflits comme la **guerre Iran-Irak** (1980-1988) ou la **première guerre du Golfe** (1991) ▶ FICHE 19.
- Des conflits internes sont en attente de résolution : le **conflit syrien** (depuis 2011) ; le **conflit au Yémen** (depuis 2013).

L'ESSENTIEL

Les conflits au Moyen-Orient (de 1945 à nos jours)

De multiples enjeux
- **économiques** : réserves d'hydrocarbures...
- **politiques** : droit des peuples sans État (Kurdes...), terrorisme (depuis 2001)...
- **culturels et idéologiques** : lieux saints...

De multiples acteurs
- **grandes puissances** (États-Unis, Russie)
- **puissances régionales** (Arabie saoudite, Iran...)
- **non étatiques** : ONU, organisations terroristes (Al-Qaida...), milices (Hezbollah...), mouvements nationalistes (Hamas à Gaza, Kurdes...)

Les tentatives de paix au Proche-Orient

18

OK

De 1948 à 1987, le Proche-Orient est secoué par des guerres à répétition opposant l'État d'Israël à ses voisins arabes. Si ces conflits ont été en partie résolus, celui entre l'État hébreu et les Palestiniens demeure entier.

I Les enjeux des conflits

1 Les conflits israélo-arabes

L'enjeu principal est la reconnaissance d'un État hébreu en Palestine par les États arabes. Le sionisme s'oppose ainsi au nationalisme arabe, qui entend unir tous les Arabes contre l'« ennemi sioniste ».

2 Le conflit israélo-palestinien

L'enjeu majeur est le droit des Palestiniens à fonder un État en Palestine. La question de l'accès aux sanctuaires de Jérusalem-Est en particulier nourrit les tensions intercommunautaires entre juifs, musulmans et chrétiens. Se pose aussi le problème de l'accès à l'eau : Israël impose aux Palestiniens une tutelle hydraulique les privant d'une partie de leurs ressources.

II Les tentatives de résolution (1948-1995)

1 La résolution des conflits israélo-arabes (1948-1979)

- À partir de 1948, date de la proclamation de l'État d'Israël, quatre conflits opposent ce dernier aux États arabes voisins (Égypte, Syrie et Jordanie). Lors de la guerre des Six Jours (1967), Israël occupe des territoires conquis sur ses adversaires (Sinaï, Gaza, Cisjordanie, Golan).
- L'ONU se montre impuissante à garantir la paix : la résolution 242 (1967), qui prévoyait le retrait des forces israéliennes des territoires occupés, n'est pas appliquée.
- Les États-Unis sont les acteurs majeurs de la paix au Proche-Orient : à la suite des pourparlers de Camp David en 1978, le traité de Washington (1979) scelle la paix entre Israël et l'Égypte. En échange de la reconnaissance d'Israël par l'Égypte, l'État hébreu s'engage à évacuer le Sinaï.

À noter

Le **traité de Washington** est signé par le Premier ministre israélien Menahem Begin et le président égyptien Anouar el-Sadate.

SES

HGGSP

GRAND ORAL

2 De la guerre à la paix israélo-palestinienne (1964-1995)

- À partir de 1964, un **conflit asymétrique** oppose les combattants de l'Organisation de libération de la Palestine (OLP) à l'armée israélienne. Organisés en commandos sous l'autorité de **Yasser Arafat**, agissant à partir de la Jordanie puis du Liban, ceux-ci privilégient la guérilla et le terrorisme.
- À partir de 1987, lors de la **première intifada**, les civils palestiniens des territoires occupés se soulèvent contre l'armée israélienne.
- Dès 1988, Yasser Arafat opte pour la **voie diplomatique**. Ses efforts, soutenus par les États-Unis, aboutissent à la signature des **accords d'Oslo** en 1993 et en 1995 : outre la reconnaissance mutuelle d'Israël et de l'OLP, ils prévoient l'autonomie des territoires occupés, confiés à une **Autorité palestinienne**.
- En 1994, les États-Unis poussent la Jordanie à signer un **traité de paix** avec Israël.

III Un processus de paix en panne (depuis 1995)

- Dès 1993, les accords d'Oslo sont rejetés par le Hamas palestinien, rival de l'OLP, et la droite israélienne. En 1995, l'**assassinat du Premier ministre israélien Yitzhak Rabin**, signataire des accords, fragilise le processus de paix.

Mot clé

Le Hamas, fondé en 1987, est un **mouvement islamiste palestinien** très influent à Gaza.

- La **relance de la colonisation israélienne** en Cisjordanie réduit encore les territoires confiés à l'Autorité palestinienne.
- Depuis 2000, la **seconde intifada** et la **répression militaire israélienne** enclenchent l'engrenage de la violence. À partir de 2007, le **blocus israélien** imposé à Gaza dans une relative indifférence internationale laisse les Palestiniens seuls face à l'armée israélienne.

L'ESSENTIEL

Les tentatives de paix au Proche-Orient

1967 Résolution 242 de l'ONU pour qu'Israël se retire des territoires occupés → non appliquée	**1979** Traité de Washington → Israël se retire du Sinaï, paix entre Israël et Égypte	**1993-1995** Accords d'Oslo pour une solution à deux États → non respectés

Les deux guerres du Golfe et leurs prolongements

19

☐ OK

À deux reprises, les États-Unis et leurs alliés entrent en guerre contre l'Irak dirigé par Saddam Hussein. Si la première guerre du Golfe est avalisée par l'ONU, la seconde est engagée unilatéralement par les États-Unis.

I La première guerre du Golfe (1991) : une guerre interétatique ?

1 Des enjeux de puissances

- Pour financer la guerre contre l'Iran (1980-1988), l'Irak s'est fortement endetté auprès du Koweït qui refuse d'effacer sa dette. Son annexion permettrait de régler ce contentieux, tout en contrôlant 20 % des réserves mondiales de pétrole.
- Les États-Unis veulent profiter du déclin de l'Union soviétique pour affirmer leur leadership mondial tout en sécurisant leur approvisionnement en pétrole.

2 Une guerre éclair

- En août 1990, l'Irak envahit le Koweït. Aussitôt, l'ONU exige le retrait des forces irakiennes. Fin août, le Koweït est annexé.
- En novembre, l'ONU autorise l'emploi de la force en fixant un ultimatum pour janvier 1991. Saddam Hussein le rejette.
- En janvier-février 1991, une coalition internationale de 34 États, commandée par les États-Unis, lance l'opération *Tempête du désert* pour libérer le Koweït. En face, l'armée irakienne, dépourvue d'alliés et mal équipée, est rapidement battue.

3 Une résolution imparfaite

- En mars 1991, Saddam Hussein doit signer le cessez-le-feu imposé par le Conseil de sécurité de l'ONU. Celui-ci prévoit la destruction des missiles et des arsenaux chimiques et biologiques irakiens.
- Les États-Unis, vainqueurs de ce conflit, assument le rôle de garants d'un « nouvel ordre mondial ».

Date clé

Lors de son **discours au Congrès du 6 mars 1991**, le président des États-Unis George H. W. Bush évoque un nouvel ordre mondial fondé sur la liberté et la démocratie.

• Cependant, dès 1991, Saddam Hussein réprime férocement le soulèvement des chiites du sud du pays et des Kurdes du Nord, ce qui conduit à l'instauration d'une zone d'exclusion aérienne au nord et au sud de l'Irak.

II La seconde guerre du Golfe (2003) : un conflit asymétrique

1 Une guerre au service des intérêts américains

• Depuis 1991, l'Irak freine le travail des experts internationaux qui inspectent ses sites militaires et nucléaires.

• Selon George W. Bush, l'Irak fait partie des « États voyous » qui soutiennent le terrorisme en fabriquant des armes de destruction massive. Malgré l'opposition du Conseil de sécurité de l'ONU, les États-Unis et certains de leurs alliés de l'OTAN envahissent l'Irak en mars 2003.

• Dès le mois de mai, l'armée irakienne est battue et Saddam Hussein chassé du pouvoir. Pour le président Bush, la guerre est finie.

2 Vers la guerre civile

• L'éviction de Saddam Hussein et la démobilisation de l'armée régulière irakienne plongent le pays dans une guerre civile où s'affrontent chiites, sunnites et Kurdes. Elles favorisent l'ingérence des puissances régionales, comme l'Iran qui soutient les chiites irakiens, et l'action des organisations terroristes comme Al-Qaida.

• Les soldats américains évacuent l'Irak en 2011, en plein chaos. En 2014, l'État islamique s'y implante et proclame le califat universel.

L'ESSENTIEL

La première guerre du Golfe (1991) ···>
- **Motif** : l'Irak envahit le Koweït (août 1990)
- **Conditions** : guerre menée avec l'aval de l'ONU
- **Issue** : libération du Koweït, destruction des missiles et des arsenaux chimiques irakiens

→ « nouvel ordre mondial »

La seconde guerre du Golfe (2003) ···>
- **Motif** : les États-Unis croient que l'Irak fabrique des armes de destruction massive
- **Conditions** : guerre menée sans l'aval de l'ONU
- **Issue** : défaite de Saddam Hussein (mai 2003)

→ 8 ans de guerre, guerres civiles, État islamique

Quiz EXPRESS 20

Avez-vous bien révisé les fiches 17 à 19 ? On vérifie !

Guerre et paix au Moyen-Orient

1 La situation du Moyen-Orient

FICHE 17

1. Quel pourcentage des réserves mondiales de pétrole le Moyen-Orient possède-t-il ?

☐ a. 40 % ☐ b. 50 % ☐ c. 60 %

2. Parmi ces idéologies, lesquelles concernent le Moyen-Orient ?

☐ a. l'islamisme ☐ b. le pangermanisme ☐ c. le sionisme

3. Qu'est-ce qui a mis fin à la première guerre du Golfe ?

☐ a. un traité de paix ☐ b. un armistice

☐ c. un cessez-le-feu

2 Le conflit israélo-palestinien

FICHE 18

1. En quelle année la guerre des Six Jours se déroule-t-elle ?

☐ a. 1967 ☐ b. 1973 ☐ c. 1982

2. Dans les années 1970-1980, l'OLP privilégie...

☐ a. l'action diplomatique.

☐ b. la lutte armée.

☐ c. le terrorisme.

3 Les deux guerres du Golfe (1991 et 2003)

FICHE 19

1. La première guerre du Golfe a pour origine...

☐ a. un conflit durable entre l'Iran et l'Irak.

☐ b. un contentieux entre l'Arabie saoudite et l'Irak.

☐ c. l'invasion du Koweït par l'Irak.

2. La seconde guerre du Golfe est une guerre...

☐ a. interétatique ☐ b. asymétrique ☐ c. irrégulière

3. Le retrait des troupes américaines d'Irak en 2011...

☐ a. stabilise le pays. ☐ b. déstabilise le pays.

☐ c. n'a aucun effet.

CORRIGÉS

1 La situation au Moyen-Orient

1. Réponse b. Le Moyen-Orient détient la moitié des réserves mondiales de pétrole : c'est une région stratégique pour l'approvisionnement des pays industrialisés.

2. Réponses a et c. L'islamisme préconise une société organisée selon les préceptes du Coran. Le sionisme a le projet de créer un État juif en Palestine.

3. Réponse c. Le 3 mars 1991, l'Irak accepte le cessez-le-feu proposé par les Nations unies.

> **Info**
> L'**islamisme** moderne a été théorisé par la société des Frères musulmans, organisation internationale sunnite créée en Égypte en 1928.

2 Le conflit israélo-palestinien

1. Réponse a. La guerre des Six Jours se déroule en 1967. C'est une guerre éclair remportée par Israël sur une coalition d'États arabes.

2. Réponses b et c. Dans les années 1970-1980, l'OLP privilégie la lutte armée et le terrorisme. Devant l'échec de cette stratégie, elle emprunte ensuite la voie diplomatique.

3 Les deux guerres du Golfe (1991 et 2003)

1. Réponse c. L'Irak réclame au Koweït l'effacement de sa dette contractée pour financer la guerre Iran-Irak. Le Koweït refuse.

2. Réponses a, b et c. La seconde guerre du Golfe est à la fois un conflit interétatique opposant d'abord les États-Unis à l'Irak, une guerre asymétrique opposant une coalition de l'OTAN au seul État irakien, et elle devient rapidement une guerre irrégulière avec les actions de l'organisation terroriste Al-Qaida.

3. Réponse b. Le retrait des troupes américaines d'Irak à partir de 2011 amplifie la guerre civile débutée en 2003 car elle laisse l'État irakien seul pour assurer sa sécurité.

Histoire et mémoire

21

☐ OK

Si la mémoire et l'histoire mettent le passé en récit, elles peuvent entrer en conflit.

I Deux notions distinctes

- L'**histoire** est une reconstruction scientifique du passé qui se veut **objective**. Le travail de l'historien est de construire un récit le plus proche possible de la vérité. L'historien périodise et contextualise des événements : il base son travail sur des **sources** variées qui évoluent (**archives**) et sur les travaux de ses collègues.
- Donnant la parole aux témoins, la **mémoire** est une reconstruction affective du passé, elle est **subjective**. Elle est une manière dont les sociétés interprètent le passé en fonction de leurs besoins présents : il n'y a pas une mémoire mais des mémoires.

II Deux notions complémentaires

- Les historiens analysent l'évolution des mémoires que les sociétés ont d'un événement, souvent traumatique, depuis son origine.
- L'historien distingue plusieurs types de mémoire : la **mémoire officielle**, celle des États, se traduit par une politique mémorielle (commémorations, mémoriaux) ; la **mémoire des acteurs**, qui peuvent avoir des souvenirs qui s'opposent, induisant une grande diversité de mémoires ; la **mémoire sociale**, qui est celle de l'opinion publique, évoluant en fonction des préoccupations du temps présent.

> **À savoir**
> La mémoire est devenue un **objet de recherche** pour les historiens depuis *Les lieux de mémoire*, ouvrage collectif dirigé par Pierre Nora entre 1984 et 1922.

- Concernant la Seconde Guerre mondiale, des historiens (Henry Rousso) identifient trois étapes de la mémoire (**régimes mémoriels**). D'abord, la mémoire est souvent refoulée par celles et ceux qui ont vécu des événements douloureux : c'est le temps de l'**amnésie** et de la mise en place d'une mémoire officielle, d'un « **mythe** » construit dans un but politique. Puis, cette mémoire est ravivée par des témoignages, des œuvres d'art, des travaux d'historiens : c'est l'**anamnèse**, la prise de conscience. Enfin, la troisième étape est celle de l'obsession mémorielle, l'**hypermnésie**, avec la multiplication des commémorations.

III Deux notions en débat

1 Les lois mémorielles...

> **Mot clé**
> Le **devoir de mémoire** est l'obligation morale et civique de se souvenir d'un événement traumatisant afin de rendre hommage aux victimes.

- Face aux mythes, l'historien doit poursuivre son travail scientifique et non répondre à un « devoir de mémoire ». L'histoire ne juge pas : elle décrit et explique.
- En 1990, la loi Gayssot fait du **négationnisme** un délit. Dès lors, les **lois mémorielles** se multiplient : sur la reconnaissance du génocide arménien (2001), sur la traite négrière et l'esclavage qui les qualifie de **crimes contre l'humanité** (2001), sur les souffrances des Français rapatriés d'Afrique du Nord (2005).

2 ... suscitent la réaction des historiens

- Face à cette **inflation mémorielle**, des historiens dénoncent des revendications communautaristes, accusent l'État de favoriser une approche émotionnelle du passé, de le criminaliser et de gêner la recherche. En 2005, Pierre Nora crée l'association **Liberté pour l'histoire**.
- Un autre collectif d'historiens, réunis dans le **Comité de vigilance face aux usages publics de l'histoire** (CVUH), intervient quand une polémique mémorielle éclate : sans s'opposer aux lois mémorielles, ils donnent leur avis de scientifiques, résument l'état des recherches.
- Pour apaiser les tensions, une commission parlementaire préconise en 2008 de ne plus adopter de loi mémorielle.

L'ESSENTIEL

Histoire et mémoire

Deux notions distinctes
- **histoire** : reconstruction scientifique objective
- **mémoire** : reconstruction affective subjective

Deux notions complémentaires
- mémoire = **objet de recherche** pour l'historien
- mémoires : officielle ≠ des acteurs ≠ sociale

Deux notions en débat
- **lois mémorielles** (depuis la loi Gayssot en 1990)
- histoire ≠ « **devoir de mémoire** »
- histoire ≠ **approche émotionnelle** du passé

Les notions de crime contre l'humanité et de génocide

22

☐ OK

Les notions de crime contre l'humanité et de génocide sont nées dans le contexte de l'après-guerre. Ces deux notions juridiques ont profondément marqué l'histoire du droit international.

I Histoire de deux notions juridiques

1 Le crime contre l'humanité : une notion ancienne

- Pendant la Seconde Guerre mondiale, on s'interroge déjà sur la façon de nommer les massacres de masse commis par l'Allemagne nazie. Dès 1943, Winston Churchill évoque « un crime sans nom ».
- Le 8 août 1945, l'accord de Londres établit un tribunal militaire international à Nuremberg afin de juger des criminels nazis accusés de complot pour dominer l'Europe, de crime contre la paix (déclenchement, organisation et poursuite du conflit), de crime de guerre (mauvais traitement des prisonniers, violences contre les civils) et de crime contre l'humanité.

> **Mot clé**
> Un **crime contre l'humanité** concerne « l'assassinat, l'extermination, la réduction en esclavage, la déportation et tout autre acte inhumain commis contre les populations civiles avant ou pendant la guerre » (ONU).

- L'expression, utilisée par la France et le Royaume-Uni en 1915 pour qualifier les violences commises contre les Arméniens, n'était pas une notion juridique. Alors que, dans sa définition, le crime contre l'humanité recouvre le crime de guerre, le tribunal lui donne une dimension juridique nouvelle : il est le premier crime rétroactif, car il constitue une violation grave des Droits de l'homme.

2 La création de la notion de génocide

Le juriste Raphael Lemkin élabore en 1943 le concept de génocide. Mais le tribunal militaire de Nuremberg ne le retient pas. Les actes commis contre les Juifs et les Tsiganes ne sont pas dissociés des autres crimes commis par les nazis. C'est le 9 décembre 1948 que les Nations unies rendent officiel le concept de génocide.

> **Mot clé**
> Un **génocide** est « commis dans l'intention de détruire, ou tout ou en partie, un groupe national, ethnique, racial ou religieux ». Il est dirigé intentionnellement contre un groupe.

II Deux notions complémentaires en évolution

1 Le génocide : une catégorie de crime contre l'humanité

- Les crimes contre l'humanité ne visent pas la destruction d'une population définie. Un génocide est donc une **forme de crime contre l'humanité** mais tous les crimes contre l'humanité ne sont pas des génocides.
- Différentes autorités s'arrogent le rôle de reconnaître des génocides : des **autorités politiques** (parlement national ou assemblée internationale) et des **autorités judiciaires** (tribunal national ou international).
- Les **historiens** peuvent identifier des génocides. Certains d'entre eux s'opposent au fait que des parlementaires reconnaissent officiellement un génocide et s'arrogent le droit d'écrire l'histoire ▶ FICHE 21.

2 Des notions en évolution

- En 1948, l'ONU fait entrer le chef d'accusation pour crime contre l'humanité dans le **droit international**. Elle le rend **imprescriptible** en 1968.
- Trois génocides ont été reconnus par les autorités judiciaires internationales : celui des **Juifs et des Tsiganes** pendant la Seconde Guerre mondiale, celui des **Tutsi** en 1994 ▶ FICHE 25 et le génocide commis sur le territoire de l'**ex-Yougoslavie** à partir de 1991 ▶ FICHE 26. D'autres génocides ont pourtant été commis.
- La **Cour pénale internationale (CPI)** est aujourd'hui la seule juridiction pénale permanente et universelle. Créée entre 1998 et 2002, elle précise et élargit la notion de crime contre l'humanité à la torture, au viol, à l'apartheid et à la disparition forcée de personnes. La définition du crime contre l'humanité est appelée à évoluer.

L'ESSENTIEL

Crime contre l'humanité	Génocide
• **8 août 1945** : incrimination créée au Tribunal militaire de Nuremberg • **1948** : chef d'accusation reconnu dans le droit international • **1968** : rendu imprescriptible	• **1943** : concept créé par R. Lemkin • **9 déc. 1948** : chef d'accusation reconnu dans le droit international • concurrence des autorités judiciaires, parlementaires et scientifiques

Un débat historique : les causes de la Première Guerre mondiale

23

☐ OK

La question des causes de la Première Guerre mondiale a longtemps divisé les historiens. En France, cette question n'est plus d'actualité mais, dans le passé, elle a eu d'importantes implications politiques.

I Après la guerre : une histoire diplomatique et politique

1 L'Allemagne accusée et condamnée

- Par l'article 231 du traité de Versailles, l'Allemagne est jugée responsable de la Première Guerre mondiale, et contrainte à ce titre de verser de lourdes réparations. Cette question des responsabilités obsède l'historiographie de l'immédiat après-guerre.

Mot clé

L'**historiographie** est l'étude des recherches historiques sur un sujet donné.

- Dans les années 1920, les écrits historiques sont encore peu nombreux. Chaque État cherche à se disculper en publiant des documents officiels. En France, l'État et l'opinion publique, soutenus par l'historiographie, sont convaincus que l'Allemagne est « responsable de tout ».
- L'Allemagne dénonce la légitimité du traité de Versailles, vécu comme un « diktat » : elle se pense dans un état de défense légitime face à l'encerclement « menaçant » de ses ennemis, effrayés par sa puissance et opposés à son expansion en Europe et en Afrique. La France est vue comme agressive et revancharde.

2 Un travail historique qui cherche à nuancer les responsabilités

- Dès 1925, l'historien français Pierre Renouvin nuance la responsabilité des empires centraux et accuse la Russie de n'avoir pas freiné la Serbie après l'attentat de Sarajevo.
- En 1933, Jules Isaac montre que la guerre n'était pas inéluctable et incrimine davantage l'attitude de la France : celle-ci s'était préparée à la guerre en augmentant la durée du service militaire français à trois ans en 1913 et aurait poussé la Russie à mobiliser ses troupes. Cet historien cherche alors à éduquer la jeune génération dans la haine de la guerre alors que le parti nazi arrive au pouvoir en Allemagne.

II Après 1945, une histoire plus sociale

1 L'influence de l'historiographie

- Dans les années 1950, la Seconde Guerre mondiale domine les débats historiques. En Allemagne, l'idée que le pays a été « catapulté dans la Grande Guerre » à la suite d'un « **engrenage** » est soutenue : cette vision déterministe de l'histoire permet d'affirmer que le pays n'est pas expansionniste par nature.

- En 1961, l'historien allemand **Fritz Fischer** publie *Les Buts de guerre de l'Allemagne impériale (1914-1918).* Il y présente son pays comme entièrement responsable, poussé par un fort **sentiment nationaliste**. Il cherche à montrer une continuité dans la politique allemande, de Bismarck à Hitler, une politique expansionniste par nature.

- En Allemagne de l'Est (RDA), l'écriture de l'histoire se fonde sur une **vision marxiste** et ancienne de la guerre : les rivalités coloniales et commerciales ont poussé l'Europe au conflit.

2 Des débats historiques qui persistent

- Le déclenchement du conflit n'est plus un sujet discuté par les historiens français, plus intéressés par une histoire culturelle de la guerre. Mais, en 2013, à l'occasion de la sortie des *Somnambules*, de l'historien australien **Christopher Clark**, l'opinion publique allemande redécouvre ce sujet dont la mémoire a longtemps été occultée par celle du nazisme.

- Christopher Clark insiste davantage sur le rôle joué par la Serbie dans le déclenchement du conflit. L'historien allemand **Gerd Krumeich** craint que le succès de Clark illustre la volonté des Allemands de se déculpabiliser de ce passé.

L'ESSENTIEL

Établir les causes de la Première Guerre mondiale

Une source de divisions
- l'Allemagne jugée responsable par le **traité de Versailles** (1919)
- la mémoire de la guerre instrumentalisée par les nazis (« **Diktat** »)

Le rôle de l'historien
- faire une **analyse objective** des événements
- rechercher les **causes multiples** du conflit
- **apaiser** les conflits de mémoire (P. Renouvin)

Mémoires et histoire de la guerre d'Algérie

24

☐ OK

Le traumatisme de la guerre d'Algérie (1954-1962) a donné lieu à l'émergence de multiples mémoires.

I Des constructions mémorielles différentes

1 Des mémoires inversées (1962-1970)

- Après les accords d'Évian (19 mars 1962), la volonté d'oublier la guerre domine en France. Le pouvoir gaulliste organise un « oubli officiel » par des lois d'amnistie. On se contente d'évoquer les « événements ».
- En Algérie, le Front de libération nationale (FLN) impose une mémoire officielle de cette guerre de décolonisation. Il glorifie « un million de martyrs ».

Mot clé

Une **loi d'amnistie** arrête les poursuites et annule les condamnations relatives à un crime ou un délit commis pendant une période donnée.

2 La fin de l'amnésie (1970-1990)

- En France, la jeunesse, portée par mai 1968, remet en question le passé colonial du pays. Des historiens, tel Pierre Vidal-Naquet, évoquent la torture (1972) et des films dénoncent la guerre d'Algérie.
- Dans les années 1980, des descendants de harkis revendiquent la reconnaissance des souffrances de leurs parents. Des anciens combattants militent pour faire entrer le conflit dans les programmes scolaires.
- En Algérie, de 1992 à 2002, la guerre civile entre islamistes et FLN ravive cette mémoire. Le mythe d'un peuple uni vole en éclats.

3 Le choc des mémoires (depuis les années 1990)

- En France, une partie des archives est ouverte en 1992. En 1997, le procès de Maurice Papon, préfet impliqué dans la répression de manifestations organisées par le FLN et le PCF à Paris en 1961 et 1962, réveille le besoin de vérité historique. L'expression « guerre d'Algérie » est officialisée par une loi de 1999 et les souffrances des rapatriés, les pieds-noirs, sont reconnues par une loi de 2005.

Mots clés

Les **harkis** sont des Algériens ayant combattu comme supplétifs au sein de l'armée française, tandis que les **pieds-noirs** sont les Français qui vivaient en Algérie.

- En 2016, François Hollande reconnaît la **responsabilité de l'État français dans les souffrances des harkis** et, en 2019, un dispositif de réparation est créé.

II Un cloisonnement des mémoires à dépasser

1 Les groupes mémoriels en France et en Algérie

- En France, plusieurs groupes réclament la reconnaissance de leurs souffrances : les **pieds-noirs** entretiennent la mémoire d'un paradis perdu, ou « nostalgérie » ; les **harkis**, rejetés en Algérie puis regroupés en France dans des camps de transit entre 1962 et 1968, souhaitent aujourd'hui le vote d'une loi mémorielle ; les **appelés du contingent**, qui ont effectué leur service militaire pendant la guerre d'Algérie, se sont regroupés dans des associations comme la FNACA.
- En Algérie, les anciens combattants du FLN et les nationalistes véhiculent la mémoire d'une guerre de libération, source d'**unité nationale**.

2 Le travail des historiens aujourd'hui

- En France, il faut attendre 1988 pour que soit organisé un **premier colloque** sur la guerre d'Algérie. En Algérie, les historiens sont contrôlés par le pouvoir. Certains (**Mohammed Harbi**) se réfugient en France pour effectuer leurs recherches.
- Les thèses se multiplient grâce à l'ouverture des archives en 1992 : **Raphaëlle Branche et Sylvie Thénault** étudient la torture et une trentaine de chercheurs français et algériens travaillent ensemble sous la direction de **Benjamin Stora et Mohammed Harbi** afin de rédiger *La Guerre d'Algérie, la fin de l'amnésie* (2004).
- Malgré leurs travaux, les historiens n'ont pas encore réussi à apaiser les mémoires concurrentes et conflictuelles de la guerre d'Algérie.

L'ESSENTIEL

Mémoire et histoire de la guerre d'Algérie

L'oubli	Le réveil	L'apaisement
1962 Loi d'amnistie pour le FLN et l'OAS	**1972** P. Vidal-Naquet, *La Torture dans la République*	**1999** Loi sur la « guerre d'Algérie »

La justice à l'échelle locale : les tribunaux *gacaca* au Rwanda

25

☐ OK

En 1994, au Rwanda, entre 800 000 et un million de Tutsi sont massacrés par une majorité de la population civile hutu. Ce génocide « de proximité » pose la question de la reconstruction civile et morale du pays.

I Des tribunaux pour punir

1 Plusieurs échelles de juridiction

- En juillet 1994, le Front patriotique rwandais (FPR) prend le pouvoir après avoir mis fin au génocide des Tutsi, qui s'est déroulé entre le 17 avril et le 17 juillet. L'ONU met alors en place le Tribunal pénal international pour le Rwanda (TPIR) pour juger les planificateurs du génocide.
- Compte tenu du nombre d'accusés, le TPIR mais aussi la cour pénale rwandaise sont vite dépassés. Le gouvernement rwandais propose alors, en 2001, de confier en parallèle à des tribunaux populaires, les *gacaca*, les procédures des personnes accusées de meurtres, de viols et de pillages.

Mot clé

Les **tribunaux *gacaca*** (prononcer « gatchatcha ») sont des tribunaux traditionnels au Rwanda. Le mot « *gacaca* » signifie « sur l'herbe » (les procès ont lieu à l'extérieur).

2 L'organisation des procès

- Les massacres ont été exécutés par des groupes d'attaquants hutu, les Ibitero, et des juges doivent définir le rôle précis des accusés au sein de chaque groupe : organisateurs, tueurs, acteurs de violences graves ou pilleurs.

Info

Les **Tutsi** et les **Hutu** (sans « s » car le pluriel n'existe pas dans la langue parlée au Rwanda) sont les principales ethnies du pays.

- Les juges, élus, sont des anciens du village. Non juristes, souvent victimes ou témoins du génocide, ils jugent leurs voisins.
- Au total, près de 12 000 tribunaux populaires ont jugé près de 2 millions de personnes de 2005 à 2012 (contre 93 pour le TPIR). Un million de personnes ont été déclarées coupables, surtout de destructions matérielles et de pillages (67,5 %), de meurtres et de torture (29 %) et de violences sexuelles (3,5 %).

II | Des tribunaux pour l'histoire et la réconciliation

- Ces procès sont l'occasion de construire un **récit historique**, de mettre à jour des **charniers** et de commencer un **processus de deuil**. Ils mettent également à jour des **formes de résistance** au génocide : sauvetages de Tutsi par leurs voisins hutu, tentatives d'élus locaux pour limiter la violence.
- Les tribunaux *gacaca* ont pour but d'inclure toute la population afin de favoriser la **réconciliation nationale**. En privilégiant ces juridictions, le gouvernement rwandais cherche à idéaliser le passé précolonial du pays, à **véhiculer la mémoire d'un peuple uni**. Pourtant, même si elles ont été exacerbées par les colonisateurs belges, les tensions ethniques étaient sans doute en partie préexistantes à la colonisation.
- Les accusés ont la possibilité de voir leur peine commuée en **travaux d'intérêt général** s'ils plaident coupable. Leur peine est souvent plus courte s'ils avouent.

III | Une justice imparfaite

- Les tribunaux *gacaca*, qui ont cessé leur activité en 2012, ont été l'objet de nombreuses critiques : juges sans formation, **manque d'impartialité** des cours, **corruption**. Plusieurs organisations non gouvernementales (ONG) ont dénoncé l'absence de défense des accusés, la possibilité de fausses accusations, le fait de ne pas juger les crimes de guerre commis par le FPR lors de la libération du Rwanda.
- Des Rwandais ont hésité à témoigner du fait d'**intimidations**, et les biens des Tutsi n'ont pas été restitués. Cela reste un obstacle à la cohésion nationale.

L'ESSENTIEL

Les tribunaux *gacaca* au Rwanda

- **Justice locale** : tribunaux populaires dirigés par d'anciens chefs de village
- **Rapidité judiciaire** : entre 2005 et 2012, 2 millions de personnes jugées pour le génocide des Tutsi de 1994
- **Critiques** : juges sans formation, absence de défense des accusés, manque d'impartialité, corruption...

Une justice pénale internationale pour l'ex-Yougoslavie

26

☐ OK

Le Tribunal pénal international pour l'ex-Yougoslavie (TPIY) est le premier tribunal pénal international convoqué depuis 1945 pour pacifier des pays déchirés.

I Un tribunal pour établir les faits

1 Un tribunal créé en plein conflit

- La Yougoslavie, fondée en 1918 lors du règlement de la Première Guerre mondiale, devient en 1945 un État fédéral constitué de six républiques. La Fédération éclate entre 1989 et 1992 lorsque quatre de ses républiques proclament leur indépendance : la Croatie, la Slovénie, la Macédoine et la Bosnie-Herzégovine.
- Slobodan Milosevic, président de la Serbie, État central de la Fédération, entend protéger les Serbes vivant dans ces régions. C'est le début de plusieurs guerres (1991-1999), pendant lesquelles les Serbes mènent des campagnes de « nettoyage ethnique » contre les Croates et les Bosniaques afin de créer une « Grande Serbie », utilisant massacres, viols et pillages.

> **Mot clé**
>
> Le **nettoyage ethnique** désigne une politique visant à faire disparaître un groupe d'un territoire, par la force ou l'intimidation, en fonction de son identité ethnique.

- En mai 1993, alors que la guerre fait rage en Bosnie-Herzégovine, le Conseil de sécurité de l'ONU crée le TPIY. Il masque ainsi son incapacité à mettre fin aux conflits et répond aux pressions des ONG et de l'opinion publique internationale.

2 Un tribunal pour l'histoire

- Le TPIY siège entre 1993 et 2017 à La Haye (Pays-Bas). Il doit juger l'ensemble des violations du droit humanitaire commises en Croatie et en Bosnie-Herzégovine. Il s'agit d'établir des responsabilités individuelles et non collectives. Les compétences du tribunal sont ensuite élargies aux crimes commis au Kosovo en 1998-1999.
- Plus de 4 500 témoins sont entendus et le tribunal produit plus de deux millions de pages de comptes rendus : des documents qui décrivent avec précision des événements comme le massacre de Srebrenica.

SES

HGGSP

GRAND ORAL

II Un tribunal au bilan mitigé

1 De réelles avancées pour le droit international

- **Milosevic** est le premier chef d'État en exercice à être inculpé en 1999. Comparaissent également **Radovan Karadzic** (dirigeant politique des Serbes de Bosnie) et **Ratko Mladic** (dirigeant militaire).
- La plupart des affaires concernent des Serbes, mais le TPIY poursuit aussi des Croates, des musulmans de Bosnie et des Albanais du Kosovo. Tous les fugitifs sont progressivement arrêtés et traduits en justice.

2 Un bilan contrasté

- **Quatre-vingt-dix personnes**, sur 161 jugées, sont condamnées pour un conflit ayant fait plus de 100 000 morts. Slobodan Milosevic meurt en prison en 2006 avant la fin de son procès. D'autres, comme Slobodan Praljak, le chef de la milice croate en Bosnie, parviennent à se suicider dans leur cellule ou en plein tribunal.
- Les procédures sont **longues** : la justice est parfois rendue plus de 20 ans après les faits. Entre 2012 et 2013, le tribunal acquitte en appel des accusés auparavant condamnés à des peines lourdes. À chaque jugement, les dirigeants politiques de l'un ou l'autre camp **radicalisent leur discours** et **attisent les divisions**.
- Toutefois, le TPIY a condamné de nombreux criminels. Il a inspiré la création d'autres tribunaux internationaux, notamment au Rwanda ▶ FICHE 25 ainsi que la **Cour pénale internationale** en 2002. Il a ouvert la voie à l'espoir de pouvoir un jour traduire en justice des criminels de guerre, d'où qu'ils viennent. Malheureusement, il n'a pas permis de réconciliation entre les anciens ennemis.

L'ESSENTIEL

Le Tribunal pénal international pour l'ex-Yougoslavie

- **Justice internationale** : fondé en 1993 par l'ONU alors que la guerre continue
- **Lenteur judiciaire** : siège jusqu'en 2017 à La Haye, entend plus de 4 500 témoins
- **Bilan mitigé** : établit les responsabilités individuelles dans la violations des droits humanitaires mais échoue à réconcilier les peuples

Histoire et mémoire, histoire et justice

1 Crime contre l'humanité et génocide

▶ FICHE 21 ET 22

1. Une loi mémorielle...

- ☐ **a.** donne une version officielle d'un événement passé.
- ☐ **b.** condamne le non respect du « devoir de mémoire ».

2. Parmi ces affirmations, lesquelles sont vraies ?

- ☐ **a.** Génocide et crime contre l'humanité sont synonymes.
- ☐ **b.** Tous les génocides sont des actes reconnus par l'ONU.
- ☐ **c.** Raphael Lemkin a défini le concept de génocide.

3. Quelles sont les caractéristiques juridiques d'un crime contre l'humanité ?

- ☐ **a.** Il est imprescriptible.
- ☐ **b.** Il est rétroactif.

2 Histoire et mémoires des conflits

▶ FICHES 23 À 26

1. Pour les historiens marxistes, qui sont les responsables de la Première Guerre mondiale ?

- ☐ **a.** la Serbie et la Russie
- ☐ **b.** les empires centraux
- ☐ **c.** l'impérialisme colonial et économique

2. Quels sont les différents groupes mémoriels issus de la guerre d'Algérie en France ?

- ☐ **a.** les anciens du FLN, les harkis, les pieds-noirs
- ☐ **b.** les pieds-noirs, les harkis, les anciens combattants

3. Le TPIY a jugé des criminels...

- ☐ **a.** uniquement de nationalité serbe.
- ☐ **b.** serbes, croates, musulmans de Bosnie et albanais du Kosovo.

CORRIGÉS

1 Crime contre l'humanité et génocide

1. **Réponse a.** Les lois mémorielles qualifient ou condamnent officiellement des événements passés qui étaient discutés. Elles ont pour but d'établir et imposer une version « officielle » d'événements historiques mais elles n'imposent pas un devoir civique et moral d'entretenir le souvenir de ces événements.

2. **Réponse c.** Il ne revient pas à l'ONU de reconnaître officiellement un génocide, c'est le rôle de la justice et des historiens. Marqué par l'étude des violences de masse commises contre les Arméniens, Raphael Lemkin a élaboré le concept de génocide. Pourtant le massacre des Arméniens n'a pas été officialisé par l'ONU mais par certains de ses membres.

3. **Réponses a et b.** Parce qu'il est exceptionnel, qu'il marque les consciences et transgresse la morale, un crime contre l'humanité est imprescriptible et rétroactif. Il est commis sur une grande échelle ou d'une manière systématique, à l'instigation ou sous la direction d'un gouvernement ou d'une organisation.

Mots clés

Un crime est **imprescriptible** lorsqu'il ne s'efface pas avec le temps. Il est **rétroactif** lorsqu'il s'applique à des faits qui se sont déroulés avant sa date de mise en application.

2 Histoire et mémoire des conflits

1. **Réponse c.** Pour Lénine, le capitalisme et le colonialisme sont les causes de la Première Guerre mondiale.

2. **Réponse b.** Les anciens du FLN vivent en Algérie et ne constituent donc pas un groupe mémoriel en France.

3. **Réponse b.** S'il a jugé une majorité de Serbes accusés de crime de guerre et de crime contre l'humanité, le TPIY a également jugé des Croates, des musulmans de Bosnie et des Albanais du Kosovo.

Les lieux de mémoire du génocide

28

☐ OK

Alors que les derniers témoins du génocide des Juifs et des Tsiganes s'éteignent, les lieux de mémoire ont un rôle éducatif crucial et sont des supports au « devoir de mémoire ».

I Des lieux de mémoire rares dans l'immédiat après-guerre

- En France, dès 1945, les rares survivants du génocide inscrivent les noms des victimes sur des plaques, mais sans indiquer leur confession. Pour l'opinion publique, la déportation est alors uniquement liée à l'action résistante.
- Le génocide n'est pas clairement évoqué et ses lieux de mémoire restent confinés à la communauté juive : monuments dans les carrés juifs des cimetières et les synagogues, commémorations dans les camps par des associations de déportés.

Mot clé

Un « **lieu de mémoire** » est un concept défini par l'historien Pierre Nora en 1984. Il désigne des symboles et des lieux liés à des événements historiques dont la collectivité veut se souvenir. Par exemple pour la France : Notre-Dame de Paris, la Marseillaise...

- Les camps, premiers lieux de mémoire, sont instrumentalisés pour servir une mémoire officielle : Auschwitz-Birkenau est présenté par les Soviétiques comme un lieu du martyre des communistes et des Polonais.

II La multiplication des lieux de mémoire

1 La création des premiers mémoriaux (1950-1960)

- Le premier mémorial du martyr juif inconnu est inauguré à Paris en 1956. Cette initiative est mal perçue par l'État d'Israël qui vote une loi fondant Yad Vashem. Cet organisme, fondé en 1957, obtient le droit exclusif de recenser les victimes de la Shoah et de distribuer les autorisations de construire des mémoriaux.
- Isaac Schneersohn, à l'initiative du mémorial parisien, met au point une norme pour les mémoriaux : dans un même lieu, coexistent espaces de recueillement, archives, bibliothèque, salle de conférences et expositions.

SES

HGGSP

GRAND ORAL

2 La déferlante mémorielle (1990-2010)

- Depuis les années 1990, les sociétés prennent conscience de **la disparition des survivants** et les « musées de la Shoah » se multiplient.
- Les **musées narratifs** retracent le processus génocidaire : Mémorial du martyr juif inconnu à Paris, devenu Mémorial de la Shoah en 2005 ; Mémorial aux Juifs assassinés d'Europe à Berlin (2005) ; Mémorial de l'Holocauste à Washington (1993).
- Les **musées *in situ*** décrivent le génocide dans certains des lieux où il s'est déroulé : **camps d'internement** français (Pithiviers, Drancy, etc.), **camps de concentration** ou **centres de mise à mort** polonais.
- Enfin, des **musées consacrés à la Seconde Guerre mondiale** (Mémorial de Caen, Imperial War Museum à Londres) abritent un espace dédié à la Shoah, de même que des musées consacrés à l'histoire et à la culture juives (musées juifs de Berlin, Vienne ou Londres).

III Entre histoire et devoir de mémoire

- Les lieux de mémoire *in situ* complètent la **connaissance historique** et permettent de saisir une **atmosphère** et l'ampleur de la destruction. Les anciens ghettos illustrent le dynamisme de la culture juive polonaise avant son **anéantissement**. Ces lieux de mémoire ne sont pas indispensables pour faire l'histoire. Ils répondent plutôt au **devoir de mémoire** que les États et les sociétés entretiennent pour rendre hommage aux victimes et ne pas oublier ce qu'elles ont vécu.
- Pourtant, certains mémoriaux restent à créer : le **génocide des Tsiganes**, oublié pendant 40 ans, manque aujourd'hui de lieux de mémoire et de mémoriaux officiels. Angela Merkel à Berlin en 2012 et François Hollande à Saint-Sixte en 2016 ont inauguré des monuments rendant hommage aux victimes de cette communauté.

L'ESSENTIEL

Les lieux de mémoire de la Shoah

- **Après-guerre** : monuments dans les synagogues et dans les cimetières juifs
- **1950-1960** : premiers mémoriaux, espaces de recueillement et d'échanges (Paris en 1956...)
- **1990-2010** : multiplication des mémoriaux et musées (Mémorial de la Shoah en 2005...), y compris *in situ* (camp d'Auschwitz...)

Juger les crimes nazis après Nuremberg

29

☐ OK

Si les procès des criminels nazis permettent d'établir leurs différents niveaux de responsabilité, ils sont aussi des outils pour faire l'histoire et des moments de construction de la mémoire.

I Une justice transitionnelle pour l'histoire

1 Passer de la guerre à la paix

- De novembre 1945 à octobre 1946, vingt-quatre dignitaires nazis sont poursuivis par le Tribunal militaire international de Nuremberg ▶ FICHE 22. L'accusation se base sur des documents écrits. Ils sont un point de départ pour écrire l'histoire du nazisme. Le génocide des Juifs est évoqué mais il est dilué dans la masse des crimes nazis.
- Les Américains tiennent douze autres procès « successeurs » à Nuremberg avant 1949. 177 personnes sont jugées : des médecins des camps, des membres des *Einsatzgruppen* ainsi que des entreprises comme IG Farben (productrice du Zyklon B).

Chiffres clés

Au total, **5 025 personnes** sont jugées pour les crimes nazis dans les zones occidentales, et sans doute **plus de 10 000** dans la zone soviétique.

- L'ONU adopte en 1948 la Convention pour la prévention et la répression du crime de génocide et la Déclaration universelle des droits de l'homme. La Shoah entre dans l'histoire de l'humanité ▶ FICHE 22.

2 Une entreprise judiciaire difficile

- Dans le contexte de la guerre froide, la justice est transférée aux autorités allemandes qui se montrent clémentes vis-à-vis des fonctionnaires et des officiers nazis. En 1947, Simon Wiesenthal crée en Autriche un centre de documentation qui se consacre à retrouver les criminels nazis qui ont fui, notamment en Amérique latine.
- En France, dans les années 1950, les tribunaux militaires jugent des Allemands pour crimes de guerre, souvent par contumace : Klaus Barbie, responsable de la Gestapo à Lyon (1952) ; Aloïs Brunner, responsable du camp de Drancy (1954).

Mot clé

Un **jugement par contumace** a lieu en l'absence de l'accusé.

SES

HGGSP

GRAND ORAL

II Une justice pour la mémoire

1 Le procès d'Eichmann : le « Nuremberg du peuple juif »

- Le procès d'Adolf Eichmann, enlevé en Argentine, se déroule en 1961 à Jérusalem. Il constitue un **tournant dans l'histoire de la mémoire juive** : c'est le premier procès centré exclusivement sur l'extermination des Juifs. Les récits de nombreux **témoins**, diffusés à la radio et à la télévision, provoquent une **prise de conscience mondiale**.

- En Israël, ce procès renforce les liens entre le pays et la diaspora. En Allemagne, il encourage les autorités à **poursuivre les criminels en liberté** : des responsables d'Auschwitz sont jugés à Düsseldorf (1963-1965), ceux de Majdanek et de la déportation de Juifs de France sont jugés à Cologne (1975-1981).

> **Mot clé**
> La **diaspora** juive désigne l'ensemble des Juifs vivant hors d'Israël après sa création.

2 Les derniers procès de la Shoah en Europe

- En France, à la fin des années 1960, la mémoire de la Shoah émerge. Grâce à la loi de 1964 rendant le crime contre l'humanité **imprescriptible**, poursuivre les criminels nazis devient possible.

- Le procès de **Klaus Barbie** (dirigeant de la Gestapo à Lyon) se tient en 1987, grâce au combat mené par **Serge et Beate Klarsfeld**. Pour la première fois en France, un homme est jugé pour crime contre l'humanité. Médiatisé, filmé, ce procès permet de combattre le **négationnisme** et donne une leçon d'histoire.

- Les **derniers criminels nazis** sont traduits en justice en Allemagne dans les années 2000. Très âgés, ils disparaissent peu à peu. Pourtant, à l'été 2013, le centre Simon-Wiesenthal lance en Allemagne une campagne d'affichage pour débusquer les derniers nazis. Pour Serge Klarsfeld, de tels procès ne sont plus souhaitables.

L'ESSENTIEL

Juger les crimes nazis

- **Justice internationale**
  1945-1946 : procès de Nuremberg
- **Justices nationales**
  1961 : procès Eichmann à Jérusalem
  1987 : procès Klaus Barbie à Lyon

Le génocide dans la littérature et le cinéma

30

☐ OK

Relater ou mettre en scène le génocide semble impossible tant les mots et les images sont incapables de décrire l'horreur. Pourtant, témoigner est une nécessité pour lutter contre l'oubli. Les récits littéraires et les films ont suivi le rythme de l'histoire de la mémoire du génocide.

I Une intention précoce mais difficile

1 Écrire et filmer pendant la guerre

Dès la fin de 1941, les **Soviétiques** filment les traces des exactions commises à l'Est, notamment la mise à jour des fosses : à des fins de **propagande** (mobiliser la haine de l'ennemi) et pour alerter l'**opinion internationale**. Dès 1942, les **habitants des ghettos polonais** écrivent pour laisser une trace de leurs souffrances mais aussi pour fournir des éléments de preuve du génocide.

2 Dans l'immédiat après-guerre : un récit inaudible

- Entre 1945 et 1948, près de 400 « livres du souvenir » sont écrits collectivement par des survivants des ghettos. Mais ces œuvres ne connaissent qu'une diffusion confidentielle : le temps est à l'**oubli**.
- En 1945, les **images anglo-saxonnes** de la libération des camps sont diffusées au cinéma avant les actualités : le monde découvre l'horreur des « camps ». Elles sont présentées comme des **preuves à Nuremberg**. Mais elles font naître une **confusion** durable entre les déportés sélectionnés pour travailler et les Juifs exterminés dans les chambres à gaz.

Info

Le ***Journal*** **d'Anne Frank** et ***Si c'est un homme*** **de Primo Levi** sortent en 1947. S'ils sont aujourd'hui considérés comme des œuvres majeures sur la Shoah, ils n'ont eu que peu de lecteurs à leur sortie.

II Le réveil littéraire et cinématographique

- Dans les années 1948-1955, les récits littéraires se tarissent **faute de lecteurs et de témoignages**. Les films concernant la Shoah sont tout aussi rares, sauf à l'Est où certains sont tournés à Auschwitz, ouvert par les Soviétiques en 1947.

- En 1956, ***Nuit et Brouillard***, premier film français évoquant le **système concentrationnaire** nazi, choque par sa violence. Mais le sort des Juifs n'est pas identifié, c'est un **documentaire sur la déportation**.
- Le **procès d'Eichmann** ▶ FICHE 29, en 1961, libère la parole. Ainsi, Léon Uris publie *Exodus* (1961), adapté au cinéma la même année, et Primo Levi sort *La Trêve* (1963), récit de son retour en Italie. À cette occasion, *Si c'est un homme* est réédité et connaît un succès mondial. *La Nuit*, d'Elie Wiesel, connaît un cheminement analogue.
- En 1977, la série télévisée américaine ***Holocaust***, réalisée par Marvin Chomsky, matérialise également ce tournant. Malgré un succès considérable, elle suscite les critiques des rescapés. Elle est diffusée en France en 1979, pendant le procès de Cologne, afin de répondre aux premiers propos négationnistes.

III La Shoah : un sujet devenu universel

- En 1985 sort le film ***Shoah***, de Claude Lanzmann. Ce documentaire de plus de 9 heures est constitué de témoignages de victimes, de bourreaux (filmés à leur insu) et de villageois témoins du génocide.
- Entre 1985 et 2000, **2 000 films** sont consacrés à la Shoah, dont *La Liste de Schindler* (1993) et *La Vie est belle* (1997), et plus de 20 000 films depuis les années 2000 comme *Le Pianiste* (2002) ou *La Rafle* (2009). Le film hongrois *Le Fils de Saul* (2015), qui met en scène le quotidien d'un *Sonderkommando*, obtient le Grand Prix du festival de Cannes. Le sujet devient universel.
- Les **derniers rescapés vivants** prennent la plume (Ida Grinzpan, *J'ai pas pleuré*, 2002). Après la génération des enfants de déportés dans les années 1990 (Patrick Modiano, Art Spiegelman avec la bande dessinée *Maus*), c'est aujourd'hui celle des **petits-enfants** qui écrit. Ils rédigent ainsi des enquêtes sur les grands-parents qu'ils n'ont jamais connus (Daniel Mendelsohn, *Les Disparus*, 2006).

L'ESSENTIEL

Le génocide dans la littérature et le cinéma

Le silence	Le réveil	Un sujet universel
1956 *Nuit et Brouillard* d'A. Resnais	**1966** Réédition de *Si c'est un homme* de P. Levi	**1985** *Shoah* de Cl. Lanzmann

Histoire et mémoires du génocide des Juifs et des Tsiganes

1 Les lieux de mémoire du génocide

FICHE 28

1. La mémoire du génocide est-elle entendue dès 1945 ?

- ☐ **a.** Oui, le génocide est reconnu et dénoncé.
- ☐ **b.** Non, les sociétés sont focalisées sur la Résistance.
- ☐ **c.** Non, car le nombre de rescapés est faible.

2. Quel lieu de mémoire du génocide est devenu une « autorité du souvenir » ?

- ☐ **a.** le Mémorial de la Shoah à Paris
- ☐ **b.** Yad Vashem à Jérusalem
- ☐ **c.** le Mémorial de l'Holocauste à Washington

2 Juger les crimes nazis après Nuremberg

FICHE 29

1. Des nazis ont échappé aux poursuites judiciaires car…

- ☐ **a.** ils ont été graciés.
- ☐ **b.** ils ont fui.

2. Le procès de Klaus Barbie marque un tournant mémoriel car…

- ☐ **a.** il est le dernier condamné à mort en France.
- ☐ **b.** il est le premier accusé de crime contre l'humanité en France.
- ☐ **c.** le procès rappelle les faits et permet de lutter contre le négationnisme.

3 La Shoah dans la littérature et le cinéma

FICHE 30

Quels sont les principaux témoignages du génocide écrits dès la fin du conflit ?

- ☐ **a.** ceux des rescapés des ghettos polonais
- ☐ **b.** ceux des rescapés des camps de concentration
- ☐ **c.** ceux des rescapés des centres de mise à mort

CORRIGÉS

1 Les lieux de mémoire du génocide

1. **Réponses b et c.** Simone Veil racontait souvent qu'à son retour de déportation elle avait eu envie de parler, comme de nombreuses autres victimes, mais on ne voulait pas l'entendre, son expérience était trop difficile. L'époque est alors à la glorification de la Résistance (résistancialisme). De plus, les déportés juifs sont peu nombreux (moins de 4 000) à rentrer en France en 1945 et souhaitent participer à la reconstruction du pays, sans se faire remarquer.

2. **Réponse b.** Le mémorial de Yad Vashem est celui qui accorde les autorisations de construire des mémoriaux concernant la Shoah à travers le monde.

2 Juger les crimes nazis après Nuremberg

1. **Réponse b.** Tous les grands criminels nazis n'ont pas été jugés. Les deux premiers d'entre eux, Hitler et Himmler, se sont suicidés. Eichmann a été retrouvé et enlevé par les services secrets israéliens en Argentine en 1961 car, comme de nombreux autres criminels, il avait fui en Amérique latine. Nombreux sont ceux aussi qui ont profité de l'encombrement des tribunaux et du besoin des Alliés d'avoir des cadres dirigeants pour gouverner l'Allemagne.

2. **Réponses b et c.** La peine de mort a été abolie en France en 1981, quel que soit le crime. Klaus Barbie a été condamné à la réclusion à perpétuité et il est mort en prison en 1991 à Lyon. Lors de son procès, les thèses négationnistes se font entendre. Ce procès est un moyen de lutter contre ses thèses : lors des débats, des scolaires sont présents dans le tribunal, ce procès se veut aussi pédagogique.

Mot clé

Le **négationnisme**, terme créé par l'historien Henry Rousso en 1987, est le fait de nier l'existence du génocide.

3 La Shoah dans la littérature et le cinéma

Réponse a. Les premiers témoignages sont souvent des écrits collectifs d'anciens habitants des ghettos polonais.

La construction et l'élargissement de la notion de patrimoine

32

☐ OK

Au départ héritage que l'on transmet à ses enfants, le patrimoine est devenu par extension l'héritage légué par une communauté à ses descendants. Il se place ainsi entre histoire, mémoire et identité.

I La naissance du patrimoine

1 Un patrimoine hérité

- Dans l'Antiquité, le *patrimonium* désigne l'ensemble des biens et des droits hérités du père. Le patrimoine relève donc de la sphère privée. Au Moyen Âge, la notion s'étend au monde religieux : objets de culte (reliques) et livres sacrés.
- À l'aube de la Renaissance, le pouvoir royal et les papes s'inquiètent de la conservation des œuvres antiques, notamment à Rome. Mais il s'agit surtout de préserver l'accès à la connaissance de l'Antiquité plutôt que de protéger des vestiges. Des aristocrates créent les premiers cabinets de curiosités, collections d'objets antiques.

2 Un patrimoine revendiqué

- Au XVIIIe siècle, sous l'influence des Lumières, les monuments sont vus désormais comme l'héritage d'une époque qu'il faut transmettre. Des collections privées deviennent des musées : British Museum à Londres (1759), Prado à Madrid (1785), Offices à Florence (1796).
- La définition précise du patrimoine se dessine pendant la Révolution française : certaines œuvres liées à l'Ancien Régime sont détruites, les biens confisqués aux nobles émigrés et au clergé sont vendus, églises et châteaux sont menacés. L'abbé Grégoire s'insurge contre le « vandalisme » et réclame la protection de ces biens.

Mot clé

Le **patrimoine** désigne une trace du passé dont l'intérêt historique, esthétique et culturel justifie qu'elle soit conservée.

II Du patrimoine national au patrimoine mondial

- Au XIXe siècle, le patrimoine prend une place importante dans la construction des identités nationales car il transmet des valeurs et témoigne d'une histoire commune.

SES

HGGSP

GRAND ORAL

● Les destructions de la **Première Guerre mondiale** révèlent la nécessité de protéger des monuments historiques. En 1931 à Athènes, une première conférence internationale développe l'idée d'un **patrimoine de l'humanité**. En 1964, alors que l'industrialisation et l'urbanisation mettent en péril des sites comme Venise ou Florence, 42 pays signent la charte de Venise. En 1972, la **Convention pour la protection du patrimoine mondial, culturel et naturel** est signée par l'Unesco.

> **Info**
> La **charte de Venise** fixe en 1964 un cadre international à la conservation et à la restauration des objets et bâtiments anciens.

● À partir des **années 1970**, le patrimoine prend une nouvelle fonction afin de conserver les œuvres pour leur **valeur de témoignage du passé** : c'est la naissance du **patrimoine rural** (lavoirs, instruments de travail, objets ménagers), **industriel** (gares, mines, anciennes usines, etc.) et **urbain**. Le patrimoine devient **social** : il symbolise des mémoires nationales différentes et de plus en plus **locales.**

● La notion de **patrimoine immatériel** se développe surtout à partir des **années 1990**. Il désigne des traditions, des rites, des coutumes. Progressivement, le terme de patrimoine devient subjectif : il peut désigner tout ce qui fonde l'identité d'un lieu, d'un site, d'un peuple.

● Le patrimoine est devenu aujourd'hui un **atout économique**, une source de **rayonnement** pour le site qui les abrite. Mais l'augmentation des biens patrimonialisés accroît de fait les coûts de conservation ou de restauration. En Europe, les pouvoirs publics se tournent de plus en plus vers des mécènes privés.

L'ESSENTIEL

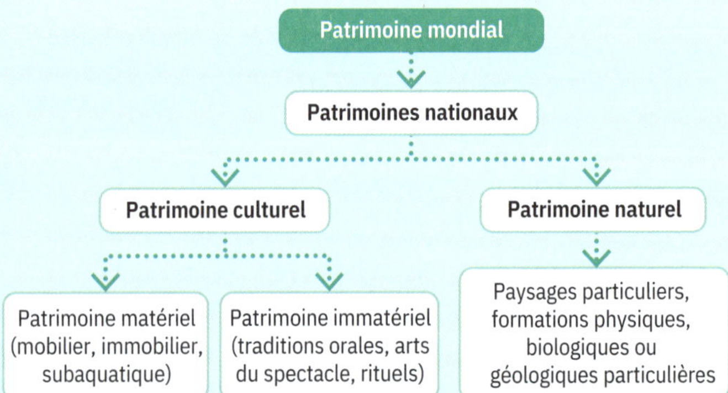

Le patrimoine mondial de l'Unesco

33

☐ OK

Le patrimoine mondial de l'Unesco désigne un ensemble de biens culturels et naturels présentant un intérêt exceptionnel pour l'héritage commun de l'humanité. Aujourd'hui très diversifié, il reste spatialement concentré.

I Une construction internationale

1 Les origines

- En 1931, à Athènes, lors du premier Congrès international des architectes et techniciens des monuments historiques, est évoquée pour la première fois l'existence d'un patrimoine mondial à protéger, sans proscrire aucune époque.
- Créée en 1945, l'Unesco adopte en 1954 une Convention pour la protection des biens culturels en cas de conflit armé et elle coordonne, en 1964, le sauvetage des temples d'Abou Simbel en Égypte, menacés par la création du barrage d'Assouan.

> **Mot clé**
>
> L'**Unesco** est une institution spécialisée de l'ONU créée en 1945 pour défendre l'éducation, la science et la culture.

- En 1965, les États-Unis demandent la création d'une Fondation du patrimoine mondial afin de protéger les « lieux, paysages et sites historiques les plus extraordinaires ». En 1970, l'Unesco s'engage contre le trafic des biens culturels.

2 Les objectifs

- La Convention pour la protection du patrimoine mondial, culturel et naturel (16 novembre 1972) souhaite faire connaître et protéger des sites considérés comme exceptionnels.
- À partir de 1978, le Comité du patrimoine mondial distingue ce caractère exceptionnel en fonction de critères précis, élargis en 2004 : représenter un chef-d'œuvre, apporter un témoignage d'une civilisation, représenter un phénomène naturel d'une beauté exceptionnelle, etc.
- Les États signataires de la Convention de 1972 doivent conserver, gérer et transmettre les biens inscrits sur la liste du patrimoine mondial aux générations futures. Ces biens sont placés sous une sorte de sauvegarde internationale.

II Un patrimoine diversifié mais spatialement concentré

1 Un patrimoine diversifié et menacé

- La liste du patrimoine mondial de l'humanité comptait 300 sites en 1979 et **1 121 sites en 2019**. Les biens culturels sont les plus nombreux (869), puis viennent les biens naturels (213) et des biens mixtes (39).
- Les conflits armés, les catastrophes naturelles, la pollution, l'urbanisation et le tourisme peuvent mettre en danger les caractéristiques pour lesquelles un site a été inscrit au patrimoine mondial. 53 sites sont aujourd'hui classés **« en péril »**.
- En 2003, l'Unesco établit une **liste représentative du patrimoine culturel immatériel**. Ce patrimoine s'est beaucoup diversifié : chants, carnavals, fêtes, etc. On compte aujourd'hui plus de 500 éléments répertoriés dans cette liste.

2 Un patrimoine spatialement concentré

- L'**Europe** compte **le plus de sites classés au patrimoine mondial** : l'Italie (54) grâce aux centres historiques de Rome, Florence et Venise, l'Espagne (47), la France (45), l'Allemagne (37).
- Les **puissances émergentes**, comme la Chine (53 sites, à la 2e place mondiale), l'Inde (37) et le Mexique (35), attirent également de nombreux touristes pour les **sites exceptionnels** qu'elles abritent.
- L'**Afrique** représente moins de 9 % des biens inscrits au patrimoine mondial et totalise **30 % des biens en péril**. Elle concentre surtout des **biens immatériels**. De nombreuses constructions, fragiles, n'ont pas survécu au temps et elles sont souvent reconstruites au prix de leur authenticité. Le manque de moyens pour constituer les dossiers de candidatures, l'instabilité politique expliquent également ce retard. Dans les **pays les moins avancés**, le patrimoine n'est **pas un enjeu prioritaire**.

L'ESSENTIEL

La notion de patrimoine mondial

1931	1972	2003
Charte d'Athènes évoquant un patrimoine mondial	Convention de l'Unesco pour la protection en cas de conflit armé	Patrimoine immatériel reconnu par l'Unesco

Les usages de Versailles, de l'Empire à nos jours

34

☐ OK

Prestigieux palais des rois de France, symbole de la monarchie absolue, Versailles n'a cessé d'être un lieu politique depuis le XIXe siècle.

I Versailles monarchique et impérial

1 D'une résidence royale abandonnée...

- Résidence des rois de France de Louis XIV à Louis XVI, le château de Versailles est épargné par les destructions révolutionnaires. Placé sous la responsabilité de l'État, il voit ses collections de peintures et de sculptures transférées au Louvre à Paris en 1793. Il devient un lieu de dépôt des biens confisqués par la Révolution.

> **Info**
> Le **domaine du Versailles** est constitué du château, de ses jardins, des Grand et Petit Trianon, du hameau de la Reine, de canaux et d'une orangerie.

- Napoléon Ier (1805-1815), conscient que le palais renvoie à la monarchie absolue, ne s'y installe pas lorsqu'il devient empereur, mais remet en état les Grand et Petit Trianon pour y séjourner en famille.

2 ... à un musée de l'histoire de France

- Louis-Philippe (1830-1848) utilise Versailles à des fins politiques : un musée dédié « à toutes les gloires de la France », inauguré en 1833, vise à réconcilier tous les Français derrière une histoire commune.
- Sous Napoléon III (1852-1870), le château redevient un lieu de représentation du pouvoir. Il accueille des invités prestigieux comme la reine Victoria en 1855.

II Versailles républicain

- En 1871, l'Empire allemand est proclamé dans la galerie des Glaces après la défaite du Second Empire. La Troisième République y naît quand le Parlement s'y réfugie après la Commune et jusqu'en 1879. Entre 1873 et 1953, le Congrès y procède à seize élections présidentielles.

> **Mot clé**
> Le **Parlement** est constitué de deux assemblées, l'Assemblée nationale et le Sénat. Quand tous les parlementaires sont réunis, ils forment le **Congrès**.

- Versailles reste un **symbole de pouvoir** au xxe siècle : lieu où est signé le traité de paix en 1919, résidence des dirigeants étrangers en visite officielle (John F. Kennedy en 1961). On y organise aussi des sommets internationaux (G7 en 1982).
- Le château de Versailles **continue d'accueillir le Congrès** lorsqu'il se réunit pour écouter le président ou modifier la Constitution.

III Versailles : un patrimoine de l'humanité

- Versailles est inscrit sur la **liste des monuments historiques en 1862**. Dans les années 1920, le milliardaire américain Rockefeller fait de très importants dons pour sa restauration, inaugurant la pratique de la **philanthropie et du mécénat** indispensables au lieu.
- À l'approche de la Seconde Guerre mondiale, les accès à la galerie des Glaces sont murés et les pièces les plus importantes sont envoyées en province. En 1954, le film *Si Versailles m'était conté* (Sacha Guitry) permet au château de retrouver une **notoriété** auprès du grand public.
- Depuis le xixe siècle, les conservateurs de Versailles ont cherché à redonner vie au palais des rois de France en remeublant ses appartements, tandis que le Grand Trianon était consacré à la période du Premier Empire. Le château et son domaine sont inscrits sur la **liste du patrimoine mondial en 1979** ▶ FICHE 33.
- Dévasté par une tempête en 1999, le parc du château est restauré grâce à une **souscription internationale**. En 2003, naît le projet du « Grand Versailles », grand chantier de rénovation de la galerie des Glaces et du Petit Trianon.

> **Info**
> Le **château de Versailles** accueille entre 7 et 8 millions de visiteurs par an. Il est le second site visité en France après le Louvre.

L'ESSENTIEL

Les usages du château de Versailles

Usages politiques
- siège du Parlement
- symbole de puissance

Usages sociaux
- monument historique
- patrimoine mondial

Les frises du Parthénon depuis le XIXe siècle

35

☐ OK

Des pays anciennement colonisés réclament la restitution de leur patrimoine culturel « pillé » par les puissances occupantes. Le cas des frises du Parthénon est révélateur de ces conflits patrimoniaux devenus géopolitiques.

I De l'Acropole au British Museum

- Lors des guerres médiques, qui opposent les Grecs aux Perses au Ve siècle av. J.-C., Athènes est en partie détruite. Périclès la fait rebâtir et construit le temple du Parthénon sur l'Acropole (447-438 av. J.-C.).
- La frise intérieure du Parthénon mesure 160 mètres de long sur 1 mètre de hauteur et représente 360 personnages et 220 animaux. 80 % de ses statues survivent aux intempéries et aux aléas historiques jusqu'au XIXe siècle.

> **Info**
> La **frise** du Parthénon relate la fête des Panathénées, procession civique qui se déroulait à Athènes dans l'Antiquité en l'honneur d'Athéna.

- Au XIXe siècle, la Grèce est sous domination ottomane. En 1801, le comte d'Elgin, ambassadeur britannique à Constantinople, obtient du sultan l'autorisation d'emporter des sculptures de l'Acropole qu'il s'approprie et achemine à Londres. Entreposées sur un terrain humide, elles souffrent des intempéries.
- En 1816, le gouvernement britannique achète les 120 tonnes de matériaux prélevés en Grèce pour la moitié des sommes engagées par Elgin. Les marbres sont transférés au British Museum.
- En 1940, pendant le Blitz, la frise du Parthénon est déplacée à l'abri dans les tunnels du métro de Londres. Après la guerre, elle réintègre le British Museum dans une galerie spécialement conçue pour elle.

II Des frises au cœur de tensions géopolitiques

1 Un trésor national pour la Grèce

- La moitié de la frise est conservée à Londres et un tiers se trouve encore à Athènes. Le reste est disséminé dans différents musées européens dont le Louvre. Dès son indépendance en 1822, la Grèce essaie de faire revenir les frises sur son sol. Entre 1834 et 1842, le roi Othon Ier tente de les racheter, en vain.

En 1982, la ministre grecque de la Culture réclame la restitution des frises lors d'une conférence de l'Unesco. Depuis la chute de la dictature militaire en 1974, ces marbres sont en effet devenus un symbole du prestige antique du pays mais aussi du retour de la démocratie.

La Grèce argue que la frise est un trésor national, un élément directement sculpté sur le Parthénon. La Grèce n'a jamais donné son accord pour son déplacement.

2 Une question insoluble

Pour le gouvernement britannique, les marbres ont été acquis légalement. Le British Museum a reproché à la Grèce de ne pas disposer d'édifice sécurisé et adapté pour accueillir la frise, et à Athènes d'être une ville trop polluée pour sa conservation.

Pourtant, les traces de suie datant de l'ère industrielle britannique sont encore présentes sur quelques marbres et, depuis juin 2009, Athènes a inauguré un nouveau musée moderne face à l'Acropole.

3 Une question internationale

L'Unesco soutient officiellement la Grèce. L'Acropole et tous ses monuments sont inscrits au patrimoine mondial depuis 1987.

Les tensions diplomatiques se sont ravivées lors des Jeux olympiques d'Athènes en 2000 et plus récemment depuis l'annonce du Brexit. Le gouvernement grec a demandé, en vain, une restitution de la frise à la Commission européenne.

Le débat de la propriété patrimoniale est relancé : si les marbres revenaient à la Grèce, ceci créerait un précédent juridique et tous les musées occidentaux pourraient voir leurs collections coloniales repartir dans leurs pays d'origine.

L'ESSENTIEL

La restitution de la frise du Parthénon à la Grèce

Arguments *pour*
- œuvre **emblématique** de l'art et de l'histoire de la Grèce
- œuvre **réclamée** par les Grecs
- **appropriation sans accord** de la Grèce

Arguments *contre*
- **acquisition légale** par le British Museum
- **moins bonnes conditions** de sécurité et de conservation à Athènes
- risque de créer un **précédent juridique**

Paris, entre protection et nouvel urbanisme

36

☐ OK

Le patrimoine de Paris témoigne de son histoire ancienne et de son rôle précoce de capitale politique. Il constitue un élément de rayonnement international mais son poids risque aussi de figer l'évolution de la capitale de la France.

I Un patrimoine ancien, façonné par le pouvoir

- Paris n'a pas subi de destruction massive et conserve les traces de son passé antique et médiéval autour de la Seine et de l'île de la Cité (arènes de Lutèce, Notre-Dame, Sainte-Chapelle).
- À la fin du XIIe siècle, la ville s'étend de l'île Saint-Louis au Marais qui se couvre d'hôtels particuliers et de places royales (place des Vosges). Ce lien étroit entre pouvoir royal et patrimoine religieux se maintient jusqu'au XVIIIe siècle.
- Pendant la Révolution française, des églises et symboles du pouvoir royal sont détruits. Des espaces deviennent des lieux de mémoire : la place Louis XV devient la place de la Révolution, où Louis XVI est guillotiné, puis la place de la Concorde, pour faire oublier la Terreur.
- De 1853 à 1869, Haussmann, préfet de la Seine, modernise Paris : des quartiers sont rasés, la ville est aérée par des grandes avenues et des parcs afin de faire circuler l'air (hygiénisme). Le « Beau Paris » devient la vitrine de la France.

> **Info**
>
> Le « **Beau Paris** » correspond aux constructions des bords de Seine datant du XIXe siècle : tour Eiffel, Grand Palais, pont Alexandre III, gare d'Orsay devenue le musée d'Orsay.

- Au XXe siècle, les grands chantiers présidentiels prouvent que l'architecture contemporaine a sa place dans la capitale : Centre Georges Pompidou, opéra Bastille, pyramide du Louvre, musée du Quai Branly, bibliothèque F. Mitterrand.

II Patrimonialisation et urbanisme à Paris

1 Une patrimonialisation progressive

- La Révolution française permet l'élaboration de la notion de patrimoine, sous le nom de « monuments historiques » ▶ FICHE 40. Une loi de 1913 étend cette dénomination, et donc la protection, à des biens privés, comme des immeubles ou des hôtels particuliers.

La différenciation entre patrimoine et monument historique s'estompe sous l'impulsion de la loi Malraux de 1962. Pour éviter la disparition de quartiers historiques entiers sont créés des secteurs sauvegardés, comme le Marais.

2 Une modernisation urbaine qui fait débat

Sous la présidence de Georges Pompidou (1969-1974), le transfert à Rungis du grand marché des Halles, au cœur de Paris, s'accompagne de la disparition des pavillons Baltard, provoquant des réactions hostiles. D'autres projets d'urbanisme (tours du Front de Seine, de Montparnasse, voie de circulation de la Seine) suscitent des oppositions.

> **Mot clé**
>
> L'**urbanisme** est la science de l'aménagement et de l'organisation des villes.

Ces événements attirent l'attention sur le sort des immeubles qui, sans être des monuments historiques, témoignent du passé de la ville. Des architectures industrielles, comme la gare d'Orsay ou le Grand Palais, sont alors sauvegardées.

3 Les risques du « tout patrimoine » à Paris

Les règles d'urbanisme empêchent toute construction de plus de 25 mètres de haut dans les quartiers centraux et 37 mètres dans les quartiers périphériques pour ne pas dénaturer le paysage urbain.

À l'inverse d'autres villes mondiales, le centre de Paris ne se dote pas de bâtiments modernes essentiels à ses fonctions de métropole mondiale, bâtiments relégués en périphérie (La Défense, Cité judiciaire).

Avec la pratique du « façadisme », Paris court le risque de devenir un simple décor de luxe destiné au tourisme, d'être muséifié.

L'ESSENTIEL

Patrimonialisation et urbanisme à Paris

La nécessité de protéger
- patrimoine (île de la Cité, Louvre...)
- attachement des habitants au passé
- oppositions aux projets modernes (tour Montparnasse...)

Le risque du « tout patrimoine »
- règles d'urbanisme strictes (hauteur limitée à 25 m...)
- bâtiments modernes en périphérie
- ville musée (tourisme, luxe...)

La question patrimoniale au Mali

37

☐ OK

Le Mali possède quatre biens inscrits au patrimoine de l'Unesco. Ces sites, détruits ou rendus inaccessibles par des conflits, ont été en partie restaurés sous l'action de la communauté internationale. La préservation du patrimoine devient alors un moyen d'instaurer la paix et de favoriser le développement.

I Un patrimoine exceptionnel

- Au cœur du commerce transsaharien, le Mali abrite de nombreux sites exceptionnels qui témoignent de l'activité artistique, intellectuelle et scientifique depuis le Moyen Âge.

- Tombouctou et ses 16 mausolées (1), le tombeau des Askia à Gao (2), les villes anciennes de Djenné (3), les falaises de Bandiagara aménagées par les Dogons (4) regroupent des constructions qui témoignent de l'ancienneté du fait urbain en Afrique.

II Un patrimoine en péril

1 Le Mali : un pays en guerre

- Depuis l'indépendance du Mali en 1960, des tensions existent entre le Sud, peuplé de sédentaires, et le Nord où vivent les Touaregs, nomades. Ces derniers revendiquent leur indépendance au sein d'un mouvement nationaliste (MNLA).

- Des islamistes algériens, pourchassés, se réfugient au nord du Mali où ils créent en 2007 AQMI (Al-Qaida au Maghreb islamique). Avec Insar Dine, un courant islamiste touareg, ils repoussent le MNLA et occupent le nord du Mali en 2012.

- Affirmant que le Coran interdit la vénération des mausolées, les djihadistes détruisent ceux de Tombouctou en juin 2012. En janvier 2013, le sud du pays est menacé : le président malien demande l'intervention militaire de la France.

Mot clé

Un **mausolée** est un monument funéraire, souvent de grande dimension.

SES

HGGSP

GRAND ORAL

2 Les destructions patrimoniales

- En janvier 2013, les régions du nord sont libérées lors de l'opération *Serval*. Quatorze mausolées ont été détruits à Tombouctou. De nombreuses **bibliothèques** privées sont victimes d'un attentat en septembre 2013 : plus de 4 200 **manuscrits anciens** sont brûlés ou volés.
- Dans tout le nord du Mali, l'occupation islamique a empêché l'entretien d'un **patrimoine fragile** (en argile, terre cuite ou sable), ainsi que l'activité touristique, source de revenus. Des **pratiques inscrites au patrimoine immatériel** (musique, jeux, rassemblements) ont été interdites par les djihadistes.

III L'Unesco au secours du patrimoine malien

- Dès juin 2012, l'Unesco inscrit Tombouctou sur la liste des **biens en péril** et organise l'**exode de 370 000 manuscrits** vers Bamako. En février 2013, elle adopte un **plan d'action pour la réhabilitation du patrimoine culturel** du Mali.
- Grâce à des études minutieuses, les connaissances sur les mausolées et les rites progressent. Les **chantiers** permettent aux artisans de transmettre leur savoir-faire aux **jeunes générations**, la **population locale** est fortement mobilisée. Mais l'authenticité des sites est mise en cause.
- Cette première phase de reconstruction, achevée en 2016, prouve le rôle fédérateur et déterminant que joue le patrimoine culturel dans la **cohésion sociale** et la **paix**. Le patrimoine du Mali devrait pouvoir devenir un **levier du développement économique** du pays à condition que la situation politique s'améliore.

L'ESSENTIEL

Le patrimoine du Mali :
- mausolées de Tombouctou
- tombeau des Askia, à Gao
- villes anciennes de Djenné
- falaises de Bandiagara

Un patrimoine en péril
- tensions entre sédentaires du Sud et Touaregs du Nord
- actions terroristes d'AQMI
→ destruction de mausolées (2012) et de milliers de manuscrits anciens...

L'action de l'Unesco
- inscription de Tombouctou sur la liste des biens en péril dès 2012
- mise à l'abri de 370 000 manuscrits
- réhabilitation du patrimoine culturel

Venise, entre valorisation touristique et protection du patrimoine

38

☐ OK

Venise, l'une des villes les plus visitées au monde, est riche d'un patrimoine culturel exceptionnel. Construite sur un site naturel fragile, elle fait face à une véritable marée de touristes dont le flot incessant menace sa survie.

I Un patrimoine valorisé

1 Un patrimoine remarquable

Chiffres clés

Venise s'étend sur **118 îlots** dans une lagune de **550 km²**.

- Venise est située au nord-est de l'Italie sur les rives de l'Adriatique. Venise devient une puissance maritime à partir du xe siècle. Centre culturel majeur du xiiie siècle à la fin du xviie siècle, elle abrite de célèbres peintres pendant la Renaissance, dont Titien et Véronèse.
- Trait d'union entre l'Orient et l'Occident, la « Sérénissime » survit à travers ses milliers de monuments et vestiges : le palais des Doges, la basilique Saint-Marc, le pont du Rialto, la basilique Santa Maria della Salute, le palais Ca' d'Oro, etc.
- La lagune de Venise constitue un exemple éminent d'habitat semi-lacustre. Les vasières y sont alternativement émergées et immergées au gré des marées. Les maisons sur pilotis, des villages comme Burano, font partie de son patrimoine.

2 Un tourisme de masse

Mots clés

- Un **touriste** est une personne qui passe au minimum une nuit dans le lieu qu'il visite.
- Les **excursionnistes** (dont les **croisiéristes**) ne dorment pas dans la ville.

- Près de 30 millions de touristes se rendent à Venise chaque année, soit près de 77 000 personnes par jour dont 57 000 excursionnistes venus visiter un centre de 17 km². Les croisiéristes représentent 1,5 million de visiteurs par an.
- Depuis sa réintroduction en 1980, le carnaval de Venise est devenu un événement touristique majeur. La cité des Doges est également prise d'assaut à partir du printemps : le rapport entre le nombre d'habitants et le nombre de visiteurs y est de 1 pour 561. Le tourisme représente près de 12 % du PIB de la ville.

SES

HGGSP

GRAND ORAL

II | Un patrimoine menacé à protéger

- Le passage incessant des bateaux touristiques, des paquebots de croisière et la fréquence des hautes eaux (*aqua alta*) rongent les fondations de la cité.
- Les impacts du tourisme sont nombreux : rues bondées, nuisances sonores, hausse des prix de l'immobilier. Les services publics et les commerces de proximité laissent la place à des échoppes de souvenirs. Les résidents ne sont plus aujourd'hui que 261 000, dont 56 000 dans le centre historique.
- En 1966, des pluies torrentielles provoquent des inondations exceptionnelles dans la ville et des milliers d'œuvres d'art sont détériorées. Le directeur de l'Unesco lance un appel à la solidarité internationale.
- Venise est inscrite en 1987 au patrimoine mondial de l'Unesco. Afin d'éviter sa submersion, le gouvernement italien lance, en 2003, le projet Mose.
- Les autorités italiennes adoptent en 2016 un « pacte pour Venise » pour préserver la ville et sa lagune de la pression touristique. Dès 2017, la création de nouveaux hôtels dans le centre-ville est interdite. La municipalité cherche à tenir à distance les paquebots de croisière en les accueillant dans le port industriel de Marghera. Des projets visent à faire du quartier de Mestre, excentré et populaire, un nouveau lieu touristique et résidentiel. Développer un tourisme durable plus soucieux de l'environnement est devenu une nécessité.

Info

Le **projet Mose** est un système de 78 digues flottantes qui se relèvent et barrent l'accès à la lagune en cas de montée des eaux de l'Adriatique. Le projet devrait être achevé en 2022.

L'ESSENTIEL

Le patrimoine de Venise :
- œuvres et monuments (Moyen Âge, Renaissance)
- habitat semi-lacustre
- carnaval traditionnel

Un patrimoine menacé
- passage des paquebots de croisière
- augmentation du niveau de la mer
- surtourisme, muséification

L'action de l'Unesco
- **1987** : inscription au patrimoine mondial de l'humanité
- **2003** : projet Mose (digues) contre la montée des eaux
- **2016** : « pacte pour Venise »

Quiz EXPRESS

39

Avez-vous bien révisé les fiches 32 à 38 ? On vérifie !

Le patrimoine : usages et enjeux

1 La notion de patrimoine

▶ FICHES 32 ET 33

1. Quel événement est à l'origine de la notion de patrimoine ?

☐ a. la Renaissance ☐ b. la Révolution française

☐ c. la Première Guerre mondiale

2. Parmi ces affirmations, lesquelles sont vraies ?

☐ a. La Convention pour la protection du patrimoine mondial, culturel et naturel a été signée en 1972.

☐ b. L'Asie abrite le plus grand nombre de sites classés au patrimoine mondial.

☐ c. La première intervention de sauvegarde du patrimoine par l'Unesco concerne les temples d'Abou Simbel en Égypte.

2 Usages sociaux et politiques

▶ FICHES 34 ET 35

1. Jusqu'en 1956 se déroulent au château de Versailles…

☐ a. les élections législatives. ☐ b. les élections présidentielles.

2. Pourquoi la Grèce veut-elle récupérer la frise du Parthénon ?

☐ a. parce qu'elle a été achetée à l'occupant ottoman

☐ b. parce qu'elle considère qu'elle a été volée

☐ c. parce qu'elle la considère comme un trésor national

3 Entre tensions et concurrence

▶ FICHES 36 À 38

1. À qui doit-on l'aménagement actuel de Paris ?

☐ a. au roi Philippe Auguste ☐ b. au préfet Haussmann

☐ c. au cardinal de Richelieu

2. Au Mali, les djihadistes ont attaqué le patrimoine culturel…

☐ a. matériel. ☐ b. immatériel.

3. Les visiteurs de Venise sont surtout…

☐ a. des excursionnistes venus pour la journée.

☐ b. des touristes venus pour un séjour d'une semaine.

CORRIGÉS

1 La notion de patrimoine

1. Réponse b. Ce sont les destructions patrimoniales de la période révolutionnaire en France qui font prendre conscience de la nécessité de sauvegarder, pour les transmettre, les monuments les plus emblématiques de notre histoire.

2. Réponses a et c. Ce n'est pas l'Asie mais l'Europe et l'Amérique du Nord qui, avec 529 biens inscrits au patrimoine de l'Unesco, sont les continents où le patrimoine est le mieux identifié et préservé. L'Asie-Pacifique (268) et l'Afrique (96) regroupent essentiellement des biens immatériels.

Info

Le site de l'**Unesco** ne distingue pas l'Europe de l'Amérique du Nord dans ses statistiques, ces deux régions du monde étant regroupées dans l'**aire de civilisation occidentale**.

2 Usages sociaux et politiques

1. Réponse b. Depuis 1871 jusqu'en 1957, sous les IIIe et IVe Républiques, le président de la République est élu par les députés et sénateurs réunis en Congrès à Versailles.

2. Réponses a et c. La Grèce n'accuse pas le Royaume-Uni de vol : celui-ci a acheté légalement les morceaux de la frise à Lord Elgin qui les avait lui-même obtenus de l'Empire ottoman. Ces frises représentent surtout un trésor national que le peuple grec souhaite voir revenir à Athènes.

3 Entre tensions et concurrence

1. Réponse b. Sous le Second Empire, en tant que préfet de Paris, Haussmann entreprend la modernisation de la capitale : les ruelles tortueuses du Moyen Âge font place à de larges avenues, etc. Ces aménagements répondent à des préoccupations hygiénistes (circulation de l'air) mais aussi sécuritaires (éviter les barricades, permettre le transport de troupes).

2. Réponses a et b. Tout monument (mausolées...) ou pratiques (musique...) considérés comme contraire à la *Cha'ria* (loi islamique) ont été attaqués par le groupe islamiste Ansar Eddine.

3. Réponse a. Le centre historique de Venise étant très exigu (17 km^2), la majorité des visiteurs n'y passe pas une seule nuit : ils sont donc comptabilisés comme excursionnistes.

La gestion du patrimoine français : évolutions d'une politique publique

40

☐ OK

Le domaine d'intervention de l'État dans la gestion du patrimoine n'a cessé de s'accroître depuis le XIXe siècle. Celle-ci est aujourd'hui de plus en plus décentralisée et assurée par de nombreux acteurs.

I Naissance d'une politique patrimoniale

- C'est en 1830 que se met en place une politique publique du patrimoine avec la création de l'Inspection des monuments historiques. En 1887, les règles de conservation et les conditions de l'intervention de l'État sont posées mais elles ne concernent que des monuments publics. Ceux-ci sont élargis à 45 000 édifices religieux en 1905 avec la séparation des Églises et de l'État.

- La loi de 1913 étend les mesures de sauvegarde aux immeubles et mobiliers privés présentant un « intérêt public ». Leur classement sur la liste des Monuments historiques se fait avec ou sans l'accord des propriétaires.

> **Info**
> Le **bien classé à l'inventaire du patrimoine historique** ne peut faire l'objet de destruction, de restauration ni de modification sans l'accord de l'État.

II L'État, acteur majeur de la gestion du patrimoine

- André Malraux, ministre de la Culture de 1959 à 1969, débloque d'importants budgets pour restaurer des monuments en péril (Versailles, le Louvre, les Invalides, etc.). Alors que de nombreuses villes sont rénovées, les centres-villes historiques deviennent des secteurs sauvegardés par la loi de 1962. En 1964, une commission chargée de l'Inventaire général des monuments et richesses artistiques de la France voit le jour.

> **À savoir**
> Le **ministère de la Culture** est créé en France en 1959.

- Depuis les années 1980, l'État accompagne l'élargissement du patrimoine : les « Journées portes ouvertes des monuments historiques » sont créées en 1984 (Journées européennes du patrimoine à partir de 1991). Des Zones de protection du patrimoine architectural, urbain et paysager (ZPPAUP, 1993) élargissent les zones de protection au-delà des abords des monuments classés. Elles deviennent les Aires de valorisation de l'architecture et du patrimoine (AVAP) en 2010.

- En 2016, les sites patrimoniaux remarquables se substituent aux secteurs sauvegardés et aux AVAP : le patrimoine devient de plus en plus englobant. Le ministère de la Culture et le ministère de la Transition écologique et solidaire assurent conjointement la gestion du patrimoine culturel et naturel sur le territoire.

III Une gestion du patrimoine de plus en plus locale

- Avec les lois de décentralisation de 1983, les collectivités territoriales sont devenues des acteurs incontournables du patrimoine, outil de développement local au niveau culturel, touristique et social. Depuis 2011, les collectivités locales peuvent devenir propriétaires d'un site patrimonial appartenant jusque-là à l'État.
- Dans chaque commune, le plan local d'urbanisme (PLU) intègre la sauvegarde et la valorisation de l'architecture et du patrimoine. Les maires sont responsables de la réparation, de la restauration et de la mise en valeur du patrimoine immobilier communal, même religieux. Les communes peuvent demander à l'État l'obtention de labels comme celui de Ville ou Pays d'art et d'histoire.
- Depuis 2004, l'État a transféré aux départements les crédits de restauration des bâtiments patrimoniaux non classés tandis que les régions gèrent les bâtiments classés, souvent publics, en coopération avec le ministère de la Culture. Les régions ont aujourd'hui la mission de recenser et de transmettre un inventaire général des patrimoines, autrefois mission de l'État.

L'ESSENTIEL

La gestion du patrimoine français

1830 : Création de l'Inspection des monuments historiques

1913 : Extension aux immeubles et mobiliers privées présentant un intérêt public

1962 : Créations de secteurs sauvegardés

2004 : Transfert aux départements et aux régions de missions patrimoniales

La patrimonialisation du bassin minier du Nord-Pas-de-Calais

41

☐ OK

Résultat d'une longue mobilisation, la patrimonialisation de ce site accompagne la reconversion économique de la région.

I L'inscription au patrimoine mondial de l'Unesco

1 Un paysage de l'ère industrielle

Le bassin minier du Nord-Pas-de-Calais est un territoire du nord de la France marqué par l'exploitation intensive de la houille (XVIIe siècle-fin du XXe siècle). Il se distingue par son patrimoine industriel : terrils, corons, chevalements. Lourdement touché par la Première Guerre mondiale, le bassin minier est en partie reconstruit dans les années 1920. Lorsque le dernier puit ferme en 1990, la volonté d'effacer les traces du passé domine. Mais dans les années 2000, l'intérêt du patrimoine matériel et naturel minier émerge.

Info

- Les **terrils** sont des collines artificielles construites par accumulation de résidu minier.
- Les **corons** sont des maisons en brique rouge mitoyennes destinées aux mineurs.
- Les **chevalements** servaient à descendre et remonter les mineurs et le minerai.

2 La procédure d'inscription

- À partir de 2002, à l'initiative de l'association Bassin Minier Uni, les spécialistes et les collectivités territoriales se mobilisent pour faire inscrire le bassin au patrimoine mondial de l'Unesco. L'État classe ou inscrit 69 vestiges aux monuments historiques en 2009 et 2010.
- Ayant contribué au processus d'industrialisation du pays, ayant abrité le métier de mineur, présent par-delà les frontières, le bassin minier est universel. Les cités minières ont conservé leur exceptionnelle intégrité architecturale. L'inscription est acceptée par l'Unesco le 30 juin 2012.

II Les apports d'un label prestigieux

1 Faire du bassin minier un territoire attractif

- Le bassin minier doit devenir une nouvelle destination touristique. Cinq « grands sites de mémoire » sont aménagés. L'inscription intervient au moment de l'ouverture du musée du Louvre-Lens.

La patrimonialisation du bassin minier a aussi pour but de changer les regards extérieurs et d'attirer les investisseurs, cadres et étudiants dans le Nord. Elle doit également agir sur la population du bassin, notamment sur la jeunesse, afin de lui redonner sa fierté de vivre dans une région économiquement en difficulté.

Mot clé

La **patrimonialisation** est le processus juridique, politique et socio-culturel par lequel un bien, un espace ou une pratique se transforme en objet du patrimoine digne d'être conservé.

2 Faire vivre un « paysage culturel, évolutif et vivant »

Le choix de l'Unesco est venu couronner une action d'aménagement du territoire du bassin entreprise depuis vingt ans : les terrils ont été transformés en lieux de pratique sportive ou de conservation de la biodiversité, les étangs sont devenus des bases de loisirs, les corons ont été rénovés, des fosses ont servi de décor de cinéma (*Germinal* de Claude Berry est tourné sur le site Arenberg à Wallers en 1993).

Sans être sanctuarisés, les grands sites de mémoire suivent une logique de reconversion post-industrielle. Ils se destinent à devenir des pôles économiques et culturels en accueillant des centres de formation, d'innovation et de recherche.

Le besoin d'expliquer les raisons de la distinction par l'Unesco, de sensibiliser sur la valeur universelle et exceptionnelle du bassin minier reste essentiel : les habitants du bassin en deviennent les ambassadeurs et endossent le rôle de citoyens vigilants sur les atteintes à leur patrimoine.

L'ESSENTIEL

Aménagement de 5 « **grands sites de mémoire** »

2009-2010 : 69 vestiges classés ou inscrits aux **Monuments historiques**

30 juin 2012 : inscription à l'**Unesco**

Reconversion des terrils, corons, fosses… :
- loisirs et pratique sportive
- conservation de la nature
- formation, innovation, recherche

→ **Patrimonialisation du bassin minier du Nord-Pas-de-Calais**

Le patrimoine dans le rayonnement culturel et l'action diplomatique

42

☐ OK

La présence d'un riche patrimoine culturel sur son territoire participe au rayonnement culturel de la France dans le monde. L'inscription du « repas gastronomique des Français » au patrimoine immatériel mondial témoigne aussi de son action diplomatique pour renforcer son influence.

I Un élément du rayonnement culturel de la France

1 La France, puissance culturelle

- Le « rayonnement » de la France désigne son influence culturelle dans le monde. Le patrimoine est un des éléments de la culture française que les ambassades, l'Institut français et la fondation Alliance française diffusent à l'étranger.

Info

- Créé en 2011, l'**Institut français** est l'établissement public chargé de l'action culturelle extérieure de la France.
- Les **Alliances françaises**, implantées dans 137 pays, constituent le premier réseau culturel mondial, leur mission étant de diffuser la langue française.

- En grande partie grâce à un patrimoine riche et diversifié, la France s'affirme comme la première destination touristique mondiale (plus de 89 millions en 2018). La France abrite 45 biens classés au patrimoine mondial de l'Unesco, se plaçant au 4e rang mondial ▶ FICHE 33.

2 La gastronomie, un élément du patrimoine français et de son rayonnement

- La France est souvent présentée comme un modèle lorsqu'on parle des arts de la table, de la gastronomie, du raffinement ou de l'élégance. Le « savoir-vivre » français fait la renommée du pays dans le monde.
- Ce savoir-faire est né au XIXe siècle grâce à l'édition de guides de critiques culinaires. Il est aujourd'hui reconnu dans le monde entier grâce à l'ouverture de restaurants dirigés par de grands chefs français partout dans le monde.
- Pour 95 % des Français, la gastronomie fait partie de leur patrimoine et de leur identité. Lors des visites de chefs d'État étrangers, ce savoir-faire est mis en avant (diplomatie culinaire).

II Un enjeu de l'action diplomatique de la France

1 Le patrimoine, élément du *soft power*

- Le rayonnement de la France représente un moyen d'influence internationale, un des éléments clés du *soft power*. Dans le contexte de la mondialisation, d'une certaine uniformisation culturelle, la France s'emploie à promouvoir son patrimoine et son exception culturelle.
- Par le prêt d'œuvres ou de collections entières aux musées étrangers, par la construction d'antennes situés hors de France du Centre Pompidou (Malaga, 2015 ; Shanghai, 2019 ; Bruxelles, 2023), du musée Rodin ou du Louvre (Abu Dhabi, 2017), le patrimoine est devenu un instrument du rayonnement français.
- La promotion de l'art culinaire français est un des éléments du *soft power*. On parle de gastrono-diplomatie.

2 Le repas gastronomique français, objet diplomatique

- En 2006, l'Institut européen d'histoire et des cultures de l'alimentation (IEHCA) demande une reconnaissance du patrimoine alimentaire français à l'Unesco, terme déformé par la presse et les politiques en « patrimoine gastronomique ». Or l'Unesco vise à valoriser les cultures populaires et à favoriser le dialogue interculturel et non des pratiques élitistes propres à un pays.
- La Mission française du patrimoine et des cultures alimentaires (MFPCA) porte le dossier de candidature à partir de 2008. Le projet est modifié afin de répondre aux critères d'universalité de l'Unesco qui classe, en 2010, le « repas gastronomique des Français en tant que pratique sociale coutumière destinée à célébrer les moments les plus importants de la vie des individus et des groupes ».

L'ESSENTIEL

La France, puissance culturelle →
- **attractivité touristique** : 1re destination mondiale, avec 45 sites classés au patrimoine mondial…
- **rayonnement** : Alliance française, Institut français, ambassades…

La gastronomie française →
- **symbole** de l'identité française
- 2010 : l'**Unesco** reconnaît l'aspect patrimonial du repas gastronomique français
- 2011 : **campagne de communication** officielle dont l'Unesco regrette l'aspect mercantile

Quiz EXPRESS

43

Avez-vous bien révisé les fiches 40 à 42 ? On vérifie !

La France et le patrimoine

1 L'évolution d'une politique publique

▶ FICHE 40

1. Que recouvre aujourd'hui la notion de patrimoine ?

☐ **a.** monuments historiques

☐ **b.** rites, traditions et paysages

☐ **c.** vestiges des activités industrielles et agricoles

2. Qui est responsable de l'inventaire général des patrimoines ?

☐ **a.** l'État ☐ **b.** les régions ☐ **c.** les départements

2 Le bassin minier du Nord-Pas-de-Calais

▶ FICHE 41

1. Parmi ces affirmations, lesquelles sont vraies ?

☐ **a.** Ce bassin minier est classé par l'Unesco en 2002.

☐ **b.** Les terrils sont des collines construites par accumulation de résidu miniers.

☐ **c.** La patrimonialisation du bassin minier participe à la reconversion économique de la région.

2. Selon quelle terminologie le bassin minier du Nord-Pas-de-Calais est-il classé par l'Unesco ?

☐ **a.** « Paysage culturel évolutif et vivant »

☐ **b.** « Patrimoine matériel industriel »

3 Le rayonnement culturel français

▶ FICHES 42

1. Quel musée a vendu sa « marque » aux Émirats arabes unis ?

☐ **a.** le musée Rodin ☐ **b.** le Louvre

☐ **c.** le centre Georges Pompidou

2. Pourquoi l'Unesco n'a-t-elle pas classé la gastronomie française au patrimoine immatériel de l'humanité ?

☐ **a.** La gastronomie est trop élitiste et limitée à un seul pays.

☐ **b.** La gastronomie ne correspond pas à une pratique sociale.

☐ **c.** Le projet était porté par la campagne « So French, So Good ».

CORRIGÉS

1 L'évolution d'une politique publique

1. Réponses a, b et c. Depuis les années 1970, la notion de patrimoine s'est élargie : de la protection des monuments historiques, on est passé à la protection du patrimoine rural, industriel, urbain, pour aller jusqu'à englober plus récemment des traditions, rites et paysages.

2. Réponse b. Depuis 2004, l'État a transféré aux régions la mission d'inventaire général : recensement, étude et transmission des patrimoines historiques, scientifiques, culturels et immatériels.

2 Le bassin minier du Nord-Pas-de-Calais

1. Réponses b et c. C'est en 2012 que le bassin minier a été classé au patrimoine immatériel de l'Unesco. Il a fallu dix ans pour monter le dossier de candidature.

2. Réponse a. C'est pour ses paysages particuliers que le bassin minier a été classé.

Chiffres clés

C'est 4 000 hectares du bassin minier, paysages abritant 353 biens remarquables, soit **25 % du patrimoine minier mondial** qui ont été classés au patrimoine culturel de l'Unesco.

3 Le rayonnement culturel français

1. Réponse b. Le Louvre Abu Dhabi n'est pas une antenne temporaire du Louvre mais un musée à part entière issu d'un partenariat international.

2. Réponses a et c. La gastronomie ne correspond pas à une pratique culturelle mais à un savoir-faire très technique, codifié et élitiste. C'est pourquoi l'Unesco a classé le « repas gastronomique des Français », et non pas la gastronomie en tant que telle, au patrimoine immatériel de l'humanité.

L'« environnement » : construction historique, sociale et politique

44

OK

Le mot environnement apparaît en français au XIIIe siècle. Il signifie alors « ce qui entoure ». Ce n'est qu'au XIXe siècle qu'il désigne le milieu dans lequel un individu ou une espèce vivent.

I Un espace à maîtriser et des menaces à combattre

- Avec l'apparition de l'agriculture naît la distinction entre l'environnement, espace connu, habité et cultivé, et la nature sauvage. Les Romains opposent le monde anthropisé, l'*ager* (cultivé) et l'*urbs* (ville), au *saltus*, l'espace sauvage livré aux bêtes.

> **Mot clé**
> Du grec *anthropos* (l'homme), un espace **anthropisé** est un espace modifié par l'action de l'Homme.

- Inexistante dans certaines civilisations comme celles des anciens Germains ou au Japon, cette opposition s'impose néanmoins.
- Des hommes d'Église tels que saint François d'Assise (v. 1182-1226) voient dans la nature l'œuvre de Dieu. Mais la plupart considèrent qu'au-delà de l'*ager* s'étend le monde des bêtes et du démon. Image du jardin d'Éden, le jardin, notamment celui des monastères, remet en cause cette dichotomie. Mais il s'agit là d'une nature domestiquée par l'Homme.

II Un nouveau regard sur l'environnement

1 Le rôle du rousseauisme et du romantisme

- Le jardin à l'anglaise et sa « nature sauvage » artificiellement recréée apparaît dans les années 1740 et rompt avec les allées géométriques du jardin à la française. Jean-Jacques Rousseau (1712-1778) contribue aussi à modifier le regard porté sur la nature sauvage. Anciennement répulsive, elle devient lieu de beauté et de méditation. Au XIXe siècle, les peintres romantiques Caspar Friedrich ou William Turner expriment cette fascination pour la puissance de la nature.

2 La révolution industrielle

- La révolution industrielle ▶ FICHE 47, ses fumées d'usines et l'étalement des faubourgs ouvriers miséreux bouleversent l'environnement urbain. Certains pensent alors qu'il convient de préserver certains espaces naturels ▶ FICHE 51.

- Une nouvelle science, l'écologie (mot inventé en 1866 par le biologiste E. Haeckel), étudie les interactions entre les espèces, y compris l'Homme, et leur milieu.

III L'affirmation d'une pensée environnementale

1 Le tournant des années 1960-1970

- À partir des années 1950, l'emprise humaine s'étend quasiment à la planète entière.
- En 1972, le rapport Meadows, intitulé *Les Limites de la croissance*, a un retentissement mondial. Rédigé par des chercheurs du MIT (Massachusetts Institute of Technology), il affirme que dans un monde aux ressources finies, la croissance économique ne peut être infinie.

2 L'affirmation des préoccupations environnementales

- Dans les années 1970, des ONG comme le WWF ou Greenpeace popularisent le thème de l'environnement. En Allemagne ou en France, des militants s'en emparent pour créer l'« écologie politique ».
- Le rapport de la commission des Nations unies sur l'environnement et le développement, dit rapport Brundtland (1987), insiste sur la notion de développement durable.

Mot clé

Le **développement durable** est censé assurer une croissance économique reposant sur une gestion durable des ressources naturelles et permettant de réduire les inégalités.

- L'environnement est désormais omniprésent dans les discours médiatiques ou politiques. Pourtant, la destruction des écosystèmes s'accélère.

L'ESSENTIEL

La conception de l'environnement

1224	1761	1866	1987
François d'Assise, *Cantique des créatures*	Rousseau, *La Nouvelle Héloïse*	Invention du terme « écologie »	Rapport Brundtland

Un regard sur l'histoire de l'environnement

45

☐ OK

L'Homme, comme tous les animaux, interagit avec son environnement. Si l'action de l'Homme sur l'environnement a longtemps été limitée, elle s'étend aujourd'hui à la planète entière.

I L'interaction Homme-environnement

1 Une première rupture : l'apparition de l'agriculture

Aux temps préhistoriques des chasseurs-cueilleurs, les prélèvements réalisés sur l'environnement restent faibles. Avec l'apparition de l'agriculture vers – 9000, les premiers défrichements transforment une partie des forêts en champs et en prés.

> **Mot clé**
> Le **défrichement** est la mise en culture d'un terrain boisé ou d'une friche.

2 La lente progression de l'emprise humaine

- Malgré des densités fort variables selon les régions du monde, l'humanité croît lentement à partir du Néolithique ▶ FICHE 47.
- En Europe, au début de notre ère, la forêt a largement reculé mais avance à nouveau à partir du ve siècle. Lors de l'essor démographique des XIe-XIIe siècles, elle recule à nouveau devant les essartages.
- Après la dépression du XIVe siècle, la population croît par à-coups. Vers 1800, la France compte environ 28 millions d'habitants et la forêt ne représente plus que 15 % du territoire ▶ FICHE 46.

II Environnement et civilisation industrielle

1 Une rupture essentielle : les années 1950

- Au XIXe siècle, les conséquences environnementales de la révolution industrielle concernent l'Occident mais restent limitées ailleurs.
- L'exploitation de la planète s'accélère après 1945, en raison de la croissance économique, très coûteuse en ressources naturelles, et de l'explosion démographique.

> **Chiffres clés**
> La population mondiale ne cesse d'augmenter : 2,5 milliards d'humains en 1950, 4,3 en 1980, **7,7 milliards en 2019**.

SES

HGGSP

GRAND ORAL

2 La dégradation rapide de l'environnement

Mot clé

L'**écosystème** est l'ensemble des êtres vivants (biocénose) vivant dans un milieu physique et chimique donné (biotope).

- Toutes les études scientifiques constatent la dégradation catastrophique de l'environnement. Le rapport de l'ONU sur la biodiversité (mai 2019) évalue à 75 % les terres altérées par l'activité humaine.
- La biosphère est dégradée dans son ensemble : pollution des sols et des océans, destruction des écosystèmes (1 million d'espèces seraient menacées) due à la déforestation, aux activités extractives, au réchauffement climatique.

III Préserver l'environnement : une nécessité vitale pour l'humanité

1 L'environnement : un capital naturel

- L'environnement rend à l'Homme un certain nombre de services indispensables à sa survie. Outre des biens (eau, aliments, énergie, matières premières), la nature contribue à purifier l'air et les eaux, à réguler le climat, à préserver les ressources génétiques végétales et animales.

2 Les éventuelles solutions

- Après le sommet de la Terre de Rio (1992), la communauté internationale s'engage pour la protection de l'environnement. Mais de nombreux États, dont les États-Unis et les pays émergents, rechignent à accepter des règlements contraignants ▶ FICHE 49.
- Les aires protégées représentent aujourd'hui 17 % de la surface terrestre et 10 % des océans. Mais, parfois créées contre des populations locales (peuple ik en Ouganda), elles semblent impuissantes à freiner la destruction de la biodiversité.

L'ESSENTIEL

La dégradation de l'environnement

Causes	Conséquences
• **XIXe s.** : révolution industrielle → forte croissance économique • **XXe-XXIe s.** : explosion démographique → 7,7 milliards d'humains en 2019	• déforestation • épuisement des sols • pollution des sols et des océans • changement climatique

Exploiter et protéger une ressource « naturelle » : la forêt française

46

☐ OK

En France, l'anthropisation précoce du territoire explique que la forêt soit d'origine humaine. Celle-ci, au moins depuis l'Ancien Régime, a fait l'objet d'un intérêt encore renforcé par notre époque.

I La forêt française sous l'Ancien Régime

1 L'ordonnance de Colbert sur les Eaux et Forêts (1669)

- La forêt, réserve de chasse et de bois – premier matériau et première source d'énergie – intéresse très tôt les rois. Le corps des maîtres des Eaux et Forêts est créé dès 1291.
- L'ordonnance de Colbert constitue une étape décisive. Dans un contexte de rivalité avec les Provinces-Unies, elle vise à accroître les ressources en bois d'œuvre pour la marine, en particulier les futaies de chênes.
- Colbert étend les mesures de protection et de gestion des forêts du domaine royal (1 million d'hectares) aux forêts seigneuriales.

Mini bio

Jean-Baptiste Colbert (1619- 1683) est l'un des principaux ministres de Louis XIV. Il occupe les fonctions de contrôleur général des Finances, de secrétaire d'État à la Marine et à la Maison du Roi.

2 Une difficile application

- Même si les « délits de bois » (coupes illégales, pacages non autorisés) sont sévèrement punis, l'État peine à protéger les forêts en raison de l'opposition des propriétaires privés et des communautés villageoises défendant leurs droits d'usage.
- Les difficultés financières de la monarchie poussent les successeurs de Colbert à aliéner une bonne partie des forêts royales.
- La Révolution française détruit les juridictions des Eaux et Forêts. Les forêts, tant royales que seigneuriales, sont alors ravagées. Comme l'écrit l'historien Jules Michelet, « les arbres furent sacrifiés aux moindres usages ».

Mot clé

Les **droits d'usage** désignent l'ensemble des droits attribués à une communauté villageoise sur les forêts seigneuriales ou royales (ramassage du petit bois, pacage des troupeaux et des porcs...).

II La lente reconstitution du tissu forestier français

- Vers 1800, la forêt française ne couvre plus que **8 millions d'hectares** (15 % du territoire). Le **Code forestier de 1827** impose des **mesures drastiques de protection**, non sans provoquer des troubles (« guerre des demoiselles » en Ariège). Mais il faut attendre **1860**, alors que l'exode rural diminue la pression démographique sur les campagnes, pour que soit votée une **loi sur le reboisement**.
- Le **Fonds forestier national** (FFN), créé en 1946, contribue à l'essor des forêts publiques (domaniale et communale) et privées. Le reboisement coûte cher et sa rentabilité est aléatoire. Le FFN appuie donc les **propriétaires privés** (délivrance gratuite de plants, aides financières).
- Le tissu forestier (9,9 millions d'hectares en 1900) couvre aujourd'hui 16,9 millions d'hectares, soit **31 % du territoire métropolitain**.

III Un patrimoine à protéger, à gérer et à exploiter

- Créé en 1965, l'**Office national des forêts (ONF)** gère les forêts publiques (25 % de la superficie forestière). Si celles-ci sont plutôt bien entretenues, ce n'est pas le cas de toutes les forêts privées.
- La forêt est **inégalement répartie**. Les Landes sont très boisées (plus de 60 % du département), la Manche l'est très peu (moins de 10 %). Les disparités sont aussi qualitatives. La futaie ne représente qu'environ 50 % de l'espace forestier.
- Avec l'urbanisation – 85 % des Français vivent en ville – la forêt est désormais vue comme un **lieu de liberté et de paix** face à la ville, parfois perçue comme aliénante.
- Espace de détente, instrument de lutte contre l'érosion et de régulation des ressources en eau, elle est aussi un **patrimoine économique** utilisé par la sylviculture.

Mot clé

La **sylviculture** est l'activité qui exploite et assure le renouvellement des forêts.

L'ESSENTIEL

Exploitation et protection des forêts françaises

1669	1827	1860	1965
Ordonnance de Colbert sur les Eaux et Forêts	Code forestier	Loi sur le reboisement	Création de l'Office national des forêts

« Révolution néolithique » et « révolution industrielle »

47

☐ OK

L'ampleur des ravages actuels sur l'environnement accrédite l'idée que ceux-ci débutent avec la révolution industrielle. En fait, la révolution néolithique constitue déjà une rupture majeure dans le rapport entre l'Homme et son milieu.

I La révolution néolithique : une révolution technique, économique et démographique

1 Le Néolithique et la révolution agricole

- Le Néolithique est la période finale de la Préhistoire. Il débute avec l'apparition de l'agriculture vers – 9000 et prend fin avec l'âge du bronze (– 1700). L'agriculture apparaît d'abord dans le Croissant fertile et dans le nord de la Chine, près de Beijing.

> **Mot clé**
> Le **Croissant fertile** est la région du Proche-Orient qui s'étend de l'Égypte au sud de la Turquie.

- Cette nouvelle activité contribue à la sédentarisation de la majorité des populations humaines et à l'apparition des premières villes (Jéricho, Çatal Höyük).

2 Une première rupture démographique

- La néolithisation se développe à des rythmes différents selon les régions. Mais elle entraîne partout une augmentation rapide la population mondiale.
- Évaluée à 10 millions d'individus vers – 10000, la population humaine atteint 100 millions de personnes vers – 1700.

> **Mot clé**
> La **néolithisation** désigne le processus d'extension progressive de l'agriculture et de la sédentarisation à la plupart des régions du monde.

3 Les conséquences environnementales de la néolithisation

- Avec l'agriculture, l'emprise humaine sur le milieu naturel croît considérablement. L'extension des champs cultivés et l'augmentation de la population aiguisent la compétition entre l'Homme et la faune.
- Cela provoque un premier déclin de la biodiversité : en Europe, l'auroch sauvage ou le pika sarde, sorte de lapin sans queue, disparaissent peu à peu ; l'Homme entame sa lutte contre les grands prédateurs comme l'ours ou le loup.

II La révolution industrielle : une exploitation sans précédent des ressources naturelles

1 Une révolution économique et sociale

- La révolution industrielle débute en Grande-Bretagne, à la fin du XVIIIe siècle, et s'étend au cours du XIXe siècle à la quasi-totalité de l'Europe, à l'Amérique du Nord, au Japon.
- Alors que, depuis le Néolithique, les hommes étaient généralement paysans, l'exode rural fait de la plupart des hommes des urbains.

2 L'explosion démographique de l'humanité

- L'industrialisation de l'agriculture, en particulier l'usage d'engrais phosphatés dès le XIXe siècle, aboutit à l'essor très rapide de la population mondiale. Celle-ci passe d'un milliard d'individus en 1800 à 2,5 milliards en 1950.
- Mais la population mondiale explose véritablement après 1950. Elle atteint aujourd'hui près de 8 milliards de personnes et continue à croître, renforçant d'autant les besoins agricoles et l'exploitation des milieux naturels.

3 Les conséquences environnementales

- Le modèle économique de la révolution industrielle, vorace en matières premières et en espace, ainsi que l'explosion démographique aboutissent à une exploitation inédite du milieu naturel.
- Face à l'ampleur des destructions environnementales, les pouvoirs publics semblent parfois impuissants. Certains voient donc dans les individus et dans la société civile la solution éventuelle pour changer nos modes de vie.

L'ESSENTIEL

La révolution néolithique →
- apparition de l'**agriculture** vers – 9000
- **sédentarisation** et premières **villes**
- augmentation démographique (cap des **100 millions d'humains** vers – 1700)

La révolution industrielle →
- invention et perfectionnement de la **machine à vapeur** à partir du XVIIIe s.
- **exode rural** et **urbanisation**
- augmentation démographique (cap du **milliard d'humains** en 1800)

L'évolution du climat en Europe du Moyen Âge au XIXe siècle

48

☐ OK

Même si l'origine anthropique du réchauffement climatique actuel est globalement admise, force est de constater que le climat européen connaît de nombreuses variations depuis les temps les plus anciens.

I Les variations du climat européen (Xe-XIXe s.)

1 L'optimum médiéval des VIIIe-XIIe siècles

- La dernière glaciation, celle de Würm, prend fin il y a environ 12 000 ans. Le climat européen continue cependant à connaître des variations par la suite.
- Après une période chaude lors de l'Antiquité, l'extension des glaciers alpins entre 400 et 750 ap. J.-C. témoigne du retour d'une période froide.
- Un optimum climatique médiéval est à l'inverse observé du XIe au début du XIVe siècle.

Mot clé

En climatologie, l'**optimum climatique** désigne une période chaude entre deux périodes plus fraîches.

2 Le « Petit Âge glaciaire » : XIIe siècle-années 1850

- Si l'existence d'un refroidissement – de l'ordre d'1 °C – fait l'objet d'un large consensus scientifique, le début du Petit Âge glaciaire fait toujours l'objet de débats. Certains historiens du climat comme Emmanuel Le Roy Ladurie le situent vers 1150-1200, d'autres plutôt au début du XIVe siècle.
- Cet épisode froid, surtout marqué par des « étés pourris », c'est-à-dire frais et pluvieux aux conséquences catastrophiques sur les moissons, et quelques hivers exceptionnellement froids comme celui de 1709, culmine au début et à la fin du XVIIe siècle et encore en 1816.

II Des variations aux conséquences multiples

- Il est possible que l'optimum climatique médiéval, en favorisant l'agriculture, ait contribué à la reprise démographique de l'Europe occidentale à partir de l'an mil. Il explique peut-être aussi la colonisation norvégienne de l'Islande et du Groenland en raison des meilleures conditions de navigation dans l'Atlantique nord.

- Après le « **beau XIIIe siècle** », le retour du froid est contemporain du retour des famines au début du XIVe siècle.
- De même, les épisodes frais et pluvieux de la fin du XVIIe siècle sont à l'origine de terribles famines. Dans la France de Louis XIV, **2 millions de personnes** périssent ainsi de la faim en 1693-1694.
- La succession de mauvaises années est aussi sans doute une des causes du **mécontentement paysan** en 1789 (Grande Peur).

III Des effets difficiles à mesurer

1 Des zones d'ombre qui demeurent

- Comme le montrent les doutes quant aux dates de l'optimum médiéval, nos **connaissances** sur le passé climatique demeurent en partie **sujettes à caution**.
- S'il est vraisemblable que les conditions climatiques influent sur l'activité humaine, leurs conséquences ne sont **jamais mécaniques** et les causes d'un phénomène sont toujours **multiples**.

2 Se garder de toute conclusion hâtive

- Si l'extension des glaciers alpins, au XIIIe siècle, témoigne d'un refroidissement, la population européenne n'en atteint pas moins son **premier apogée**.
- Le refroidissement climatique médiéval est *a priori* antérieur au retour de la famine. D'autres raisons peuvent expliquer celle-ci : dans le monde plein du XIIIe siècle, il n'est plus possible, **faute de mécanisation**, de répondre à une demande alimentaire en hausse.
- Si le refroidissement climatique de la fin du XVIIe siècle est observable dans toute l'Europe, il n'eut pas, notamment en Flandre, les mêmes conséquences qu'en France en raison des **techniques agricoles plus avancées** de cette région.

L'ESSENTIEL

L'évolution du climat en Europe

- **– 12 000** Dernière glaciation (Würm)
- **X^e – XIIIe s.** Optimum climatique médiéval
- **XIVe – XIXe s.** « Petit Âge glaciaire »
- **XXe – XXIe s.** Réchauffement climatique

Le climat, enjeu des relations internationales

49

☐ OK

La question du climat apparaît dans le débat public dans les années 1980. Depuis le sommet de Rio (1992), la plupart des États admettent la réalité du changement climatique mais s'opposent sur les éventuelles mesures.

I L'urgence climatique

1 Le changement climatique : une réalité observable

- La température moyenne de la Terre s'élève depuis la révolution industrielle ▶ FICHE 47. Le processus s'accélère et le climat devrait augmenter de 1 à 5 °C d'ici 2100.

- L'origine anthropique du réchauffement est désormais admise par toute la communauté scientifique. En cause, les rejets dans l'atmosphère de gaz à effet de serre, le CO_2 lié aux énergies fossiles (pétrole, charbon, gaz naturel), le méthane (CH_4) issu de l'élevage, en particulier bovin, et la déforestation.

Mot clé

L'**effet de serre** est un phénomène naturel de réflexion thermique qui contribue à rendre la Terre habitable en la réchauffant.

2 L'impact du changement climatique

- La montée des eaux (20 cm depuis 1900) menace de nombreux États insulaires du Pacifique comme Tuvalu. En asséchant aussi certaines régions, le changement climatique pourrait aussi contribuer à d'importantes migrations, sources de tensions géopolitiques.

- Les accidents météorologiques (cyclones, inondations, sécheresses) sont plus fréquents. L'ampleur des incendies ayant ravagé l'Amazonie et la Sibérie à l'été 2019, ainsi que l'Australie en 2019-2020, est sans doute en partie liée au climat.

II Le rôle essentiel de l'ONU

1 Un moment fondateur : la création du GIEC

- Créé en 1988 à l'initiative du météorologue suédois Bert Bolin, le GIEC (Groupe d'experts intergouvernemental sur l'évolution du climat) est un organe de l'Organisation des Nations unies regroupant les chercheurs de 195 pays.

- Le GIEC a pour mission d'étudier le changement climatique et ses conséquences. Il publie un rapport tous les cinq ans.

2 Les accords internationaux sur le climat

- Au sommet de la Terre organisé à Rio en 1992 par la CNUED (Conférence des Nations unies sur l'environnement et le développement), le premier rapport du GIEC sert de base à la création, en 1995, de la *Conference of the Parties* (COP).

> **Info**
> *The **Conference of the Parties*** (COP) désigne la commission des États signataires (les parties) de la Convention sur le changement climatique. Elle se réunit chaque année.

- En **1997**, la COP3 débouche sur **le protocole de Kyoto**. C'est le premier engagement chiffré de réduction des émissions de gaz à effet de serre.
- La **conférence de Paris sur le climat** (**COP21**, 2015) se termine sur un accord international visant à limiter à 2 °C le réchauffement climatique par rapport à l'ère pré-industrielle.

III Le climat au cœur des tensions géopolitiques

- Les « Suds » s'opposent à tout accord contraignant, y voyant une condamnation de leurs modèles démographiques ou économiques. La plupart de ces États affirment leur **droit au développement**, considérant que la situation actuelle est de la responsabilité des pays riches.
- De grandes puissances, notamment les deux premiers émetteurs de gaz à effet de serre, la **Chine** et les **États-Unis** ▶ FICHE 52, mais aussi l'**Inde** ou le **Brésil**, soucieux de leur indépendance, sont également réticentes à tout accord contraignant.
- Le changement climatique est enfin à l'origine de **nouvelles rivalités géopolitiques**, comme en Arctique où les pays riverains sont avides d'exploiter les espaces libérés par la fonte de la banquise.

L'ESSENTIEL

La politique climatique

1988	1992	1997	2015-2016
Création du GIEC	Sommet de la Terre de Rio	Protocole de Kyoto	COP 21 → accord de Paris sur le climat

L'environnement aux États-Unis : le rôle de l'État fédéral

50

☐ OK

Un États-unien pollue 30 % de plus qu'un Européen. Les États-Unis furent pourtant parmi les premiers à se soucier d'environnement. La volonté de protéger la nature a néanmoins toujours dû composer avec la contrainte de l'exploitation économique.

I La nature, lieu de l'identité états-unienne

- Sous l'influence du romantisme européen, la sensibilité environnementale apparaît aux États-Unis au début du XIXe siècle avec des peintres comme George Catlin.
- La nature américaine inspire le premier courant philosophique états-unien, le transcendantalisme de Ralph Waldo Emerson et Henry David Thoreau. Pour ces philosophes, la nature américaine, grandiose et immense, est le trésor qui distingue les États-Unis de l'Europe.
- La *Wilderness*, c'est la nature sauvage, vierge de toute influence humaine. Patrimoine à préserver pour les uns, elle est aussi pour le pionnier le lieu d'un accomplissement où, à force de courage et de travail, il « civilise » la nature. Lieu de l'identité américaine, la *Wilderness* est popularisée par les *westerns*, tels ceux de John Ford magnifiant les paysages magnifiques de Monument Valley.

II Préservationnisme ou conservationnisme

1 Deux notions contradictoires

- Le préservationnisme, dont l'Écossais John Muir (1838-1914) fut un des pionniers, postule que la nature a une valeur intrinsèque et doit être protégée de l'Homme.
- Le conservationnisme estime aussi qu'il faut protéger la nature, non pour sa valeur esthétique ou morale, mais parce qu'elle constitue un réservoir de ressources à gérer rationnellement. Gifford Pinchot est le principal défenseur de cette vision utilitariste.

Mini bio

Après des études à l'école des Eaux et Forêts de Nancy, **Gifford Pinchot** (1865-1946) joue un rôle majeur dans la protection des forêts des États-Unis. Ami du président Theodore Roosevelt, il devient en 1905 le premier directeur du Service fédéral des Forêts.

2 Le rôle central de l'État fédéral

- Deux lois fédérales sont à l'origine du **premier parc naturel** de l'histoire dans la vallée de Yosemite en Californie (1864) et du **premier parc national**, le Yellowstone (1872). En 1903, le président Theodore Roosevelt crée l'Arctic National Wildlife Refuge en Alaska.
- Les années 1960-1970 sont marquées par de multiples lois environnementales. Votée en 1970, la **loi nationale sur l'environnement** impose pour tout projet d'aménagement une étude préalable sur l'impact écologique.

III | Une mise en valeur peu respectueuse de l'environnement

1 Transformer la nature pour mieux l'exploiter

La mise en valeur du territoire états-unien fut et demeure peu respectueuse de l'environnement. Ainsi, l'exploitation agricole des Grandes Plaines s'est traduite par une **destruction des sols**. Dans le domaine minier, la plupart des exploitations se font **à ciel ouvert**.

2 Les menaces accrues contre l'environnement

- La pression sur la *Wilderness* est de plus en plus en forte. L'exploitation des **gaz de schiste**, en plein essor, est écologiquement catastrophique. La croissance urbaine menace des espaces protégés (parc naturel des Everglades en Floride).
- Le président Donald Trump se distingue par son désintérêt des questions écologiques. Il a ainsi autorisé, en septembre 2019, des **forages pétroliers et gaziers** dans l'Arctic National Wildlife Refuge.

L'ESSENTIEL

L'environnement aux États-Unis

Préserver ou conserver ?
- **préservationnisme** : protéger la nature pour sa valeur esthétique et morale (J. Muir)
- **conservationnisme** : protéger la nature pour gérer les ressources (G. Pinchot)

Le rôle central de l'État fédéral
- **1864** : premier parc naturel à Yosemite
- **1972** : premier parc national à Yellowstone
- **1903** : Arctic National Wildlife Refuge en Alaska
- **1970** : loi nationale sur l'environnement

L'environnement aux États-Unis : le rôle des États fédérés

51

☐ OK

À côté de l'État fédéral, certains États fédérés se sont montrés sensibles aux questions environnementales, n'hésitant pas, parfois dès le XIXe siècle, à prendre des initiatives en ce sens.

I L'action des États fédérés

1 Les États fédérés, relais de l'action fédérale

- Dès le XIXe siècle, la préservation de l'environnement relève souvent de l'action conjointe de l'État fédéral et des États fédérés. Créé par une loi fédérale, le parc de Yosemite doit beaucoup à des initiatives locales, et à celle de John Muir.
- La loi Littoral de 1972 a pour objet de protéger les littoraux. Son application dépend des États, la Californie étant un des plus impliqués.

Mini bio

John Muir (1839-1914) est un naturaliste américain d'origine écossaise. Explorateur et écrivain, il est un des premiers défenseurs de la nature. Il contribue à l'éveil de la sensibilité environnementale aux États-Unis.

2 Les États fédérés : des acteurs autonomes

- Certaines des grandes réalisations environnementales de ces dernières années relèvent de la seule initiative des États. Ainsi, le Rhode Island lance, dans les années 1980, un programme de restauration des zones naturelles dégradées et développe un réseau de sentiers côtiers.
- L'action des États peut également être relayée par les villes. C'est à l'initiative de la ville de New York que Frederick Law Olmsted réalise Central Park en 1858.

II Protéger ou exploiter la nature ?

1 Le primat du développement économique

- Confrontés à l'alternative entre protection et exploitation, les États, comme l'État fédéral, privilégient souvent la logique économique.
- Le Dakota du Nord possède une des principales réserves d'huile de schiste. Même si la fracturation hydraulique utilisée pour exploiter ces

SES

HGGSP

GRAND ORAL

gisements pollue les nappes phréatiques et les champs, l'État a favorisé la **multiplication des forages**.

2 Des priorités parfois contraires à l'environnement

Touchés par la pollution, fermiers et Amérindiens s'opposent aux gaz et pétroles de schiste. Pour l'heure, leurs démarches auprès des autorités n'ont suscité qu'une indifférence teintée d'hostilité.

III Une capacité d'action réelle mais limitée

1 Des États soumis à des injonctions contradictoires : l'exemple du Montana

- Le Montana, surnommé *The Big Sky State*, est célèbre pour ses paysages grandioses. L'État, un des plus pauvres des États-Unis, voit arriver chaque année des **populations à hauts revenus à la recherche de « nature »**. Les autorités locales encouragent le mouvement.
- Les villas construites au bord des cours d'eau ou des lacs contribuent pourtant à **transformer les paysages naturels**, et l'**augmentation du coût du foncier** marginalise les populations locales.

2 Les limites de l'action environnementale des États

- Ancien État minier, le Montana a des sols très pollués, notamment par le mercure. Selon le principe du « **pollueur-payeur** », les entreprises responsables devraient supporter le coût de la dépollution mais échappent souvent aux poursuites en se déclarant en faillite.
- Plusieurs États, dont la **Californie**, ont décidé d'appliquer l'**accord de Paris**, malgré la décision de Donald Trump ▶ FICHE 52, mais il n'est pas sûr qu'ils y parviennent.

L'ESSENTIEL

Le rôle des États fédérés dans la protection de l'environnement

- **1858** : création de **Central Park** à l'initiative de la ville de New York
- **Années 1980** : l'État du Rhode Island lance un programme de **restauration des zones littorales dégradées**
- **2016** : l'État de Californie s'engage à **appliquer l'accord de Paris** malgré le retrait des États-Unis

Les États-Unis et l'environnement à l'échelle internationale

52

☐ OK

En 1992, le président George H. W. Bush déclare que « le mode de vie des Américains n'est pas négociable ». De fait, en matière d'environnement, comme dans d'autres sujets, les États-Unis sont d'ordinaire peu enclins à accepter des contraintes internationales.

I Un partenaire international peu commode

1 Une politique d'obstruction déjà ancienne

- Le mode de vie états-unien repose sur un niveau de **gaspillage** sans équivalent au sein de l'OCDE. Alors que les États-Unis ne représentent que 4 % de la population mondiale, ils rejettent **14 % des émissions mondiales de CO_2**, soit presque autant que la Chine quatre fois plus peuplée.
- Les présidents des États-Unis, hormis quelques exceptions, refusent d'envisager un changement de mode de vie. Ainsi, le **protocole de Kyoto** est bien signé par Bill Clinton en 1997 mais George W. Bush refuse de l'appliquer ▶ FICHE 49.

> **Info**
>
> Lors du sommet de Copenhague sur le climat (COP15) en 2009, l'**opposition entre les États-Unis et la Chine** avait empêché la signature de tout accord chiffré.

2 L'attitude de l'administration Trump

À de multiples reprises, Donald Trump a montré son **désintérêt total** pour les questions environnementales. Alors que Barack Obama avait souscrit à l'accord de Paris, Donald Trump annonce sa **volonté d'en sortir** dès juin 2017 ▶ FICHES 49 ET 50.

II Les FTN et l'environnement

- **Jared Diamond**, biologiste et géographe de réputation internationale, considère qu'opposer entreprises et environnement ne peut qu'aboutir à l'échec dans la mesure où l'économie ne peut se passer des firmes transnationales (FTN).
- Il préconise donc de responsabiliser les entreprises en donnant la plus grande **publicité aux atteintes à l'environnement** qu'elles commettent, mais en travaillant aussi avec elles à la mise en place d'un **mode d'exploitation plus écologique**, seul viable sur le long terme.

- Les FTN états-uniennes sont dans le palmarès des **entreprises les moins écologiques**. Coca-Cola produit plus de 3 millions de tonnes de plastique par an, presque deux fois plus que la Suisse Nestlé, première FTN de l'agroalimentaire.

> **Info**
> Dans les années 1980, pour des raisons de rentabilité, **Coca-Cola** abandonne la très écologique bouteille en verre consignée pour le plastique.

- Responsables de nombreuses **catastrophiques écologiques**, les FTN états-uniennes refusent en général d'en payer les conséquences. Ainsi, **Amoco**, responsable de la marée noire de 1978 en Bretagne, ne fut condamné à indemniser les victimes qu'en 1992.

III Les ONG états-uniennes et l'environnement

- Les associations pour la nature apparaissent très tôt aux États-Unis. La société **Audubon** est créée à New York dès 1886 et John Muir ▶ FICHE 51 crée le **Sierra Club** à San Francisco dès 1892. Ces associations ont mené des actions de **lobbying** importantes en faveur de la plupart des grandes lois environnementales votées aux États-Unis.
- Le **Sierra Club** compte aujourd'hui 1,3 million de membres et met en place de nombreux programmes de protection et d'éducation à l'écologie.
- Fondé en 1970 à New York, le **National Resources Defense Council** (NRDC), avec ses 1,2 million de membres, est une des ONG environnementales les plus actives, menant en particulier une très active politique de lobbying au Congrès.

L'ESSENTIEL

Les États-Unis et l'environnement

L'administration états-unienne
- volonté de préserver un **mode de vie consumériste**
- **réticences** à suivre les initiatives internationales (George W. Bush, Donald Trump)

Les FTN américaines
- **réputation** de responsabilité écologique
- **priorité de la rentabilité** aux dépens de la nature (ex. : bouteilles en plastique de Coca-Cola)

Les ONG
- associations anciennes (ex. : Sierra Club, 1892)
- **lobbying** auprès du gouvernement et des entreprises

Quiz EXPRESS

53

Avez-vous bien révisé les fiches 44 à 52 ? On vérifie !

L'environnement

1 Exploiter, préserver et protéger

▶ FICHES 44 À 47

1. Sur quoi se fonde un développement durable ?

☐ **a.** l'économie ☐ **b.** la société ☐ **c.** l'environnement

2. D'après l'ONU, quel est en 2019 le pourcentage de la surface terrestre altérée par l'activité humaine ?

☐ **a.** 50 % ☐ **b.** 75 % ☐ **c.** 100 %

3. Quel est l'impact de la néolithisation sur les milieux ?

☐ **a.** la sédentarisation ☐ **b.** le développement de l'agriculture

☐ **c.** l'apparition de la métallurgie

2 L'évolution du climat

▶ FICHES 48 ET 49

Le « Petit Âge glaciaire » désigne…

☐ **a.** une des grandes glaciations préhistoriques.

☐ **b.** une prévision du climat pour les siècles à venir.

☐ **c.** un refroidissement d'environ 1 °C observable entre les XIVe et XIXe siècles de part et d'autre de l'Atlantique Nord.

3 Les États-Unis et l'environnement

▶ FICHES 50 À 52

1. En quelle année est créé le premier parc national du monde ?

☐ **a.** 1864 ☐ **b.** 1872 ☐ **c.** 1903

2. La fracturation hydraulique est une technique…

☐ **a.** d'irrigation. ☐ **b.** de construction de barrages.

☐ **c.** d'extraction des gaz et pétroles de schiste.

3. Quel président des États-Unis a déclaré en 1992 : « Le mode de vie des Américains n'est pas négociable » ?

☐ **a.** Ronald Reagan ☐ **b.** George H. W. Bush

☐ **c.** Bill Clinton

4. Quelle est la firme qui produit le plus de plastique ?

☐ **a.** Nestlé ☐ **b.** Danone ☐ **c.** Coca-Cola

CORRIGÉS

1 Exploiter, préserver et protéger

1. **Réponses a, b et c.** Le développement durable est un développement économique qui prend en compte la gestion des ressources naturelles et la réduction des inégalités.

2. **Réponse b.** D'après le rapport de l'ONU sur la biodiversité de mai 2019, 75 % de la surface terrestre sont altérés par les activités humaines. La destruction accélérée de la biosphère laisse supposer aux biologistes que la Terre est à la veille de la sixième extinction de masse des espèces animales.

3. **Réponses a et b.** La néolithisation se traduit par le passage à l'agriculture et à la sédentarisation. L'âge du bronze (– 1700) marque la fin du Néolithique.

2 L'évolution du climat

Réponse c. Le « Petit Âge glaciaire » désigne une période de refroidissement qui s'étend des derniers siècles du Moyen Âge aux années 1850. La dernière grande glaciation, celle de Würm, prend fin vers – 10 000.

3 Les États-Unis et l'environnement

1. **Réponse b.** Le Yellowstone, premier parc national de l'histoire, est créé en 1872, le Yosemite en 1864 et l'Arctic National Wildlife Refuge en 1903.

2. **Réponse c.** La fracturation hydraulique est la principale technique d'extraction du gaz et du pétrole de schiste. Elle est largement critiquée pour ses conséquences écologiques.

3. **Réponse b.** C'est le président républicain George H. W. Bush, successeur de Ronald Reagan, qui prononce cette phrase en 1992.

4. **Réponse c.** Coca-Cola produit à elle seule 3 millions de tonnes de plastique, loin devant la FTN suisse Nestlé ou la FTN française Danone.

Info

Les loups, alors considérés comme nuisibles, avaient été éradiqués du **Yellowstone** dans les années 1920. Ils ont été réintroduits à partir de 1995 en raison de leur rôle positif pour l'équilibre de l'écosystème.

La notion de « société de la connaissance » : portée et débats

54

☐ OK

Dans l'après-guerre émerge l'idée d'une société de la connaissance, qui témoigne de la prise de conscience des enjeux stratégiques du savoir par les États, mais dont la réalité fait encore débat.

I Une société qui se recentre sur la connaissance

1 De la société de l'information…

- Au lendemain de la Seconde Guerre mondiale, les **progrès des technologies de l'information et de la communication** (TIC) à bas coût marquent la fin de la société industrielle et ouvrent l'ère de la **société de l'information**.
- Les progrès des TIC permettent une **amplification des connaissances scientifiques** dont on pense qu'elles apporteront un bénéfice général à la société. Mais la technologie n'est qu'un moyen, elle ne produit pas de la connaissance par elle-même.

2 … à l'économie du savoir

- En 1969, le professeur américain Peter Drucker énonce le concept de **société de la connaissance** (*knowledge society*). Fondée sur l'**éducation de masse** comme condition essentielle à une société nouvelle, elle se caractérise par la diffusion de technologies de l'information capables d'agréger les savoirs (bases de données informatiques puis Internet), et place la connaissance au cœur d'une **économie du savoir**.

Mot clé

Le terme anglais ***knowledge*** se traduit par **connaissance**, contenu assimilé extérieur au sujet, ou par **savoir**, aptitude qui s'acquiert par l'étude ou l'expérience. Un savoir est une connaissance qui a fait l'objet d'une appropriation.

- La connaissance deviendrait le **capital central des entreprises** au détriment du capital matériel ; l'employé typique serait le « travailleur de la connaissance » (*knowledge worker*), « cerveau-d'œuvre » plus que main-d'œuvre.
- L'école et les universités deviennent dans cette analyse les lieux privilégiés d'une politique de la connaissance, mais doivent se réformer pour gagner en productivité et efficacité.

SES

HGGSP

GRAND ORAL

II Le savoir, un capital à cultiver et protéger

1 Le savoir comme source de croissance économique

- **Étudiants** et **chercheurs** sont un capital que les États cherchent à capter (*brain drain* ▶ FICHE 60) et dont ils n'hésitent pas à voler les résultats (espionnage industriel ▶ FICHE 59).
- **Internet** efface les frontières de l'espace et du temps, et remet en question le rôle historique des États dans la production et la diffusion du savoir, remplacé par celui des firmes transnationales (**FTN**). La connaissance reste un important **enjeu de pouvoir** tant au niveau national qu'international ▶ FICHE 62.
- Le stockage et l'analyse de l'immense masse d'informations requièrent aujourd'hui des systèmes informatiques mis en réseau (le **cyberespace** ▶ FICHE 61), indispensables au maintien de la compétitivité.

2 Le savoir, un capital comme les autres ?

- Ce modèle fait aujourd'hui **débat** : dans une telle société, fruit d'une vision managériale, que deviennent ceux qui ont moins facilement accès à la connaissance, et notamment au **savoir dominant, essentiellement occidental** ? Les exclus d'Internet (zones blanches), la circulation exponentielle de la désinformation, l'inégalité de l'accès au savoir ▶ FICHE 57 imposent la nuance.
- Dans cette **dimension utilitariste** de la connaissance, le savoir est **instrumentalisé** : la formation remplace l'instruction, la connaissance est réduite à sa fonction économique où ne sont valorisés que les savoirs réputés utiles. Dans ce contexte, la recherche n'est plus tournée que vers l'innovation industrielle.

L'ESSENTIEL

La « société de la connaissance »

Une société centrée sur la connaissance
- **après 1945** : progrès des TIC
→ ère de la société de l'information
- **années 1960** : ère de l'économie du savoir
→ P. Drucker, « *knowledge society* » (1969)

Le savoir, capital à cultiver et protéger
- **années 1990** : Internet renforce les FTN dans la production et la diffusion du savoir
- inégalité d'accès à l'information et au savoir
→ un savoir instrumentalisé par l'économie

Communautés savantes et communautés scientifiques

55

☐ OK

Loin de l'érudit terré dans son laboratoire, le chercheur construit la connaissance scientifique au sein d'une communauté, plus que jamais stratégique.

I La communauté, socle de la connaissance scientifique

1 La communauté scientifique valide le savoir

- La construction de la connaissance scientifique exige de se référer à des pairs qui légitiment les travaux de recherche par leur évaluation au sein de comités de lecture lors de leur communication. Les chercheurs ont donc besoin d'une communauté scientifique, savants experts dans leur domaine, pour enrichir leur champ de recherche, notamment par la confrontation des regards et la controverse.
- La communauté savante associe les experts aux amateurs : la population se forme grâce aux scientifiques mais a également un rôle de construction et de diffusion du savoir.

2 Communautés scientifiques et savantes dans l'histoire

- Les communautés de scientifiques sont liées à l'essor des sciences dès l'Antiquité. À Alexandrie au IIIe siècle av. J.-C., Ptolémée Ier fait construire un Musée pour réunir les meilleurs chercheurs. À Bagdad au IXe siècle, ils sont réunis par le calife Al-Mamun dans la Maison de la Sagesse pour échanger et accéder aux livres traduits. Mais plus la recherche se spécialise, à partir du XVIIe siècle, plus une communauté savante émerge pour faciliter la diffusion des connaissances entre institutions (académies, universités) et lieux de savoir (laboratoires), entre grands centres mondiaux et nouveaux pôles scientifiques.
- L'État assure un rôle primordial pour la communauté scientifique, par son financement, sa protection ou son contrôle. Selon les époques et les régimes, il favorise plus ou moins la science ou la censure. Le rôle des communautés de savants est également d'aider les scientifiques à échapper aux pressions, à l'image d'une République des Lettres.

Mot clé

La **République des Lettres** naît en Italie au XVe siècle, idéal de collaboration libre et désintéressée entre érudits, pour permettre aux savants d'échapper au contrôle de l'Église.

SES

HGGSP

GRAND ORAL

II Enjeux et défis de la communauté scientifique

1 Une communauté entre coopération et concurrence

- La recherche est tiraillée entre un **idéal de partage universel du savoir** ▶ FICHE 58 et les **ambitions** des chercheurs, de leurs laboratoires et des **États qui les financent**, créant de la concurrence.
- La production de connaissance est parfois source de **conflits entre États** (guerres des brevets, récupération des compétences), y compris au prix d'espionnage scientifique et industriel ▶ FICHE 59.

2 Les nouveaux défis de la communauté scientifique

- Les savoirs scientifiques sont **au cœur de la hiérarchie économique et politique des États**, notamment par leur poids dans la richesse des pays. La **mondialisation** renforce l'âpreté de la compétition internationale, notamment entre les pays développés ou avec les pays émergents qui les défient ▶ FICHE 60.
- La société de la connaissance place la **science au cœur des intérêts** : émancipée du pouvoir religieux et politique, celle-ci risque de retomber sous l'**influence du pouvoir économique**. Le défi est donc de réfléchir au rôle et aux **responsabilités de la communauté scientifique** et à son **indépendance**.
- La communauté scientifique étend son **réseau** dans le cyberespace ▶ FICHE 61. Mais cette **science-monde** tend à se diluer : Internet est à la fois un idéal de communauté savante universelle et un univers anarchique du savoir.

L'ESSENTIEL

La communauté scientifique

Facteurs de coopération
- **idéal de partage** universel du savoir
- **cyberespace** en tant que science-monde
- **conscience des responsabilités** de la science

Facteurs de concurrence
- **ambitions** des chercheurs, des laboratoires, des États : guerres des brevets, *brain drain*...
- **concurrence** économique et politique des pays émergents

Les acteurs et les modalités de la circulation de la connaissance

56

☐ OK

La connaissance, notamment scientifique, a une vocation universelle qui la destine à circuler, du monde savant à l'ensemble du public, sous l'impulsion de multiples acteurs.

I Une meilleure circulation du savoir

1 Circuler pour mieux construire la connaissance

- Faire circuler la connaissance, c'est permettre une meilleure élaboration des savoirs, par la collaboration des chercheurs ▶ FICHE 58, la comparaison des axes de recherche, mais aussi pour faire émerger la controverse qui corrige et enrichit la compréhension.
- Depuis le XVIIe siècle, cette circulation s'accélère : les savants voyagent au sein des cours des princes mécènes, échangent entre universités et académies, traduisent les ouvrages de référence. Les progrès des moyens de transport et de communication facilitent ces mobilités. Les TIC entraînent une explosion des circulations, le cyberespace ouvre des perspectives inédites ▶ FICHE 61.
- Aujourd'hui, la recherche est internationale, chercheurs et étudiants travaillent en réseau et participent à des échanges (Erasmus). Certains pays émergents font le pari de la croissance par le transfert de la connaissance ▶ FICHE 60. Les revues scientifiques diffusent les savoirs et les rendent accessibles.

2 Un public qui s'élargit

- Le public, restreint jusqu'au XVIIIe siècle, s'élargit grâce aux sociétés savantes et à la vulgarisation scientifique dans la presse spécialisée.
- Au XIXe siècle, le savoir s'ouvre à de nouveaux publics grâce à l'alphabétisation ▶ FICHE 57. Les universités se réforment (Allemagne) et favorisent la liberté de recherche ainsi que la circulation des professeurs et des étudiants.

> **Mot clé**
> Apparue au milieu du XIXe siècle, la **vulgarisation** a pour but de mettre les connaissances scientifiques, toujours plus pointues, à la portée des non spécialistes.

- Au XXe siècle, les connaissances sortent des milieux traditionnels (universités, spécialistes) et touchent la majorité de la population dans le cadre d'une économie du savoir ▶ FICHE 54. La mondialisation ouvre un espace planétaire des connaissances sans abolir les hiérarchies.

II L'État, acteur central

1 Un facilitateur essentiel de la circulation...

- Les États favorisent les échanges pour en tirer un **profit scientifique, économique, militaire ou diplomatique**, que ce soit à l'intérieur du pays (organisation des universités, mobilités professorales et étudiantes) ou vers l'étranger.

- Des coopérations sont encouragées par des programmes d'échanges scientifiques ou l'organisation de colloques. En 2018, l'Union européenne construit un **espace européen de la recherche** ▶ FICHE 62 dans lequel chercheurs, connaissances scientifiques et technologies circulent librement.

2 ... mais qui en organise également le contrôle

- Les États assurent aussi un rôle de **régulateur** des circulations (transferts de compétences, *brain drain* ▶ FICHE 60) et le système des **brevets** permet de mieux surveiller les connaissances les plus essentielles à l'industrie.

- Ils **limitent les transferts** quand les **enjeux sont stratégiques**, voire les interdisent quand la circulation peut mettre en danger le pays ▶ FICHE 58. Les dictatures filtrent le savoir à disposition des habitants par la **censure** ou le **contrôle** du cyberespace (Chine).

- Les États n'hésitent pas à organiser l'**espionnage** des connaissances qu'ils ne maîtrisent pas et qu'ils estiment indispensables ▶ FICHE 59.

L'ESSENTIEL

Une meilleure circulation des savoirs

Des savants qui circulent
- réseaux : universités, académies, revues...
- progrès des transports et des TIC

Un public qui s'élargit
- alphabétisation
- vulgarisation scientifique
- économie du savoir

Les initiatives de l'État et de l'UE
- programmes d'échanges (Erasmus...)
- espace européen de la recherche (2018)
- *brain drain*, brevets, contrôle du cyberespace

Alphabétiser les femmes du XVIe siècle à nos jours

57

☐ OK

SES | HGGSP | GRAND ORAL

L'alphabétisation est le fondement de l'accès à la connaissance des populations. Longtemps écartées, les femmes sont progressivement prises en considération.

I L'alphabétisation des filles, une nécessité tardive

1 Éduquer les filles ? (XVIe-XVIIIe siècle)

- Jusqu'au XIXe siècle, la population mondiale est **très majoritairement analphabète**, notamment les femmes, d'abord épouses et mères.

- Dès le XVIe siècle, la **nécessité d'éduquer les filles** à la lecture est soulevée : au Japon, afin d'assurer la défense du pays en cas du décès du mari ; en Europe, afin d'en faire de meilleures mères et épouses. Néanmoins, l'Église, alors principal vecteur de l'alphabétisation, se méfie de la lecture qui pourrait **inciter les femmes à s'émanciper**.

> **Mots clés**
> - L'**alphabétisation,** c'est apprendre à lire et écrire, et acquérir des outils pour accéder au savoir et à l'autonomie.
> - Le but est la **littératie**, c'est-à-dire l'aptitude à comprendre et utiliser cette capacité dans la vie courante.

- Au XVIIe siècle, les **pays protestants** ouvrent la voie en autorisant les femmes à lire la Bible. De fait, l'alphabétisation féminine est plus élevée au nord (Danemark, Prusse) qu'au sud et à l'est de l'Europe. Mais au XVIIIe siècle, les femmes sont encore considérées comme inférieures intellectuellement. En **1789, seules 27 % des Françaises savent signer** le registre des mariages ; en 1861, moins de 12 % des Italiennes savent lire.

2 Vers l'alphabétisation de masse (XIXe-XXe siècle)

- À la fin du XIXe siècle, **les États se substituent à l'Église** et généralisent l'effort d'alphabétisation pour mieux répondre aux nouveaux besoins de l'économie et de l'administration, avec toujours un temps de retard pour les femmes. En France, la **loi Pelet de 1836** impose l'ouverture d'une école communale pour filles dans chaque commune et les **lois Ferry de 1881-1882** scolarisent obligatoirement filles et garçons.

- Certaines **politiques volontaristes d'État** donnent des résultats rapides, comme en URSS dans les années 1920 ou au Brésil dans les années 1960. En Inde, le taux d'alphabétisation des femmes passe de 39,3 % en 1991 à 50,3 % en 1997.

II Un objectif encore imparfaitement atteint

1 Les femmes, dernières analphabètes du monde

- En 2016, selon l'Unesco, 90 % des hommes contre **83 % des femmes savent lire et écrire** (51 % en Afrique subsaharienne). Les **deux tiers des 750 millions de personnes analphabètes** sont aujourd'hui des femmes.

- **Les écarts restent importants** : les filles des familles pauvres des pays en développement (PED) vont moins à l'école que les garçons, se marient très jeunes. L'alphabétisation de toutes les femmes ne devrait être atteinte qu'en **2070**.

- Dans les pays développés, l'analphabétisme a disparu mais l'illettrisme est encore un **facteur important d'exclusion**.

> **Mot clé**
> L'**illettrisme** est le fait d'avoir appris à lire mais sans maîtriser le sens des écrits déchiffrés.

2 La littératie des femmes, enjeu essentiel de société

- L'ONU et l'Unesco considèrent que l'alphabétisation des femmes est un **levier fondamental du développement** : un enfant dont la mère sait lire a 50 % de chances en plus de survivre après l'âge de cinq ans.

- Les institutions internationales et les ONG pallient le retard pris par les États les moins développés, conscientes que les femmes sont un **pilier de l'économie du savoir** : l'alphabétisation leur permet de s'insérer dans le marché du travail, améliore le niveau de santé du pays, accélère la transition démographique, réduit la pauvreté…

L'ESSENTIEL

L'alphabétisation des femmes

- Sociétés traditionnelles : les femmes sont réduites à leurs **rôles d'épouse et de mère**
- XIXe s. : **politiques publiques d'alphabétisation** de masse en Occident (1836, loi Pellet)
- XXIe s. : **levier du développement** socio-économique selon l'ONU et les ONG
- 2016 : **83 % des femmes savent lire et écrire** d'après l'Unesco (51 % en Afrique)
- 2016 : les femmes représentent encore les **deux tiers des 250 millions d'analphabètes**

Produire de la connaissance scientifique : la radioactivité

58

☐ OK

Fruit presque du hasard, la découverte de la radioactivité a mobilisé la communauté savante internationale dès 1896. Ses applications stratégiques sont progressivement prises en charge par les États au nom d'intérêts géopolitiques.

I La communauté savante mobilisée autour d'une découverte majeure (1896-1939)

1 Une émulation entre chercheurs internationaux

- Les connaissances sur la radioactivité sont le fruit de découvertes en cascade. C'est l'observation par l'Allemand Röntgen de mystérieux « rayons X » qui amène le Français Becquerel à mettre en évidence, par sérendipité, la radioactivité naturelle.

> **Mot clé**
> La **sérendipité** désigne la capacité de tirer profit d'une découverte inopinée ou d'une erreur.

- Les contacts et la collaboration entre chercheurs, entre universités, voire la transmission au sein des familles de scientifiques (Curie, Bohr…) favorisent l'effervescence de la recherche sur le sujet. Celle-ci est aussi le produit de la concurrence entre les scientifiques et entre les États, afin d'avoir le primat de la découverte, source de prestige et de brevets.
- En 1898, la Franco-Polonaise Marie Curie et son mari Pierre découvrent le polonium et le radium ; en 1899, le Britannique Rutherford identifie trois types de rayonnement ; en 1913, le Danois Bohr établit un modèle de l'atome. Plusieurs prix Nobel récompensent cette production scientifique hors du commun.

2 Les laboratoires, moteurs de l'innovation stratégique

La recherche progresse rapidement. Schrödinger et Heisenberg expliquent la radioactivité naturelle ; la radioactivité artificielle est mise en évidence par les époux Joliot-Curie en 1934. Ces connaissances s'associent à des innovations techniques majeures, notamment dans les domaines de la médecine et de la biologie (radiothérapie, marqueurs radioactifs…).

> **Mots clés**
> La **radioactivité** est le phénomène physique par lequel des noyaux atomiques instables se transforment spontanément (**radioactivité naturelle**) en d'autres atomes en émettant un rayonnement. Cette transformation peut être aussi provoquée (**radioactivité artificielle**).

SES

HGGSP

GRAND ORAL

II Des applications dirigées par les États (1939-années 1950)

1 Des applications militaires stratégiques

- En août 1939, Albert Einstein écrit au président américain Roosevelt pour attirer son attention sur la **possibilité de construire une bombe atomique**, avant que l'Allemagne nazie n'y parvienne. Le **projet *Manhattan***, dirigé par Robert Oppenheimer de 1939 à 1946, permet aux États-Unis de réunir les meilleurs spécialistes internationaux, notamment ceux qui ont fui les totalitarismes fascistes.
- La première bombe est testée en juillet 1945. En août, **deux bombes sont larguées contre le Japon**, *Little Boy* (uranium enrichi) à Hiroshima, *Fat Man* (plutonium) à Nagasaki. La connaissance scientifique pose désormais des questions existentielles. En août 1949, l'URSS fait à son tour exploser une bombe.

2 Un savoir fondamental

- Pendant la **guerre froide**, il n'est plus question de collaboration scientifique mais de **secret** et de **concurrence**, la connaissance étant un pilier stratégique du *hard power*. La recherche s'industrialise et s'inscrit dans la *Big Science*, reposant sur d'importants investissements financés par les États.
- Soucieux de conserver à la France un statut de puissance, les Français se tiennent au courant des recherches américaines par des indiscrétions. En 1945, de Gaulle crée le **Commissariat à l'énergie atomique** (CEA). Le programme nucléaire démarre en 1954.

L'ESSENTIEL

Découverte de la radioactivité →
- 1896 : **radioactivité naturelle** (Becquerel)
- 1898 : **polonium et radium** (Marie et Pierre Curie)
- 1913 : modèle de l'**atome** (Bohr)
- 1934 : **radioactivité artificielle** (Irène et Frédéric Joliot-Curie)

Applications de la radioactivité →
- **Usage médical** : radiologie, radiothérapie (début XXe s.)
- **Usage militaire** : bombe atomique (1945)
- **Usage civil** : centrales nucléaires (années 1950)

Les services secrets soviétiques et américains durant la guerre froide

59

☐ OK

SES

HGGSP

GRAND ORAL

Entre 1947 et 1991, chacun des deux blocs se livre à une compétition pour la maîtrise des connaissances, entre contrôle des siennes et espionnage de l'adversaire.

I Un enjeu majeur : l'efficacité du renseignement

1 Des structures de renseignement modernes

- Aux États-Unis, la politique d'endiguement justifie la restructuration du renseignement. La Central Intelligence Agency (CIA) est créée en 1947, complétée en 1952 par la National Security Agency (NSA) chargée des systèmes d'information.

> **Mot clé**
>
> Le **renseignement** est la collecte d'informations, l'analyse qui en est faite et la structure qui en assure le traitement.

- En URSS, Staline s'inspire du modèle de la CIA et crée le KGB (Comité pour la sécurité de l'État) en 1954, qui remplace le NKVD. L'Armée rouge a également son service de renseignement, le GRU.
- Ces agences sont de véritables armées secrètes : à la fin des années 1980, la CIA compte 30 000 agents officiels et plus de 100 000 agents officieux.
- Leurs missions sont très diverses : collecter des renseignements, recruter des informateurs, créer des réseaux, organiser le contre-espionnage, s'infiltrer, organiser des opérations de déstabilisation. Elles alimentent un climat de suspicion permanent, qui connaît son apogée aux États-Unis avec le maccarthysme (1950-1954), où la chasse aux espions devient une obsession.

2 Une priorité absolue

- La compétition pousse les États à engager des sommes et des moyens scientifiques considérables. L'information est collectée par tous les moyens, y compris par le recrutement d'anciens nazis (organisation Gehlen).
- Des technologies sont inventées ou améliorées pour mieux espionner l'ennemi ou éviter les fuites : micros, systèmes de décryptage, radars, avions furtifs, satellites… Les progrès sont tels que le renseignement technologique, moins coûteux et moins dangereux, remplace peu à peu les moyens humains.

II Espionner l'autre pour remporter la guerre

1 La connaissance, enjeu de l'espionnage

- La guerre froide est une **guerre technologique**. Le **domaine de la recherche** est tout de suite ciblé par les agences. Chercheurs et universitaires sont démarchés pour devenir des **taupes**, parfois dès leurs études (les **Cinq de Cambridge**). Les secrets de l'atome ont ainsi été espionnés (archives Venona ▶ FICHE 58).
- La guerre de la **désinformation** fait rage : les services alimentent la propagande ou diffusent des rumeurs, comme celle lancée par le KGB de la fabrication du virus du sida par un laboratoire américain.

2 L'espionnage militaire pour connaître l'ennemi

- Les **installations militaires sont un objectif prioritaire**, par des moyens humains – agents infiltrés tels **Poliakof**, officier du GRU informant la CIA de 1961 à 1986 – ou technologiques – projet de station spatiale habitée en 1963 pour observer les installations soviétiques.
- Ces informations permettent des succès, comme les **photos aériennes des missiles de Cuba** (1962), et leur absence signe les plus grandes déconvenues, tel l'échec de l'opération de la baie des Cochons (1961).

3 L'espionnage industriel pour ne pas se laisser distancer

- La guerre froide est également une **guerre industrielle**. Khrouchtchev crée une « Silicon Taiga » secrète dont les travaux sont alimentés par les fruits de l'espionnage technologique.
- À l'Ouest, Vladimir Vetrov, colonel du KGB (nom de code **Farewell**) livre 3 000 documents industriels secrets à la DST de 1981 à 1982, que la France livre aux Américains : la connaissance est un butin de guerre.

L'ESSENTIEL

Les services secrets américains →
- **CIA** créée en 1947
- **maccarthysme** (1950-1954) : chasse aux agents communistes
- photos aériennes des **missiles de Cuba** (1962)

Les services secrets soviétiques →
- **KGB** créé en 1954
- les **Cinq de Cambridge** (années 1930 à 1950)
- **rumeur** : virus du sida soi-disant créé par les États-Unis (1983)

La maîtrise de la connaissance scientifique en Inde

60

☐ OK

Puissance émergente, l'Inde a compris la nécessité de former des étudiants, par la coopération et l'investissement dans la connaissance.

I Une puissance émergente qui investit dans la connaissance

1 Un investissement dans la formation

- L'Inde ambitionne de devenir l'une des cinq premières puissances scientifiques, en consacrant 2 % de son PIB à la recherche.

- Elle a besoin d'une offre de formation de qualité plus ouverte à une coopération avec les universités étrangères. Celles-ci financent parfois les instituts d'ingénierie d'élite (IIT). L'Union européenne a signé un accord de partenariat scientifique dès 2001.

> **Chiffre clé**
>
> L'Inde compte 0,4 **chercheur pour 1000 actifs** (contre 1,8 en Chine et 7,9 aux États-Unis).

2 L'enjeu des transferts de connaissances

- L'Inde bénéficie aujourd'hui de transferts de connaissances des pays occidentaux, par le biais d'accords avec les États ou les firmes transnationales (FTN) ou *via* la diaspora. Elle vise à se défaire progressivement de cette dépendance.

- La priorité est au développement économique du pays, en mettant en place des initiatives comme le *Make in India*, opération de transfert de technologies par des investisseurs étrangers, et le *Digital India*, tourné vers le numérique.

- L'Inde mise sur la formation et le transfert de technologie dans les domaines médical et agricole pour étendre son influence et s'ouvrir de nouveaux marchés : des universités signent des partenariats en Afrique (plateformes de e-éducation, suivies par plus de 22 000 étudiants), le projet MAUSAM dans l'océan Indien vise à recréer des échanges commerciaux en s'appuyant sur la diaspora.

> **Mot clé**
>
> Le **transfert de connaissances** est le processus par lequel un savoir, une compétence ou une technologie mise au point par un pays parviennent à un autre. À la différence d'une licence, il est adapté au contexte du pays cible.

II Une stratégie pour l'avenir : du *brain drain* au *brain gain* ?

1 Une hémorragie qui pèse sur les potentialités du pays

- Chaque année, **300 000 Indiens** partent étudier à l'étranger (*brain drain*), ce qui affaiblit le capital humain du pays et montre la **faiblesse de son enseignement supérieur** : aucune université ne rentre dans les classements internationaux.

Mots clés

- Le ***brain drain***, fuite des cerveaux, est le flux migratoire des étudiants et scientifiques qui s'installent à l'étranger pour trouver de meilleures rémunérations et conditions de recherche
- Au contraire, le ***brain gain*** est l'immigration de travailleurs qualifiés.

- **Cinq pays** abritent 85 % des étudiants indiens : États-Unis, Royaume-Uni, Australie, Canada et Nouvelle-Zélande. Le renchérissement des études aux États-Unis et les restrictions de visa au Royaume-Uni ouvrent de **nouvelles destinations en Asie** (Chine, Singapour, Arabie saoudite), qui ont fait la promotion des **opportunités en matière d'emploi**.

2 La diaspora, un capital de développement

- L'État adopte une **politique d'encouragement des retours** (*brain gain*) avec des mesures incitatives (double nationalité, réductions d'impôts). Les expatriés reviennent avec des nouveaux savoirs à valoriser.
- La diaspora maintient des **liens précieux avec l'Inde**, par des transferts de devises, la participation à des **réseaux scientifiques et économiques**, et des transferts de technologie. Elle concourt à la **diffusion de normes sociales** favorables au développement (fécondité basse).

L'ESSENTIEL

L'Inde, puissance scientifique

- **2 % du PIB** consacrés à la recherche (*Make in India, Digital India*...)
- **Transferts de connaissances** (accords avec les États ou les FTN)
- Valorisation de la **diaspora** (projet MAUSAM...)
- Partenariats avec l'Afrique dans la **formation médicale et agricole**

Le cyberespace, entre réseaux et territoires

61

☐ OK

Espace virtuel de la connaissance, le cyberespace est aussi un territoire dont les frontières et les limites de souveraineté sont difficiles à définir.

I Un espace virtuel aux enjeux territoriaux

1 Un espace difficile à définir

Le cyberespace est un espace d'information constitué du réseau maillé des infrastructures des technologies de l'information (dont Internet) et de télécommunication, généré par l'interconnexion globale des systèmes informatiques. C'est un espace intangible dans lequel ont lieu des échanges déterritorialisés où la distance est abolie. L'émergence du cyberespace a fait rêver à un « village global » libre de toute contrainte spatiale, avec un accès à la connaissance illimité. Aujourd'hui, il est perçu par les États comme un territoire à conquérir et à surveiller.

Info

Le terme **cyberespace** est apparu dans un roman de science-fiction de William Gibson, *Neuromancer*, en 1984. S'il ne désigne pas un territoire, il est souvent perçu comme tel.

2 Un réseau complexe constitué de couches superposées

- La première couche est l'infrastructure physique : câbles terrestres et sous-marins, relais, serveurs. Elle est territorialisée et stratégique. Les autres sont virtuelles : services de transmission (routage et adressage), applications pour l'accès (web, mails, réseaux sociaux), producteurs et consommateurs de contenus (couche cognitive).
- Le réseau a été conçu pour laisser l'information circuler librement et pour contourner les blocages, notamment étatiques. Mais les États ont vite perçu sa vulnérabilité pour assurer leur contrôle : la Chine a ainsi repensé l'architecture du réseau pour imposer la censure.

II Un espace géopolitique majeur

1 Des acteurs multiples

- La plupart des réseaux sont possédés et administrés par le secteur privé (GAFAM). La gouvernance et la régulation des États (RGPD dans l'UE) rendue difficile par l'absence de frontières de cet espace.

SES

HGGSP

GRAND ORAL

- Le cyberespace bouleverse la hiérarchie entre **pouvoir traditionnel** (gouvernements, institutions, grandes entreprises) et **pouvoir distribué** (hacktivistes, hackers, criminels). Sa forte accessibilité privilégie les petits acteurs.

2 Des enjeux de pouvoir économique et politique

- Inventeurs du premier réseau, les **États-Unis** en ont conçu l'**architecture**, construit l'infrastructure physique, et gardent une **nette avance technologique**. Ils entendent garder la **maîtrise de la gouvernance** et s'opposent à une entente mondiale. Ils appliquent le principe d'extraterritorialité.

- L'**affaire Snowden** (2013) a montré les limites de cette hégémonie et provoqué **des revendications de souveraineté nationale** (protection des données stratégiques). Mais une moindre coopération internationale affaiblirait la **lutte contre la cybercriminalité** ▶ FICHE 62.

> **Mot clé**
>
> Le **principe d'extraterritorialité** est une situation dans laquelle les compétences d'un État régissent des rapports de droit situés en dehors de son territoire.

- Les puissances émergentes (Russie, Chine, Brésil) contestent cette suprématie. L'UE reste en retrait.

3 L'illusion d'un espace unique, ouvert et sans contrôle

- Le cyberespace est **multiple, constitué de sous-ensembles linguistiques**, culturels ou politiques : le web est différent selon l'endroit où on se connecte.

- Les **acteurs économiques** ont intérêt à maintenir son ouverture et son **interopérabilité**. Ils soutiennent les initiatives qui promeuvent sa liberté.

- Les États peinent à concilier les aspirations des utilisateurs à un espace ouvert et libre (*open data*) et leur volonté de **contrôle sur la circulation des données** (*big data*).

L'ESSENTIEL

Le cyberespace, entre réseaux et territoires

Architecture abstraite		Infrastructures physiques
• programmes et protocoles • logiciels • données publiées • etc.	← Le cyberespace, entre réseaux et territoires →	• câbles terrestres • serveurs • satellites • etc.

La cyberdéfense française, entre coopération et souveraineté

62

☐ OK

Entrée tardivement dans le cyberespace, la France essaye d'imposer sa marque de puissance internationale dans la cyberdéfense.

I L'affirmation progressive de la France comme cyberpuissance

1 Une prise de conscience tardive des fragilités françaises

- Avec les cyberattaques de 2007 contre l'Estonie, la France a pris conscience de son **impréparation** face aux menaces. Depuis celles contre la Géorgie en 2008, l'État renforce ses capacités et cherche à **accroître sa puissance et son contrôle**.

- En 2017, **700 incidents de sécurité** ont visé des dispositifs stratégiques. La France doit se protéger des autres États (espionnage d'un satellite militaire par la Russie en 2017) ou des hackers, les cyberattaques souffrant d'une difficulté d'imputabilité.

- La France est **dépendante des équipements** américains et chinois et des plateformes américaines, la fragilisant face à l'**espionnage** et au **vol de la propriété intellectuelle** (piratage de TV5 Monde en 2015).

Mot clé

La **difficulté d'imputabilité** est la difficulté à désigner les commanditaires d'une cyberattaque. Ceux-ci se cachent souvent derrière des hackers qui servent d'intermédiaires (*proxies*) : cet anonymat de la belligérance – stratégiquement nouveau – est renforcé par la volatilité de la preuve.

2 Une mobilisation offensive

- La cyberdéfense est érigée au rang de **priorité nationale** par le Livre blanc pour la défense et la sécurité nationale (2013). Comme la terre ou la mer, le cyberespace constitue un milieu à défendre ; les armes cybernétiques font partie de l'arsenal.

- En janvier 2019 l'armée révèle sa **doctrine militaire de lutte informatique offensive** (LIO). La loi de programmation militaire 2019-2025 prévoit un investissement de 1,6 milliard d'euros et le recrutement de 1 000 cybercombattants pour atteindre un effectif de 4 000 d'ici 2025.

II La France, moteur d'une gouvernance et d'une cybersécurité coopératives

1 Le rétablissement de la souveraineté numérique

- La France se veut une cyberpuissance indépendante. Elle a pour objectif prioritaire de **développer une cyberdiplomatie** et définir un cadre de sécurité collective stable (**appel de Paris** de 2018).
- Elle construit sa résilience grâce à l'**Agence nationale de sécurité des systèmes d'information (ANSSI)**, autorité chargée de prévenir et de réagir face aux attaques visant les institutions sensibles.
- Le dispositif est complété par le commandement de cyberdéfense (2017) du **ministère des Armées** qui protège les réseaux nationaux et par le **ministère de l'Intérieur** en charge de la lutte contre la cybercriminalité.

2 Une volonté de renforcer la coopération européenne

- La France ne peut assurer seule sa cyberdéfense et milite pour plus de coordination dans l'UE pour préparer des **réponses conjointes en temps de crise** : un traitement coordonné européen serait plus efficace.
- Elle fait appel à la capacité normative de l'UE pour proposer un régime juridique qui servirait d'exemple, attirerait les entreprises et favoriserait son influence, notamment pour **contrer l'extraterritorialité imposée par les États-Unis** ▶ FICHE 61.
- Elle défend le concept d'**autonomie stratégique numérique de l'UE** afin de favoriser un déploiement de technologies et de services de cybersécurité fiables et indépendants. Cependant, en coordination avec l'OTAN, la France a été à l'initiative de l'**Engagement pour la cyberdéfense** (2016) qui reconnaît qu'en cas de cyberattaque, la solidarité des États membres peut être déclenchée.

L'ESSENTIEL

L'organisation de la cyberdéfense française

- **Ministre de la Défense** : assure la cybersécurité
  - Commandement de cyberdéfense
- **Premier ministre** : assure la cyber-résilience
  Ministre de l'Intérieur : lutte contre la cybercriminalité
  - ANSSI

Quiz EXPRESS

63

Avez-vous bien révisé les fiches 54 à 62 ? On vérifie !

L'enjeu de la connaissance

1 La société de la connaissance

FICHES 54 À 56

1. La science subit de plus en plus l'influence du pouvoir...

☐ **a.** politique. ☐ **b.** économique. ☐ **c.** religieux.

2. La mondialisation élargit-elle le champ des connaissances ?

☐ **a.** Oui, en facilitant la circulation des savoirs et des hommes.

☐ **b.** Oui, en abolissant les hiérarchies entre les pays.

☐ **c.** Non, elle n'a pas d'impact sur le champ des connaissances.

2 La connaissance, un enjeu politique et géopolitique

FICHES 57 À 60

1. Combien reste-t-il d'analphabètes dans le monde ?

☐ **a.** 750 millions ☐ **b.** 75 millions ☐ **c.** 1,2 milliard

2. Pourquoi, à la CIA, le renseignement technologique remplace-t-il peu à peu les moyens humains ?

☐ **a.** plus personne n'accepte d'aller espionner les Soviétiques

☐ **b.** le renseignement technologique suffit

☐ **c.** l'espionnage humain est de plus en plus dangereux et cher

3 Le cyberespace, entre réseaux et territoires

FICHES 61 ET 62

1. Qui a une position dominante dans le cyberespace ?

☐ **a.** les États-Unis, concepteurs d'Internet et du réseau originel

☐ **b.** la France car elle produit les meilleurs contenus

☐ **c.** la Chine car elle abrite le plus grand nombre d'internautes

2. Combien d'incidents de sécurité ont visé des dispositifs stratégiques français en 2017 ?

☐ **a.** 52, un par semaine

☐ **b.** 182, un tous les deux jours ☐ **c.** 700, deux par jour

CORRIGÉS

1 La société de la connaissance

1. **Réponse b.** Les intérêts économiques sont étroitement associés aux progrès de la science : une recherche intégralement tournée vers l'innovation peut être très lucrative. Mais le savoir ne se limite pas aux applications rentables.

2. **Réponse a.** La mondialisation accroît les mobilités, aussi bien humaines que des données. Cela favorise les échanges et alimente donc le champ des connaissances.

2 La connaissance, un enjeu politique et géopolitique

1. **Réponse a.** Ce chiffre ne descend pas aussi vite que les organisations internationales le souhaiteraient, notamment à cause de la sous-éducation des femmes.

2. **Réponse c.** L'espionnage est une activité dangereuse et chère. La technologie permet d'obtenir des résultats à moindre coût. Mais elle ne peut pas remplacer complètement l'homme.

3 Le cyberespace, entre réseaux et territoires

1. **Réponse a.** Les États-Unis sont les précurseurs, avec la création de l'ARPAnet à la fin des années 1960. Ils gardent une sérieuse avance technologique et les services liés au cyberespace sont souvent proposés par des firmes américaines.

2. **Réponse c.** Le chiffre de 700 incidents a été atteint dès septembre en 2018.

Mot clé

L'**ARPAnet** est le premier réseau à transfert de paquets développé par le département de la Défense américain à la fin des années 1960.
Ce procédé est devenu la base du transfert de données sur Internet.

GRAND ORAL

SOMMAIRE

Quand vous avez révisé une fiche, cochez la case ☐ correspondante !

PRÉPARATION À L'ÉPREUVE

Améliorer ses capacités oratoires

Réussir l'épreuve le jour J

EXEMPLES DE QUESTIONS D'ORAL

SES

HGGSP

INDEX DES VIDÉOS

S'ENTRAÎNER AU GRAND ORAL SUR LA FORME

- Travailler sa voix. . . . . → hatier-clic.fr/21fbse01
- Travailler sa posture et sa gestuelle . . . . → hatier-clic.fr/21fbse02
- Prendre conscience de l'importance du regard. . . . . → hatier-clic.fr/21fbse03
- Faire une bonne première impression . . . . → hatier-clic.fr/21fbse04

S'ENTRAÎNER AU GRAND ORAL SUR LE FOND

- Se préparer à deux pour gagner en détermination . . → hatier-clic.fr/21fbse05
- Parler sans notes avec naturel. . . . . → hatier-clic.fr/21fbse06
- Savoir attirer l'attention. . . . . → hatier-clic.fr/21fbse07
- Savoir écouter pour bien argumenter . . . . → hatier-clic.fr/21fbse08

SE PRÉPARER AVANT L'ÉPREUVE

- Se préparer physiquement . . . . → hatier-clic.fr/21fbse09
- Se préparer mentalement. . . . . → hatier-clic.fr/21fbse10
- Se préparer par la respiration. . . . . → hatier-clic.fr/21fbse11

RESTER ZEN LE JOUR J

- Faire le calme en soi . . . . → hatier-clic.fr/21fbse12
- Apprendre à réguler ses émotions. . . . . → hatier-clic.fr/21fbse13

Comprendre la structure de l'épreuve

1

☐ OK

I L'exposé de la question

5 min

- La première partie de l'épreuve se déroule comme suit :

1. Vous prroposez au jury les **deux questions** que vous avez préparées pendant l'année, en lien avec vos spécialités et votre projet d'études, et en concertation avec vos professeurs ▶ FICHE 3.

2. Le jury en choisit une.

3. Vous avez **20 minutes de préparation** pour vous remémorer votre exposé et réaliser un éventuel support ▶ FICHE 9.

4. Vous disposez ensuite de **5 minutes** pour présenter votre exposé au jury.

- Vous devez d'abord expliquer pourquoi vous avez travaillé sur cette question, puis proposer une réponse argumentée et synthétique. Au-delà de votre maîtrise du sujet, le jury évalue surtout votre **capacité à argumenter** et votre **aisance à l'oral**.

> **À noter**
>
> L'exposé se fait sans notes, vous devez donc l'avoir bien mémorisé afin de le délivrer de manière naturelle et convaincante ▶ FICHE 8.

II La discussion avec le jury

10 min

- Une fois votre exposé terminé, le jury vous posera des questions pour vous amener à préciser certains points, sonder vos connaissances et évaluer votre **capacité à interagir**.

- Si cet oral n'est pas à proprement parler une évaluation de connaissances, les questions du jury peuvent porter sur **l'ensemble du programme** des spécialités sur lesquelles s'appuie votre question.

- Ce qui prime ici, c'est votre capacité à échanger avec le jury : vous devez vous montrer dynamique et **développer vos idées**, plutôt que de répondre de manière brève et sèche. Pensez notamment à nuancer vos réponses, détailler vos exemples, évoquer les étapes de votre travail et les obstacles que vous avez rencontrés, ouvrir la réflexion vers des questionnements connexes…

- Vous pouvez **orienter l'échange** vers un terrain qui vous est familier en mentionnant pendant l'exposé des éléments que vous maîtrisez bien mais que vous n'avez pas le temps de développer : le jury saisira probablement la perche que vous lui tendez !

III L'échange sur le projet d'orientation

5 min

- La dernière partie de l'épreuve porte sur votre **projet d'orientation**. Vous devez expliquer en quoi la question traitée éclaire votre projet de poursuite d'études, voire votre projet professionnel ▶ FICHE 24.

- Le jury pourra également vous interroger sur les démarches que vous avez menées pour construire votre projet (recherches, rencontres…) et la manière dont vous comptez le mettre en œuvre après le baccalauréat.

> **Conseil**
>
> Pendant l'année, n'hésitez pas à contacter des professionnels qui exercent dans le domaine qui vous intéresse : vous montrerez ainsi que vous vous êtes confronté·e à la réalité de la vie active.

- Pour le jury, il ne s'agit pas de porter un jugement sur votre projet, d'évaluer si telle ou telle inscription ou orientation est recevable ou valorisée, mais de juger **votre capacité à construire ce projet** : montrez que vous connaissez les options qui s'offrent à vous et que vos choix sont motivés.

- Il est tout à fait normal que vous ayez encore des **incertitudes**, mais les grandes lignes de votre projet doivent être claires.

ZOOM

	Le Grand Oral	L'oral du bac de Français
Modalités	• posture debout • sans notes • 5 min d'exposé, 15 min d'entretien • jury d'au moins 2 professeur·es	• posture assise • avec notes • 10 min d'exposé, 10 min d'entretien • un·e seul·e professeur·e
Contenu	• préparation de 2 questions de votre choix • développer une réponse argumentée à une question	• préparation de textes étudiés en classe • expliquer et analyser un texte
Questions du jury	• en lien avec l'une de vos spécialités ou les deux • en lien avec votre sujet, votre démarche et votre orientation	• en lien avec une seule matière • en lien avec le texte ou le programme

Tenir compte des critères d'évaluation

2

☐ OK

I Qualité orale de l'épreuve

- Cet aspect correspond à la **communication non verbale**. L'échelle descriptive mentionne la voix, le débit, les nuances, l'engagement dans le discours : il s'agit de **capter l'attention de l'auditoire** ▶ FICHE 18.

- Quelques conseils pour réussir :
– regardez régulièrement le jury ;
– montrez-vous enthousiaste et convaincant·e ;
– maîtrisez votre **débit de parole** (respirez, faites des pauses…).

Conseil

Consultez la grille complète sur *bit.ly/21pgo01*. Elle vous sera d'une aide précieuse pour vous auto-évaluer au cours de votre préparation.

II Qualité de la prise de parole en continu

- Ce second aspect concerne **l'expression verbale** : vocabulaire, syntaxe, ponctuation. Vous devez veiller à vous exprimer de manière claire et dans une langue correcte ▶ FICHE 19.

- Quelques conseils pour réussir :
– utilisez un vocabulaire et un niveau de langue **adaptés au contexte** ;
– bannissez les tics de langage et les trop longues hésitations ;
– variez les formulations et prenez soin d'articuler.

III Qualité des connaissances

- Cet item évalue la **pertinence de votre travail de recherches** et votre aisance à en rendre compte. Montrez que la question vous intéresse véritablement et que vous en avez étudié différents aspects.

- Quelques conseils pour réussir :
– formulez une **réponse nuancée**, prenant en compte différents points de vue ;
– employez un **vocabulaire précis** et spécifique à votre sujet ;
– renseignez-vous sur les personnes que vous citez (auteurs, chercheurs…).

Conseil

Les questions du jury peuvent porter sur l'ensemble du programme de votre spécialité : faites-vous des fiches au cours de l'année pour faciliter vos révisions.

IV | Qualité de l'interaction

- Ce critère évalue la **fluidité de l'échange** avec le jury. Vous devez pouvoir répondre aux questions, mais également argumenter, justifier vos réponses, ouvrir sur d'autres enjeux, saisir les nuances des questions... ▶ FICHE 23.

- Quelques conseils pour réussir :
- **anticipez** les questions du jury pour mieux vous préparer ;
- prenez quelques secondes pour réfléchir avant de répondre ;
- nuancez votre propos, évitez des réponses trop catégoriques.

V | Qualité et construction de l'argumentation

- Tout au long de l'oral, le jury apprécie votre capacité à **développer une argumentation logique et documentée**. Il ne s'agit pas de défendre votre avis à tout prix, mais de construire des réponses structurées et convaincantes.

- Quelques conseils pour réussir :
- assurez-vous de bien maîtriser votre sujet ;
- entraînez-vous à argumenter et à **justifier vos réponses** au quotidien ;
- travaillez votre intonation et votre gestuelle pour appuyer vos propos.

ZOOM

S'entraîner à plusieurs

Travailler en groupe peut vous être très utile pour préparer cette épreuve. Vous confronter au regard des autres vous aidera à perfectionner votre présentation et à prendre confiance en vous.

Choisir un sujet

3

☐ OK

I Identifier vos centres d'intérêt

- Commencez à réfléchir au Grand Oral dès le début de l'année : listez dans votre journal de bord les thématiques qui vous ont le plus intéressé·e en 1re et feuilletez vos **manuels de spécialités** pour découvrir les thèmes que vous allez étudier en Tle. Lesquels attirent particulièrement votre attention ? Pourquoi ?

> **Conseil**
> Prévoyez un cahier dans lequel vous noterez toutes vos réflexions et vos démarches : vous disposerez ainsi d'un aide-mémoire précieux pour retracer votre cheminement en vue du Grand Oral.

- Inspirez-vous de votre **quotidien** : un livre, un article, un événement, une émission de télévision ou encore une vidéo vue sur Internet peuvent susciter des interrogations et faire écho au programme de l'une de vos spécialités.
- Préparer votre **orientation** peut aussi faire émerger des questionnements : quels sont les principaux enjeux du domaine qui vous intéresse ?

II Discuter, échanger, croiser les regards

- En cours, interrogez vos **professeurs** sur les aspects du programme qui vous intéressent ou vous intriguent : ils pourront vous suggérer des pistes de réflexion.
- Prenez contact avec des **professionnels** dans les secteurs qui vous attirent : quel est leur rôle ? Sur quelles problématiques travaillent-ils ? Quels liens pouvez-vous trouver entre leur métier et votre ou vos spécialités ?
- Discutez des thèmes que vous envisagez d'étudier avec **vos camarades ou votre famille**. Leurs questions vous mèneront sur d'autres chemins ou vous offriront un autre regard. Inversement, les pistes choisies ou écartées par vos camarades peuvent aussi vous donner des idées.

III Formuler une question pertinente

Votre question finale doit remplir trois critères.

1. Être **en lien avec le programme** de l'une de vos spécialités et avec votre projet d'orientation.

2. Être problématisée : il ne s'agit pas de faire un exposé de vos connaissances sur un point du programme, mais de poser une question et d'y répondre de manière argumentée et nuancée.

> **À noter**
> N'essayez pas de formuler d'emblée une question « parfaite » : vous affinerez la problématisation au fil de vos recherches.

3. Être suffisamment précise pour pouvoir être traitée en 5 minutes : plutôt que de balayer trop rapidement un sujet trop vaste, mieux vaut approfondir un aspect plus restreint.

ZOOM

Faire émerger un sujet

- Voici une méthode possible pour faire émerger un sujet à partir des programmes de vos enseignements de spécialité (ici HLP et HGGSP) et de vos centres d'intérêt.
- Il s'agit de **procéder par étapes**, pour préciser progressivement votre sujet.

1 J'identifie les thématiques qui m'intéressent.	• *l'art du discours (HLP)* • *la politique, l'écologie (HGGSP)*
2 J'en déduis un thème.	*Les discours politiques en lien avec l'écologie*
3 Je définis si nécessaire les bornes de mon sujet.	*Les discours en lien avec l'écologie des trois derniers présidents français*
4 Je fais des recherches préliminaires.	(identifier les discours marquants, en faire une première lecture, repérer les principaux enjeux évoqués…)
5 Je liste les questions qui émergent.	• *Quelle est la rhétorique utilisée pour parler d'écologie ?* • *A-t-elle évolué ? Si oui, comment ?* • *En quoi diffère-t-elle d'un président à l'autre ? etc.*
6 Je formule mon sujet.	*« Comment la rhétorique présidentielle illustre-t-elle un changement de regard politique sur la crise écologique depuis 2007 ? »*

Quiz EXPRESS

4

Avez-vous bien révisé les fiches 1 à 3 ? On vérifie !

1 Comprendre l'épreuve

FICHE 1

Vrai ou faux ?

Le jour de l'oral...	Vrai	Faux
a. ... vous pouvez lire vos notes.	☐	☐
b. ... vous devez traiter les deux questions préparées pendant l'année.	☐	☐
c. ... vous pouvez réaliser un document support pendant le temps de préparation.	☐	☐

2 Connaître les critères d'évaluation

FICHE 2

Reliez chaque indicateur au critère correspondant.

a. Mon exposé est structuré et mes réponses sont justifiées. •	• qualité orale de l'épreuve
b. Je sais définir les notions clés de mon exposé. •	• qualité de la prise de parole en continu
c. J'appuie mes propos avec une gestuelle pertinente. •	• qualité des connaissances
d. Je m'exprime en utilisant un vocabulaire technique, adapté à mon sujet. •	• qualité de l'interaction
e. Je rebondis sur les questions posées par le jury. •	• qualité et construction de l'argumentation

3 Choisir un sujet

FICHE 3

Votre question est satisfaisante si :

- ☐ a. elle permet de croiser vos deux spécialités
- ☐ b. vous pouvez la traiter en 5 minutes
- ☐ c. elle n'a jamais été traitée auparavant
- ☐ d. elle est en lien avec votre projet d'études

CORRIGÉS

1 Comprendre l’épreuve

a. Faux.

L’exposé se fait sans notes.

b. Faux.

Le jury choisit une question parmi les deux que vous lui proposez.

c. Vrai.

La possibilité vous est offerte de réaliser un document support mais ce n’est pas une obligation.

2 Connaître les critères d’évaluation

a. Mon exposé est structuré et mes réponses sont justifiées.	qualité et construction de l’argumentation
b. Je sais définir les notions clés de mon exposé.	qualité des connaissances
c. J’appuie mes propos avec une gestuelle pertinente.	qualité orale de l’épreuve
d. Je m’exprime en utilisant un vocabulaire technique, adapté à mon sujet.	qualité de la prise de parole en continu
e. Je rebondis sur les questions posées par le jury.	qualité de l’interaction

3 Choisir un sujet

Réponses b et d.

Votre question peut croiser vos deux spécialités mais ce n’est pas indispensable.

Trouver une question d'oral en SES

5

☐ OK

I | Questions en lien avec le programme de SES

Un sujet d'oral n'est pas une simple question dont la réponse consiste à réciter son cours, mais une problématique nécessitant des recherches personnelles ▶ FICHE 3. Voici quelques exemples pour vous inspirer.

À noter

Réfléchissez à vos questions dès le début de l'année : consultez le programme officiel (sur *eduscol.fr*) et répertoriez les thèmes qui le structurent. Vous pouvez aussi utiliser votre manuel.

Comment les transformations de l'emploi nuisent-elles à la fonction intégratrice du travail ?

Deux thèmes du programme sont nécessaires pour répondre exhaustivement à ce sujet : le thème « Comment lutter contre le chômage ? », qui revient sur les politiques de l'emploi et, en particulier, sur la flexibilisation du marché du travail, et le thème « Quelles mutations du travail et de l'emploi ? », qui interroge directement le lien entre l'organisation du travail, ses mutations et l'intégration par le travail.

La structure sociale en France peut-elle être analysée en termes de classes sociales ?

Les arguments et les théories nécessaires sont présentés dans le thème « Comment est struturée la société française actuelle ? ».

Comment a évolué l'action collective depuis 1970 ?

La réponse peut être construite en articulant le thème « Comment expliquer l'engagement politique dans les sociétés démocratiques ? » et des références à l'art contestataire dans la littérature ou le cinéma.

En France, les inégalités économiques ont-elles diminué depuis 1970 ?

À partir du thème « Quelles inégalités sont compatibles avec les différentes conceptions de la justice sociale ? », vous analyserez les inégalités de salaire, de revenu, de niveau de vie et de patrimoine pour montrer, grâce aux outils statistiques (écarts et rapports interdéciles, moyennes, médianes, etc.), que l'évolution des inégalités dépend en partie de l'outil de mesure.

À noter

Vous devez impérativement faire valider votre sujet par votre professeur de SES.

II Questions en lien avec une autre discipline

Croiser le travail de deux spécialités rendra vos recherches plus complexes, mais votre exposé sera aussi plus intéressant et valorisé par le jury.

La mondialisation est-elle profitable à tous ?

Le thème « Quels sont les fondements du commerce international et de l'internationalisation de la production ? » s'articule logiquement avec le grand thème de géographie « Les territoires dans la mondialisation : entre intégrations et rivalités ».

La croissance économique est-elle compatible avec la préservation de l'environnement ? ▶ FICHE 26

Dans le programme de SES, les thèmes « Quels sont les sources et les défis de la croissance économique ? » et « Quelle action publique pour l'environnement ? » soulèvent le problème et apportent des pistes de solution. Vous pourrez aussi vous appuyer sur le thème du programme de spécialité HGGSP qui aborde « L'environnement, entre exploitation et protection : un enjeu planétaire », ou celui de SVT portant sur le réchauffement climatique.

ZOOM

Comment repérer les *fake news* sur Internet ?

1. **Identifier la source** Explorez le site et déterminez sa finalité et son auteur.
2. **Vérifier la vocation du site** Assurez-vous que ce n'est pas un site humoristique ou satirique.
3. **Aller au-delà du titre** Le titre peut être racoleur : lisez l'article en entier.
4. **Vérifier la date** Un partage récent ne veut pas dire que l'article est d'actualité.
5. **Se renseigner sur l'auteur** Faites une recherche rapide sur l'auteur. Existe-t-il ? Est-il fiable ?
6. **Vérifier les sources** Si l'article indique ses sources, consultez-les pour vous assurer qu'elles confirment bien le propos.
7. **Évaluer ses préjugés** Analysez vos propres opinions, qui peuvent affecter votre jugement.
8. **S'adresser à des expert·es** Consultez un·e bibliothécaire, un·e enseignant·e, un site de vérification…

D'après la Fédération internationale des associations et institutions de bibliothèques (IFLA)

Trouver une question d'oral en HGGSP

6

☐ OK

I Questions en lien avec le programme d'HGGSP

1 Des exemples non étudiés en cours

Comment l'Inde est-elle devenue une puissance spatiale ?

Cette question s'inscrit dans le thème 1 du programme, « De nouveaux espaces de conquête ». Vous présenterez les enjeux (scientifiques, géopolitiques, économiques) de la course à l'espace pour cet État puis les récents succès de la politique spatiale indienne.

> **À noter**
> Ce sujet peut également s'appuyer sur le programme de 1re, où il est question de l'Inde.

Pourquoi peut-on parler de « guerre des mémoires » à propos de la guerre d'Algérie ?

Cette question concerne le thème 3, « Histoire et mémoires ». En vous appuyant sur les travaux de Benjamin Stora, vous présenterez les enjeux, les acteurs et les répercussions contemporaines de ce conflit mémoriel.

En quoi *L'Histoire du climat depuis l'an mil* d'Emmanuel Le Roy Ladurie (1990) est-il un ouvrage novateur ?

Cette question s'inscrit dans le thème 5, « L'environnement, entre exploitation et protection ». Vous présenterez la méthode utilisée, les principaux apports historiques et l'éclairage que ce livre apporte sur le réchauffement climatique actuel.

2 Des exemples en lien avec une question d'actualité

Pourquoi peut-on dire que le conflit yéménite se déroule à différentes échelles ?

Ce sujet est lié au thème 2 du programme : « Faire la guerre, faire la paix ». Vous distinguerez les différentes échelles du conflit (nationale, régionale, mondiale) en lien avec ses acteurs et ses enjeux.

Comment expliquer l'importance de la mobilisation pour la reconstruction de Notre-Dame de Paris ?

Ce sujet porte sur le thème 4 : « Identifier, protéger et valoriser le patrimoine ». Vous soulignerez les différentes dimensions de cette mobilisation (culturelle, patrimoniale, économique, géopolitique) en précisant les acteurs concernés.

II Questions en lien avec d'autres spécialités

- De nombreux croisements sont possibles avec la **spécialité SES**. Par exemple, le thème de SES « Quelle action publique pour l'environnement ? » peut être rapproché du thème 5 d'HGGSP (« L'environnement, entre exploitation et protection ») et donner matière à une question telle que : « La Californie est-elle un modèle de transition énergétique ? ».
- La **spécialité HLP** (Humanités, littérature et philosophie) permet aussi des rapprochements, notamment autour de la thématique « L'humanité en question / Histoire et violence ». Par exemple : « Comment Primo Levi rend-il compte de la violence concentrationnaire dans *Si c'est un homme* ? » (thème 3 d'HGGSP, « Histoire et mémoires »).

ZOOM

Faire le lien entre le programme et une question d'actualité

- Votre sujet doit avoir **un lien avec le programme.** Par exemple, un sujet sur la guerre au Yémen, qui dure depuis 2013, s'intègre dans l'objet de travail conclusif consacré au Moyen-Orient (thème 2).
- Vous devez choisir une formulation de la question permettant de **contextualiser** une partie du programme. Celui-ci mentionne les « conflits régionaux » et « des acteurs internationaux ». Vous pouvez mobiliser la notion d'échelle géographique pour problématiser votre sujet : « Pourquoi peut-on dire que le conflit yéménite se déroule à différentes échelles ? ».

La rivalité Iran-Arabie saoudite

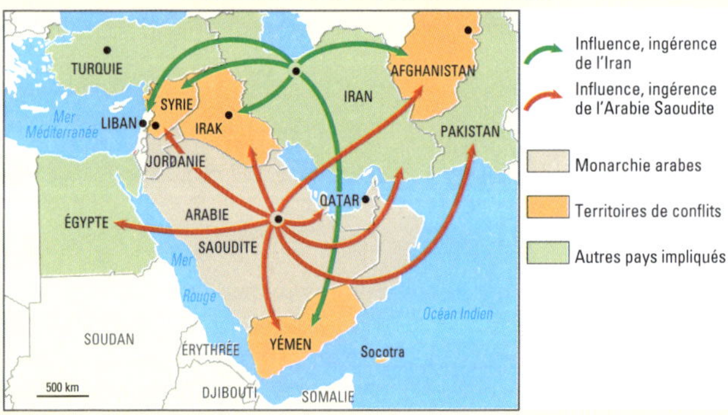

Construire sa présentation

7

☐ OK

I Se documenter, chercher des idées

1 Se constituer une bibliographie pertinente

- Pour chaque question, établissez une liste de mots-clés : ils vont vous permettre d'interroger Internet mais aussi le catalogue de votre CDI ou de la médiathèque de votre quartier.
- Consultez les documents ainsi sélectionnés, des plus généraux (manuels, encyclopédies) aux plus spécialisés.
- Dans le cas de recherches sur Internet, pensez à vérifier la fiabilité des sites que vous consultez à l'aide de ces questions ▶ FICHE 5 :

1. Qui est l'auteur du site ? Quelle est son expertise sur le sujet ?
2. De quand datent les informations ?
3. L'exposé est-il clairement construit, solidement argumenté ?

Conseil

Commencez par lire les informations données sur la page de présentation du site, souvent intitulée « À propos ».

2 Garder la trace de ses recherches

- « Fichez » chacun des documents consultés : le support peut être, selon votre préférence, physique (fiche Bristol) ou numérique.
- Opérez un premier tri lors de la mise en fiche : reformulez les idées qui vous paraissent essentielles, en distinguant bien les arguments des exemples. Vous pouvez également recopier de courtes citations si elles vous paraissent particulièrement éclairantes.

FICHE DOCUMENT

Source :

Sujet :

Idées clés :

•

•

•

Citation :

Conseil

Notez précisément la source : le titre de l'ouvrage ou du site, le nom de l'auteur, la date de publication, ainsi que les pages consultées.

II Organiser ses idées

1 Plusieurs méthodes de classement

- Au fil de vos prises de notes, vous allez être conduit·e à regrouper vos idées autour de lignes directrices : une organisation de votre exposé se dessine progressivement. Essayez de la traduire sous forme de carte mentale.

- Si vous avez du mal à faire émerger les grands axes, vous pouvez recourir à la méthode des post-it.

1. Écrivez une idée clé par post-it.
2. Ajoutez, le cas échéant, des exemples sur des post-it d'une autre couleur.
3. Sur un mur, déplacez les post-it jusqu'à ce qu'ils s'enchaînent logiquement.

2 Le choix du plan

Votre plan dépend de la question choisie. Le plus souvent, cependant, vous avez le choix entre un plan thématique et un plan dialectique.

	Objectif	Type de question
Plan thématique	Il permet d'approfondir les différents aspects d'un sujet.	Il correspond à une question qui se subdivise en différentes sous-questions.
Plan dialectique	Il oppose deux thèses puis opère une synthèse des points de vue.	Il correspond à une question qui implique une discussion, un dilemme.

ZOOM

Mettre son plan sous forme de carte mentale

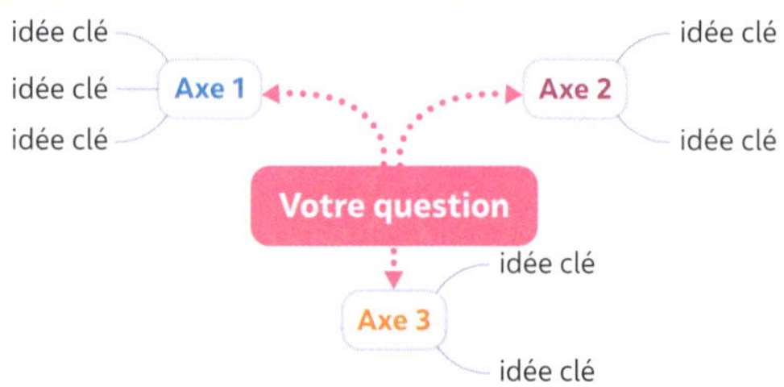

Préparer et mémoriser l'exposé

8

☐ OK

I Rédiger une trame précise

Une fois que vous êtes au clair sur la structure générale de votre exposé, vous devez mettre par écrit le déroulement de votre argumentation, sous la forme d'un **plan semi-rédigé**.

1 L'introduction

- L'introduction doit montrer : que **votre sujet est intéressant** ; que vous l'avez bien cerné ; que votre plan découle de la question posée et y répond.
- Elle comprend **trois étapes** qui s'enchaînent logiquement.

1. L'accroche	En une ou deux phrases, amenez progressivement votre sujet.
2. La question	Posez clairement la question à laquelle vous allez répondre et explicitez-la.
3. Le plan	Annoncez les deux ou trois grands axes, de manière que le jury comprenne d'emblée l'organisation de l'exposé.

2 Le corps de l'exposé

- Recopiez le plan que vous avez établi et remplissez-le de manière télégraphique, à l'aide de listes à puces.
- N'oubliez pas d'**appuyer chaque argument** par un exemple vérifié.
- Distinguez bien les informations nécessaires à la bonne compréhension du sujet de celles qui sont secondaires et que vous pourrez préciser dans l'entretien.

3 La conclusion

- Soignez votre conclusion : le jour J, elle devra **marquer votre auditoire**.
- Elle se compose de **deux parties** :

1. Le bilan	Reprenez les étapes du développement et répondez à la question initiale.
2. L'ouverture	Élargissez le champ de la réflexion à l'aide d'une citation, d'un fait d'actualité, d'une question proche…

II Mémoriser la présentation, puis simuler l'épreuve

L'exposé est prêt : il est temps de préparer sa restitution orale.

1 Faire travailler sa mémoire

- Vous devez avoir une **connaissance précise** du contenu de votre exposé, de telle manière que les idées se rappelleront à vous naturellement le jour de l'épreuve et que vous pourrez consacrer toute votre attention à votre auditoire.
- Pour ce faire, **sollicitez vos différentes mémoires** (visuelle, auditive, kinesthésique...) pour fixer le déroulement, puis récitez-vous plusieurs fois à vous-même l'exposé de manière à vous en souvenir durablement.

À noter

Des chercheurs ont prouvé qu'il faut refaire au moins sept fois le chemin vers un souvenir pour l'ancrer durablement.

2 Simuler un oral blanc

- Quand vous avez mémorisé votre exposé, présentez-le à **votre entourage** (professeurs, parents, camarades). Demandez-leur d'évaluer votre prestation selon ces trois principaux critères :

1. Pertinence	Ai-je bien répondu à la question posée ?
2. Clarté	Qu'est-ce qui était clair ? moins clair ?
3. Efficacité	Ai-je retenu votre attention ? Comment puis-je le faire mieux ?

- Ils peuvent aussi vous **poser des questions** sur le contenu de la présentation : cela vous entraînera pour l'entretien.

ZOOM

Comment mémoriser efficacement ?

Pour mémoriser facilement

- **Comprendre**
  Vous devez être en mesure d'expliquer avec vos propres mots chaque notion ou processus évoqué.
- **Faire des liens**
  Plus l'enchaînement de vos idées est logique, plus il sera facile de le restituer sans perdre le fil.
- **Répéter de manière espacée**
  Essayez de présenter votre exposé de mémoire puis renouvelez l'expérience le lendemain, puis 3 jours après, puis une semaine après. Le contenu s'ancrera ainsi durablement dans votre mémoire.

Imaginer un support écrit

9

☐ OK

I Comprendre le rôle du support

- L'objectif du support est d'aider le jury à bien comprendre un aspect de votre exposé ou à en suivre le fil. Vous le réalisez pendant le temps de préparation et le remettez au jury en entrant dans la salle. Il doit compléter votre présentation et non s'y substituer.

Conseil
La réalisation d'un support n'est pas obligatoire, mais autant profiter de la possibilité qui vous est offerte !

- Le support est un outil sur lequel vous pourrez vous appuyer pour clarifier et renforcer votre propos. Il doit être suffisamment simple et facile à comprendre pour ne pas détourner l'attention de votre présentation orale.
- Votre support ne doit en aucun cas être un texte rédigé : le jury ne pourra pas le lire tout en vous écoutant !

II Concevoir un support pertinent

- La forme du support dépend de votre sujet et de l'objectif recherché. Privilégiez une forme visuelle et assurez-vous qu'elle soit immédiatement compréhensible pour le jury.

Conseil
N'oubliez pas de donner un titre à votre support.

- Voici quelques exemples :

Objectif recherché	Support possible
situer des événements dans le temps	frise chronologique
illustrer un mécanisme, un processus, un phénomène…	dessin, schéma, croquis, graphique…
synthétiser vos idées	carte mentale, schéma bilan
aider le jury à suivre votre propos	plan de la présentation, formule mathématique, citation ou court extrait littéraire que vous commentez à l'oral…

- Cette liste est loin d'être exhaustive : à vous de déterminer le support le plus pertinent pour votre sujet. Pour cela, identifiez les éléments les plus importants ou les plus complexes de votre exposé et demandez-vous quel type de support vous permettra de les communiquer efficacement.
- Veillez à ce que le support s'intègre bien à votre présentation et prévoyez à quel(s) moment(s) de l'exposé vous allez y faire référence.

Conseil

Quelle que soit la forme choisie, soignez l'écriture et la présentation pour garantir la clarté et la lisibilité de votre production.

ZOOM

Réaliser un support visuel

Quelle que soit la forme choisie, vous devez en respecter les codes et les contraintes :

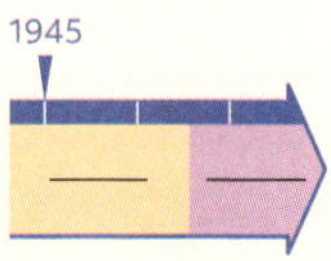

- Sur une frise chronologique, nommez les périodes représentées et situez les événements ponctuels en respectant l'échelle de temps.

- Dans le cas d'une carte mentale, hiérarchisez clairement les niveaux d'informations (majuscules/minuscules, épaisseur du trait, couleurs…)

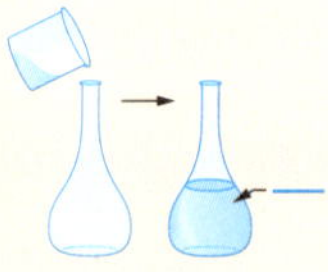

- Pour un schéma ou un croquis, utilisez un code couleur et des symboles adaptés, explicités par une légende.

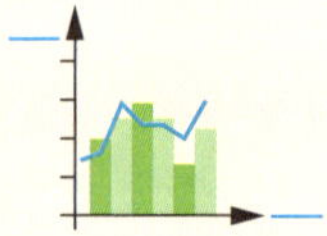

- Sur un graphique, n'oubliez pas d'indiquer la nature des informations présentées et les unités utilisées.

Quiz EXPRESS 10

Avez-vous bien révisé les fiches 7 à 9 ? On vérifie !

1 Construire sa présentation

FICHE 7

En lien avec le programme de SVT, vous souhaitez travailler sur le rejet de greffe d'organe. Le(s)quel(s) de ces sites pourraient constituer un bon point de départ pour vos recherches ?

- ☐ **a.** *www.futura-sciences.com*
- ☐ **b.** *ouest-transplant.org*
- ☐ **c.** *fr.wikipedia.org*
- ☐ **d.** *www.notrefamille.com*

2 Préparer et mémoriser l'exposé

FICHE 8

Vrai ou faux ?	Vrai	Faux
a. Pour bien mémoriser sa présentation, il suffit de la lire plusieurs fois.	☐	☐
b. Il est préférable d'improviser en grande partie le jour de l'oral.	☐	☐
c. Dans l'introduction, vous devez expliquer pourquoi vous avez choisi ce sujet.	☐	☐

3 Imaginer un support écrit

FICHE 9

1. Le support écrit :

- ☐ **a.** est réfléchi en amont de l'oral
- ☐ **b.** est réalisé le jour de l'oral
- ☐ **c.** dépend du sujet

2. En lien avec le programme de maths, vous voulez présenter la question : *Quelles sont les grandes étapes historiques de l'élaboration du raisonnement par récurrence ?*
Quelle forme de support vous semble la plus adaptée ?

- ☐ **a.** le plan de votre exposé
- ☐ **b.** une frise chronologique situant les étapes évoquées
- ☐ **c.** un exemple de démonstration utilisant le raisonnement par récurrence

CORRIGÉS

1 Construire sa présentation

Réponses a et c.

Ces deux sites (respectivement un média scientifique et une encyclopédie) vous donneront de premières informations *a priori* fiables sur le sujet.

L'adresse du site **b** suggère qu'il s'agit d'une association, la fiabilité des informations est donc plus incertaine.

Le site **d** n'est pas un site scientifique.

2 Préparer et mémoriser l'exposé

a. **Faux.**

Le plus efficace est de s'entraîner à délivrer sa présentation de mémoire : ce sera difficile au début, puis de plus en plus facile après quelques tentatives.

b. **Faux.**

Présenter votre exposé avec naturel n'est pas la même chose que de l'improviser : plus vous maîtriserez votre sujet, plus vous serez à l'aise.

c. **Vrai.**

Montrez que la question vous a véritablement intéressé·e.

3 Imaginer un support écrit

1. **Réponses a, b et c.**

Vous ne pouvez pas venir avec un document déjà préparé mais vous devez avoir votre support bien en tête pour pouvoir le réaliser facilement le jour J. Sa forme dépend du sujet choisi.

2. **Réponse b.**

Une frise chronologique aidera le jury à visualiser les grandes étapes que vous évoquez.

Faire le point sur son projet d'orientation

11

☐ OK

I Les différentes composantes de l'orientation

■ Le travail sur l'orientation comprend plusieurs aspects :
- une enquête sur les **secteurs et métiers** qui vous attirent le plus ;
- une recherche sur le type de **formation** qui vous correspond le mieux ;
- une bonne **connaissance de soi** pour réaliser des choix réfléchis et personnels.

À noter

Le travail sur l'orientation a ceci de très particulier qu'il vous oblige à sortir de votre position d'élève pour adopter un discours et une réflexion plus personnels.

■ Le **programme d'accompagnement à l'orientation**, mis en œuvre par l'Éducation nationale de la Seconde à la Terminale, doit vous permettre de mener des actions ciblées en lien avec ces trois composantes.

■ On parle de « **maturation** » du projet car sa construction prend du temps. On distingue trois phases principales : l'exploration (découvrir), la cristallisation (comprendre), la spécification (choisir et hiérarchiser).

II Apprendre à se connaître

■ Pour construire votre projet, vous devez d'abord apprendre à vous connaître. Prenez le temps de répondre par écrit à des **questions** du type :

- Quelles matières me plaisent le plus ? Le moins ?
- Qu'ai-je envie d'apprendre de nouveau ?
- Quels sont les sujets qui attisent le plus ma curiosité ?
- Dans quelle(s) matière(s) ou activités extrascolaires suis-je le plus à l'aise ?
- Suis-je attiré·e par un environnement professionnel particulier ? Pourquoi ?
- Quel type d'apprentissage me correspond le mieux ?
- Y a-t-il quelque chose que j'aimerais améliorer autour de moi ? dans la société ?

■ Plusieurs **tests** (en ligne ou dans des ouvrages spécialisés sur l'orientation) permettent d'apprendre à se connaître et à repérer ses talents. Vous pouvez les réaliser seul·e ou avec un·e coach ou un·e psychologue de l'orientation qui vous aidera à en interpréter les résultats ▶ FICHE 14.

N'hésitez pas également à **interroger vos proches et vos ami·e·s** : comment vous perçoivent-ils ? Cette image correspond-elle à celle que vous avez de vous-même ? Qu'est-ce que cela vous apprend sur vous-même ?

III Mettre en place un plan d'action

L'Éducation nationale a prévu un **programme de deux semaines** en Terminale pour vous aider à finaliser votre projet d'orientation : renseignez-vous dès le début de l'année sur le programme mis en place dans votre lycée.

Toutefois, n'attendez pas non plus tout de votre lycée. Prenez des **initiatives** :

- Mettez vous-même des actions en place ▶ FICHE 12 ;
- Consultez des sites spécialisés ▶ FICHE 13 ;
- Entourez-vous de personnes aptes à vous aider ▶ FICHE 14.

Même si chaque projet est personnel, vous pouvez **partager** certaines informations avec vos camarades, vous rendre ensemble à des salons ou des Journées portes ouvertes, etc. À plusieurs, on se sent plus en confiance !

ZOOM

Développer de nouvelles compétences à travers l'orientation

Voici **7 compétences** utiles pour bien s'orienter. Vous pourrez les mobiliser ensuite tout au long de votre parcours d'études et dans votre vie personnelle et professionnelle. En connaissez-vous d'autres ?

1. Parler de soi
2. Poser des questions
3. Chercher de l'information
4. Se projeter dans un environnement nouveau
5. Apprendre par soi-même
6. Entreprendre, prendre des initiatives
7. Faire des choix

Construire son projet de formation postbac

12

☐ OK

I S'informer sur ce qui existe

- Votre travail de connaissance de soi vous a permis de mettre en avant des centres d'intérêt, des goûts, ainsi que des qualités et compétences qui vous sont propres ▶ FICHE 11. Cette étape doit vous aider à opérer une première sélection de métiers, domaines professionnels ou type d'études susceptibles de vous intéresser.
- La seconde étape consiste à récolter suffisamment d'informations pour affiner votre choix (de métier ou de formation). Il faut que les éléments récoltés viennent nourrir votre imaginaire pour que vous puissiez vous projeter dans un environnement professionnel ou une formation.

Conseil

Pour mieux vous projeter, visionnez des photos ou des vidéos, rendez-vous aux journées Portes ouvertes des établissements, échangez avec des étudiant·es ou des professionnel·les... ▶ FICHES 13 & 14

II Comprendre les spécificités de chaque formation

- Pour pouvoir choisir une formation, il faut tenir compte de vos aptitudes ou compétences scolaires, mais aussi de la façon d'enseigner et d'apprendre qui vous convient le mieux.
- Votre parcours scolaire vous a permis de découvrir si vous vous sentiez plus à l'aise dans les matières qui privilégient l'abstraction et la logique, comme les mathématiques ou la philosophie, ou si vous préfériez réfléchir à partir de cas concrets (SVT), travailler sur des textes (français, LLCE), être en prise avec l'actualité (histoire-géographie, SES, Anglais Monde contemporain), etc.
- Un autre critère important pour choisir sa formation est lié à la façon d'enseigner : avez-vous besoin d'être cadré·e ou préférez-vous au contraire vous sentir plus libre et plus autonome ? Dans le premier cas, vous pourriez privilégier les CPGE ou les écoles ; dans le second, l'université pourrait vous convenir davantage.
- Si vous avez hâte de découvrir le monde professionnel, renseignez-vous sur les formations en apprentissage qui vous permettent d'avoir un pied dans l'enseignement supérieur et un autre en entreprise. Votre formation est en partie financée par votre employeur, avec l'aide de l'État.

III Faire des choix

Plusieurs options de métiers ou de formations s'offrent à vous ? C'est une chance ! Voici quelques conseils pour vous aider à faire vos choix.

- Il est impossible de tout savoir sur les métiers et les formations. Vous devez donc **cadrer vos recherches** : déterminez les critères qui vous paraissent les plus importants en fonction de vos goûts et de vos aptitudes, et utilisez-les pour comparer les métiers ou les formations qui vous intéressent.

- **Relativisez l'enjeu** de vos premiers choix. Choisir une formation n'équivaut pas à choisir un métier pour toute la vie ! Il s'agit juste de choisir votre porte d'entrée dans l'enseignement supérieur. Ce qui compte le plus, c'est **votre projet personnel** : l'objectif global qui vous anime et que vous pourrez réaliser à travers différentes formations et différents métiers.

À noter

On parle aujourd'hui d'orientation « tout au long de la vie » car on sait désormais qu'il faudra se former en permanence pour suivre l'évolution des métiers et des besoins de la société.

ZOOM

Université ou école, quelle formation choisir ?

Les contenus des formations et l'organisation des études diffèrent selon le type de formation.

- D'une manière générale, que les cours à l'**université** visent en priorité l'acquisition de connaissances théoriques. L'insertion professionnelle se fait plutôt en master 2.
- Les **écoles**, en revanche, privilégient l'acquisition de savoir-faire professionnels, à travers une série de stages obligatoires et une pédagogie par projet : études de cas, travaux en groupe, participation active à la vie associative...

Apprendre à se documenter

13

☐ OK

I Où aller chercher de l'information ?

1 Sur Internet

Internet est une mine d'informations, à condition de privilégier les sites reconnus, qui vous garantissent une information fiable et mise à jour régulièrement.

- Les sites généralistes : explorez par exemple le site de l'Onisep, du CIDJ (Centre d'information et de documentation jeunesse), le site dédié à l'orientation de votre région ou bien les *live* de Campus Channel (*www.campus-channel.com/fr*).
- Les sites des établissements de l'enseignement supérieur : chaque école ou université possède un site sur lequel vous trouverez des informations générales, mais aussi le descriptif du contenu des cours, année par année.
- Les plateformes spécialisées dans l'accompagnement à l'orientation des lycéen·nes, comme la plateforme Inspire (*inspire-orientation.org*), qui vous met en relation avec des étudiant·es qui vous guident dans votre découverte des contenus de formation de l'enseignement supérieur.

Bon à savoir

La plateforme Parcoursup regorge d'informations : plus de 15 000 formations y sont proposées et décrites.

2 Sur le terrain

- Il est important de compléter vos informations en vous déplaçant et en rencontrant des personnes qui répondront à vos questions.
  - Au CIO (Centre d'information et d'orientation) de votre ville, vous serez accueilli·e de façon individuelle, seul·e ou avec un parent. Vous pourrez aussi assister à des réunions d'information organisées par des conseiller·ères d'orientation (annuaire des CIO : *www.education.gouv.fr/annuaire*).
  - Au CDI de votre établissement, le/la professeur·e documentaliste pourra vous recommander des ressources pédagogiques vous permettant de creuser vos recherches sur les métiers et les études qui vous intéressent.
- Vous pouvez également participer à des événements : journées Portes ouvertes, salons, forums… Autant d'occasions d'échanger avec des étudiant·es ou des professionnel·les qui seront ravis de répondre à vos questions ▶ FICHE 14.

II Comment organiser ses recherches ?

Laissez-vous guider tout d'abord par votre **curiosité**. Lisez tout ce qui est relié aux métiers, aux secteurs ou aux formations qui vous intéressent. Puis affinez progressivement votre recherche, en les croisant avec vos centres d'intérêt.

Gardez une **trace écrite** de toutes vos démarches (recherches et rencontres), afin de les présenter au jury le jour de l'oral :

- rédigez des **fiches** synthétiques à partir des informations récoltées ;
- notez les **sources** de vos recherches avec précision ;
- consignez également **les questions et les doutes** qui vous sont venus en route. Un projet peut comporter une part d'incertitude.

Avant un événement ou une rencontre, préparez vos **questions** en utilisant vos propres mots, afin de tirer le meilleur parti de cet échange. Ne vous censurez pas : il n'y a pas de question bête, votre interlocuteur ou interlocutrice s'est très probablement trouvé·e à votre place un jour !

Conseil

Si vous hésitez entre plusieurs parcours, faites un tableau comparatif des critères les plus importants pour vous (durée des études, type de formation, environnement professionnel, débouchés...).

ZOOM

Le numérique au service de l'orientation

- Des start-ups proposent des **solutions numériques innovantes** pour vous accompagner : cartographie des métiers et des formations, questionnaires d'auto-positionnement ou mise en relation avec des interlocuteurs pertinents.
- Aucune solution ne prône cependant le 100 % digital. L'**accompagnement humain** reste une des valeurs sûres de l'orientation.

Se faire accompagner dans son projet

14

☐ OK

I Repérer les personnes ressources

1 Au sein du lycée

Au sein même de votre lycée, plusieurs personnes sont susceptibles de vous aider. Chacune intervient dans le cadre d'une mission bien précise.

- Votre **professeur·e principal·e** et **le/la CPE** (Conseiller·ère principal·e d'éducation) sont en charge de votre accompagnement à l'orientation : lors d'entretiens personnalisés, ils/elles vous aideront à faire le point sur l'avancée de votre projet et pourront vous mettre en relation avec d'autres personnes ressources.
- Le/La **psyEN** (psychologue de l'Éducation nationale) peut répondre à vos questions ou à celles de vos parents dans les CIO (Centres d'information et d'orientation). Il/Elle assure également des permanences dans les lycées, pour aider les équipes éducatives à installer des actions concrètes d'aide à l'orientation.
- Le/La **professeur·e documentaliste** est un·e spécialiste de la documentation et de la communication : il/elle met à votre disposition des ressources documentaires utiles. Il/Elle organise aussi des ateliers de formation et des visites de salons ou d'établissements de l'enseignement supérieur.

2 Hors du lycée

Vous pouvez également solliciter l'aide de personnes extérieures.

- Les **étudiant·es « ambassadeurs »** ont pour mission de vous parler de leur filière et de leur vie étudiante afin de vous aider à vous projeter dans l'enseignement supérieur. Vous pouvez les rencontrer dans votre lycée, lors de salons ou pendant les Journées portes ouvertes de leurs établissements.
- Les **professionnel·les** peuvent vous parler de leur métier, décrire leur environnement professionnel et répondre à vos questions sur la vie en entreprise ou la vie active en général.

Conseil

L'association *100 000 entrepreneurs* organise des interventions de professionnel·les dans les classes pour vous transmettre la passion de leur métier et de l'entreprise.

II Savoir demander de l'aide

L'orientation est une démarche personnelle, mais il est normal d'avoir besoin d'aide pour structurer ses recherches, effectuer des démarches, obtenir des informations précises ou encore surmonter des blocages psychologiques. La confiance en soi se bâtit par la mise en mouvement, pas à pas.

Conseil

Vos camarades sont dans la même situation que vous : créez des petits groupes pour discuter de vos démarches, partager vos difficultés, mutualiser vos recherches...

De nombreuses personnes sont disponibles pour vous aider à avancer et à surmonter vos difficultés. Essayez d'abord d'identifier le problème :

- Avez-vous du mal à vous motiver ?
- Vous sentez-vous trop timide pour poser des questions et aller vers des personnes ressources ?
- Manquez-vous de confiance en vous ?
- Avez-vous du mal à vous projeter dans l'avenir ?
- Manquez-vous d'informations ? Ou au contraire, en avez-vous tellement que vous avez du mal à choisir ?

Une fois le problème identifié, déterminez la personne la plus à même de vous aider : un ou une interlocutrice de confiance à qui vous pourrez parler librement et qui saura vous conseiller. N'hésitez pas à le/la consulter plusieurs fois.

ZOOM

Trouver son ikigai

- L'ikigai est un concept japonais qui désignait à l'origine la joie de vivre ou la raison de se lever chaque matin.
- C'est devenu une méthode qui permet de trouver le métier ou le projet qui vous correspond le mieux, à la croisée de ce que vous aimez faire, de ce pour quoi vous êtes doué·e, de ce pour quoi vous pourriez être payé·e et de ce dont le monde a besoin.

Formuler ses vœux sur Parcoursup

15

☐ OK

I Comprendre le fonctionnement de Parcoursup

1 Un guichet centralisé pour déposer ses candidatures

- Chaque formation, que ce soit à l'université ou dans une école, suit une procédure d'admission qui lui est propre. L'ambition de Parcoursup est de vous proposer un espace unique pour regrouper les formations et déposer vos candidatures.

Bon à savoir

Certaines écoles fonctionnent hors Parcoursup pour les inscriptions. Si vous ne postulez à aucune formation sur Parcoursup, vous devez vous désinscrire de la Plateforme.

- Tous les types de formations y sont proposés. Apprenez à distinguer les formations sélectives des formations non sélectives : les premières sélectionnent les candidat·es sur dossier et lors d'entretiens, tandis que les secondes sont accessibles à toutes et tous dans les limites des capacités d'accueil.

2 Les grandes étapes du calendrier Parcoursup

novembre	Ouverture de la plateforme : parcourez les informations disponibles sur les différentes formations (contenu, modalités d'admission, taux de réussite à l'entrée, pré-requis, débouchés professionnels...).
décembre	1er conseil de classe : remplissez la Fiche de dialogue qui vous est remise pour présenter vos « intentions d'orientation ».
janvier	Ouverture des inscriptions sur Parcoursup : vous pouvez commencer à saisir vos vœux.
mars	Fin de la saisie des vœux (jusqu'à 10 maximum).
début avril	Clôture des inscriptions : vos dossiers doivent être finalisés.
de mai à mi-juillet	1re phase de réponses (« Oui », « Oui si », « Oui en attente d'une place » ou « Refusé·e »)
jusqu'en septembre	2e phase de réponses dans le cadre de procédures complémentaires, pour celles et ceux qui n'ont pas eu de proposition de formation lors de la 1re phase.

II Comment candidater sur Parcoursup ?

1 Construire son dossier de candidature

Plusieurs informations sont à fournir :

- votre **identité** (état civil, représentants légaux, n° INE, mail…) ;
- votre **situation personnelle** (bourses, handicap, statut particulier…) ;
- vos **bulletins scolaires** de 1re et des deux premiers trimestres de T^{le}, avec les appréciations des professeur·e·s, vos enseignements de spécialité et vos options ;
- votre **Fiche Avenir**, contenant les appréciations de vos professeur·es et l'avis de votre chef·fe d'établissement, émis durant le 2e conseil de classe ;
- pour chaque vœu, un « **projet de formation motivé** » à rédiger directement sur la plateforme ▶ FICHE 16.

2 Formuler ses vœux de manière stratégique

Pour optimiser vos chances d'être admis·e dans une formation :

- **Variez vos vœux** et ne choisissez pas que des formations sélectives ;
- Formulez **le maximum de vœux** et de sous-vœux ;
- Ne vous limitez pas aux formations près de chez vous, surtout si elles sont très demandées.

Conseil

Si vous êtes intéressé·e par une formation éloignée de votre domicile familial, renseignez-vous sur les aides financières que vous pouvez obtenir et les solutions pour vous loger.

ZOOM

La boîte à outils de Parcoursup

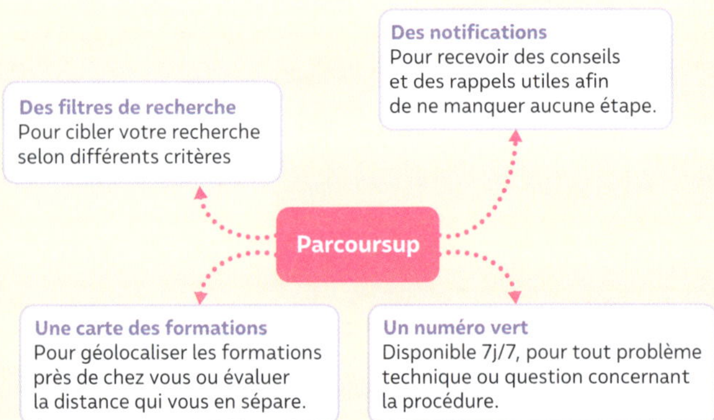

Rédiger un projet de formation motivé

16

☐ OK

I Quelques informations au préalable

- Si les notes permettent aux établissements d'effectuer une première sélection, le jury examinera les autres éléments de votre dossier pour départager des élèves aux résultats similaires.
- Le « projet de formation motivé » est l'équivalent d'une lettre de motivation : montrez que vous êtes renseigné·e sur le contenu et les attendus de la formation et que vous pensez avoir les aptitudes nécessaires. Vous pouvez aussi parler de vous, de votre projet et de vos expériences.

II Les caractéristiques du projet de formation motivé

- Vous devrez rédiger sur la plateforme un texte très court de 1 500 caractères maximum, soit environ 200 à 250 mots, dans une police lisible (Calibri 11 par exemple) : l'équivalent d'1/4 d'une page A4.

> **À noter**
> Votre lettre sur Parcoursup ne nécessite ni date, ni entête, ni formules de politesse, contrairement à une lettre de motivation classique.

- Votre texte doit contenir les 6 informations suivantes :

1. L'intitulé exact de la formation pour laquelle vous postulez ;
2. Un aperçu de vos connaissances et compétences scolaires, en lien avec les attendus de la formation ;
3. Un résumé de votre projet personnel et professionnel ;
4. Les démarches entreprises pour mieux connaître la formation visée (journées Portes ouvertes, salon, MOOC, échanges avec un·e professionnel·le ou un·e étudiant·e…) ;
5. Vos expériences scolaires et/ou extrascolaires en lien avec la formation (enseignements de spécialité, stages, centres d'intérêt…) ;
6. Des éléments montrant votre capacité à vous projeter dans la vie postbac.

- La difficulté de l'exercice réside dans l'effort de rédaction synthétique qui vous est demandé : votre texte devra être complet, concis et clair.

III Quelques conseils pour réussir l'exercice

1 Prendre en compte les attendus de la formation

- Commencez par lire attentivement **le descriptif et les attendus** de la formation sur la fiche Parcoursup : notez les éléments de langage utilisés. Renseignez-vous également sur le site de l'école ou de l'université.
- Dressez la liste des attendus et **mettez-les en lien** avec vos compétences, vos centres d'intérêt et votre projet.
- N'essayez pas de copier-coller le même texte pour chaque formation : **adaptez le contenu** en fonction des attendus de la formation.

2 Soigner la rédaction

- Les **compétences rédactionnelles**, ainsi que **l'esprit de synthèse**, font partie des attendus d'un bon nombre de formations. Le soin apporté à la rédaction constitue déjà une information pour le jury.
- Commencez par rédiger votre texte au brouillon, en prêtant une attention particulière à la **structure** de votre propos (enchaînement logique des idées, avec des connecteurs).
- **Relisez-vous** avant de valider votre texte, en vérifiant l'orthographe et la syntaxe des phrases. Vous pouvez aussi demander à un·e camarade, un parent ou un·e professeur·e de vous relire.

ZOOM

Exemple de trame pour un projet de formation motivé

> Je vous soumets ma candidature pour ... **[intitulé de la formation]**.
>
> Les enseignements de spécialité ... et ... m'ont permis de .... La formation que vous proposez s'inscrit parfaitement dans mon projet de ... **[projet personnel et professionnel]**.
>
> J'ai eu la chance de découvrir la formation lors des journées Portes ouvertes du ... **[date]**. Passionné·e par ..., les cours de ... m'attirent particulièrement.
>
> Je suis une personne plutôt ... **[qualités]** et j'aime ... **[reformulez avec vos mots les attendus]**.
>
> J'ai eu l'occasion de ... **[expérience personnelle ou stage]**, ce qui m'a permis de .... La vie à ... **[nom de l'établissement]** me correspond parce que ....

- Toutefois, pour être convaincant, le contenu de votre texte doit être **personnel** : à vous de vous approprier la trame ci-dessus.

Quiz EXPRESS 17

Avez-vous bien révisé les fiches 11 à 16 ? On vérifie !

1 Construire son projet de formation postbac

▶ FICHE 12

Comment choisit-on une formation postbac ?

- ☐ **a.** En rassemblant un maximum d'informations sur les établissements et les cursus susceptibles de m'intéresser.
- ☐ **b.** En interrogeant des étudiant·es sur les formations que j'aimerais intégrer.
- ☐ **c.** En saisissant un maximum de vœux sur Parcoursup.
- ☐ **d.** En m'interrogeant sur la manière d'apprendre qui me convient le mieux.

2 Collecter des informations

▶ FICHES 13 & 14

Sur quel(s) site(s) pourrez-vous trouver les éléments suivants ?

a. des informations sur les établissements et les contenus des formations •	• site de l'établissement visé
b. des informations sur les métiers •	• sites de l'Onisep et du CIDJ
c. des outils et des conseils pour postuler à des formations •	• site d'orientation de votre région
	• site Parcoursup
	• site Campus Channel

3 Formuler des vœux sur Parcoursup

▶ FICHES 15 & 16

Qu'est-ce qu'un attendu ?

- ☐ **a.** une candidature en attente d'une réponse
- ☐ **b.** un regroupement de compétences attendues par la formation
- ☐ **c.** un élément manquant dans votre dossier

CORRIGÉS

1 Construire son projet de formation postbac

Réponses a, b et d.

La saisie des vœux sur Parcoursup est l'aboutissement d'un travail de longue haleine en plusieurs étapes : n'attendez pas le dernier moment pour choisir votre formation.

2 Collecter des informations

a. des informations sur les établissements et les contenus des formations

b. des informations sur les métiers

c. des outils et des conseils pour postuler à des formations

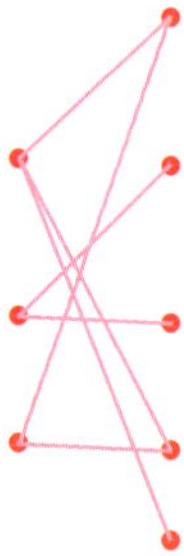

- site de l'établissement visé
- sites de l'Onisep et du CIDJ
- site d'orientation de votre région
- site Parcoursup
- site Campus Channel

Conseil

Au-delà des sites, pensez à vous renseigner aussi auprès des personnes compétentes ▶ FICHE 14.

3 Formuler des vœux sur Parcoursup

Réponse b.

Chaque formation indique un certain nombre d'aptitudes utiles pour bien suivre les cours qui vous seront proposés et augmenter ainsi vos chances de réussite.

À noter

Ces « attendus » sont détaillés dans le descriptif de chaque formation sur Parcoursup. Ils doivent vous servir de repères pour choisir la formation qui vous conviendra le mieux.

Retenir l'attention du jury

18

☐ OK

I Établir le contact

Le premier contact est essentiel. Dès l'entrée dans la salle, donnez l'impression d'être ouvert·e à l'échange, avenant·e, sans trop de familiarité.

- Le **sourire** est l'atout indispensable pour détendre l'atmosphère et gagner la sympathie du jury. Il ne s'agit pas de rire faussement ou de sourire en permanence mais d'afficher une attitude aimable.
- La **politesse** est de mise, même si parfois le stress fait oublier les fondamentaux de la courtoisie : saluer vos interlocuteurs, remercier, attendre d'être invité·e à s'asseoir ou à partir avant de le faire.
- Laissez au jury le temps de s'installer : ne foncez pas tête baissée dans votre exposé, attendez leur signal pour commencer.

La minute du coach

Faire une bonne première impression
→ hatier-clic.fr/21fbse04

II Communiquer efficacement

1 Regarder les membres du jury

- Se retrouver face à face avec un jury composé de deux professeur·e·s inconnu·e·s peut vous paraître impressionnant. Cependant, votre réussite à l'oral repose aussi sur votre capacité à **surmonter ce stress** et à vous adresser réellement au jury, à travers ce que vous dites mais aussi par le regard.
- Ne fixez pas vos interlocuteurs, mais accordez-leur **des regards réguliers**, afin de capter leur attention. Si vous avez des difficultés à les regarder dans les yeux, vous pouvez imaginer un point entre leurs deux yeux, ce qui vous évitera d'être mal à l'aise en croisant leur regard.

2 Soigner la gestuelle

- **Évitez de rester trop statique**, mais ne surchargez pas non plus votre intervention par des gestes répétitifs ou sans lien avec le propos.
- Vos gestes doivent intervenir à des moments essentiels de votre prise de parole afin d'**appuyer ce que vous dites**. Ils doivent donc coïncider avec ce que vous cherchez à exprimer : enthousiasme, opposition, implication personnelle…

3 Éviter la monotonie

- **Variez les intonations** pour donner de la vivacité à ce que vous dites et ne pas ennuyer votre jury.
- **Insistez sur les aspects essentiels** en appuyant sur certains segments de phrases ; marquez les interrogations ou les exclamations par une intonation expressive.
- **Ayez l'air convaincu·e** de ce que vous affirmez en adoptant une voix claire et en apparaissant sûr·e de vous.

La minute du coach

- Prendre conscience de l'importance du regard
→ hatier-clic.fr/21fbse03
- Travailler sa posture et sa gestuelle
→ hatier-clic.fr/21fbse02

ZOOM

Appuyer son propos par des gestes signifiants

Il est important d'appuyer son discours par des gestes qui retiennent l'attention et soulignent les moments clés.

- Mains tendues vers l'auditoire : **impliquer le public.**

- Mains à gauche puis à droite : **souligner une opposition.**

- Compter avec ses doigts : **énumérer.**

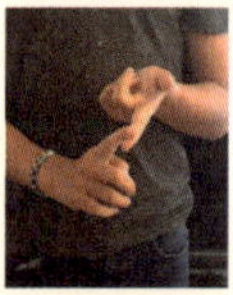

- Mains écartées ou rapprochées : **exprimer l'union ou la désunion.**

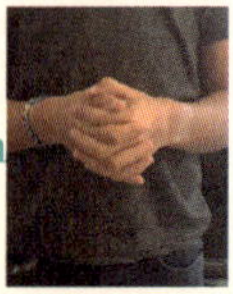

- Lever ou baisser un doigt : **exprimer un doute ou un questionnement.**

- Main sur la poitrine : **montrer son implication personnelle.**

S'exprimer de manière claire et fluide

19

☐ OK

I Utiliser un vocabulaire juste et précis

1 Choisir ses mots

- Vous êtes jugé·e sur la qualité de votre expression, d'où l'importance de bien choisir vos mots. Il est parfois difficile de trouver la bonne formulation : prenez le temps de chercher les **termes les plus appropriés**.

> **Conseil**
> Ne commencez pas votre réponse par un segment de phrase qui vous fait perdre toute crédibilité : « Je ne sais pas, mais... », « Je ne suis pas sûr·e, mais... ».

- Si un terme familier vous échappe, reformulez dans un **registre plus soutenu**. Évitez les contractions (« j'sais pas », « j'pense ») : prononcez correctement les négations en incluant un « ne » audible.

2 Varier son expression

Le jury appréciera que vous fassiez un effort pour varier les tournures.

Varier les expressions utilisées

- **Donner son opinion :** *à mon sens, pour ma part, il me semble, je suis d'avis que...*
- **Appuyer le propos :** *clairement, évidemment, naturellement, nettement...*
- **Introduire une analyse :** *on remarque, on constate, on peut souligner, il est à noter que...*

3 Bannir les tics de langage

Ces petits marqueurs de la communication sont à proscrire le jour de votre oral.

- Commencez par **repérer ceux que vous employez le plus souvent** et essayez de vous en débarrasser lors de vos prises de parole. Il peut s'agir :
  - d'expressions en vogue (« genre », « carrément », « trop », « j'avoue »...) ;
  - de mots de liaison (« donc », « alors », « et voilà », « en fait »...) ;
  - d'onomatopées (« euh », « ben », « bah... »).
- Bannissez également **la mise entre guillemets** (geste à l'appui) qui indique que vous n'avez pas trouvé le mot juste pour vous exprimer.

II Soigner son élocution

- **Parlez distinctement** en articulant pour être bien compris·e. Faites particulièrement attention à ne pas « avaler » les fins de phrases et les fins de mots.
- **Adaptez le volume de votre voix** en fonction de la proximité avec votre auditoire. Ni trop fort, ni pas assez, vous devez trouver le juste équilibre. N'hésitez pas à demander si l'on vous entend bien.

III Adopter le bon rythme

- Ne parlez **ni trop lentement**, pour avoir le temps de tout dire, **ni trop vite**, pour laisser au jury la possibilité d'intégrer ce que vous dites et de prendre des notes.
- Trouvez le juste équilibre en ralentissant ou en accélérant le débit **selon la nature de votre propos** :
  - ralentissez lorsque vous présentez le plan, lorsque vous abordez un aspect essentiel, lorsque vous voulez particulièrement retenir l'attention ;
  - accélérez au moment des exemples, des énumérations, des citations.
- N'hésitez pas à **reformuler** plusieurs fois un aspect important de votre intervention et à **faire des pauses** entre deux idées.

La minute du coach

Travailler votre voix
→ hatier-clic.fr/21fbse01

ZOOM

Recourir à des figures de style

Pour renforcer votre propos, vous pouvez recourir à des figures de style, en particulier à des **figures de construction** (qui jouent sur la syntaxe).

4 figures de construction

- **l'anaphore :** répétition d'un terme en tête de phrase
- **la gradation :** énumération de termes de force croissante
- **le parallélisme :** répétition d'une même construction
- **l'antithèse :** rapprochement de deux propositions de sens contraire

Bien gérer son stress

I Comprendre le mécanisme en jeu

- Le stress est une **réaction instinctive**, héritée d'un mécanisme primitif de fuite ou de contre-attaque face à un danger. Dans le cas d'un examen, votre corps interprète votre inquiétude comme le signe d'un danger et le processus se met en branle : accélération du rythme cardiaque, respiration courte, tension des muscles, transpiration…
- Le but n'est pas de vous débarrasser complètement du stress car il vous maintient dans un état d'alerte qui vous permettra de vous surpasser. En revanche, il faut **l'apprivoiser** pour ne pas le laisser vous paralyser.
- Chacun réagit différemment et de manière plus ou moins forte : apprenez à repérer comment le stress se manifeste chez vous afin de mieux y faire face.

Bon à savoir

En situation de stress, nos sensations sont exacerbées. Notre inconfort est en réalité bien moins visible qu'on ne le croit !

II Apprendre à gérer son stress

1 Pendant l'année

Il existe de nombreuses stratégies pour apprendre à gérer son stress.

- **La pratique.** Comme toute performance, un oral se prépare : entraînez-vous à présenter votre exposé devant un miroir, une caméra, vos camarades… Plus vous maîtrisez votre sujet, plus vous serez à l'aise le jour J.
- **La visualisation.** Imaginez le déroulement de l'oral de manière positive afin que votre corps ne l'associe plus à un danger. Isolez-vous et visualisez votre prestation comme un film, avec de nombreux détails.
- **La respiration.** Respirer correctement est un moyen aussi simple que puissant pour diminuer le stress : entraînez-vous avec les exercices ci-après ▶ ZOOM.

La minute du coach

- Se préparer par la respiration → hatier-clic.fr/21fbse11
- Faire le calme en soi → hatier-clic.fr/21fbse12

2 Le jour J

- Supprimez toute source de stress inutile : choisissez des vêtements confortables, arrivez en avance et ne révisez pas à la dernière minute.
- Prenez soin de votre **sommeil** dans les jours qui précèdent et accordez-vous des moments de détente (sortez, faites du sport, écoutez de la musique...).
- **Respirez profondément** avant d'entrer dans la salle ou dès que vous sentez le stress vous gagner.

ZOOM

Quelques exercices de respiration

- **La respiration abdominale**

Inspirez en gonflant le ventre et expirez en le rentrant.

Vous pouvez poser vos mains sur le ventre pour mieux ressentir l'air qui entre et sort. Faites cet exercice une dizaine de fois lentement.

- **La respiration par paliers**

Inspirez en commençant par gonfler le ventre, puis la cage thoracique, puis la gorge. Expirez selon le même principe, en vidant d'abord la gorge, puis la cage thoracique, puis le ventre.

Répétez l'exercice plusieurs fois, en prenant conscience des différentes étapes et en allongeant progressivement les respirations.

- **La cohérence cardiaque**

Inspirez par le nez pendant 3 secondes, retenez votre respiration pendant 12 secondes, puis expirez par la bouche pendant 6 secondes.

Imaginez en même temps que vous respirez à travers votre cœur et essayez de caler vos respirations sur ses battements.

Quiz EXPRESS

21

Avez-vous bien révisé les fiches 18 à 20 ? On vérifie !

1 Retenir l'attention du jury

▶ FICHE 18

1. Comment établir un bon contact avec les membres du jury ?

- ☐ a. les saluer en arrivant
- ☐ b. commencer tout de suite sa présentation
- ☐ c. se montrer enthousiaste et motivé·e
- ☐ d. ne pas croiser leur regard

2. Parmi ces gestes, lesquels peuvent appuyer votre propos ?

- ☐ a. se gratter la tête
- ☐ b. écarter les mains
- ☐ c. compter sur ses doigts
- ☐ d. se frotter les mains

2 S'exprimer de manière claire et fluide

▶ FICHE 19

1. Soigner son expression signifie :

- ☐ a. utiliser beaucoup de mots techniques
- ☐ b. utiliser un vocabulaire précis et des tournures variées
- ☐ c. adopter un niveau de langue courant ou soutenu
- ☐ d. s'efforcer de construire des phrases longues et complexes
- ☐ e. éviter les tics de langage

2. Pour mettre en valeur une idée clé, il est utile :

- ☐ a. de parler plus fort
- ☐ b. de ralentir le débit de parole
- ☐ c. de la reformuler
- ☐ d. de marquer une courte pause

3 Bien gérer son stress

▶ FICHE 20

Pour réduire le stress, il est recommandé de :

- ☐ a. réviser au dernier moment
- ☐ b. faire des exercices de respiration
- ☐ c. faire du sport
- ☐ d. improviser son oral

CORRIGÉS

1 Retenir l'attention du jury

1. Réponses a et c.

Prenez le temps de respirer et attendez d'être invité·e à parler avant de commencer votre exposé. Regardez régulièrement le jury au cours de votre présentation.

Conseil

Si vous n'osez pas regarder les membres du jury dans les yeux, vous pouvez fixer un point au-dessus de leurs têtes.

2. Réponses b et c.

Se gratter la tête et se frotter les mains sont des gestes parasites, à éviter.

2 S'exprimer de manière claire et fluide

1. Réponses b, c et e.

L'objectif n'est pas d'utiliser des mots techniques pour impressionner le jury, mais de montrer que vous maîtrisez le vocabulaire lié à votre sujet. Nul besoin non plus de faire des phrases complexes dans lesquelles vous risquez de vous perdre : privilégiez les phrases simples.

2. Réponses b, c et d.

3 Bien gérer son stress

Réponses b et c.

Présenter la question au jury

22

☐ OK

I Optimiser le temps de préparation

Le jury vient de choisir l'une des deux questions préparées. Vous avez alors 20 minutes pour mettre en ordre vos idées et réaliser – si vous le souhaitez – un support écrit.

1 Mettre en ordre vos idées

20 minutes de préparation, c'est à la fois long et court. Comment les utiliser ?

- Prenez le temps de vous remémorer **le déroulé de votre exposé**, notamment votre introduction et votre conclusion.
- Réalisez soigneusement votre **support écrit** le cas échéant ▶ FICHE 9.
- Gardez quelques minutes avant la fin du temps de préparation pour **respirer profondément** et faire redescendre le stress ▶ FICHE 20.

2 Préparer un support pour le jury

- Les 20 minutes servent aussi à préparer, le cas échéant, votre support pour le jury.
- L'objectif est de permettre à votre auditoire de **mieux suivre votre présentation**. Votre support peut ainsi prendre des formes variées ▶ FICHE 9.

Conseil

Bien que non évalué, le support doit être pertinent et lisible pour bien disposer le jury.

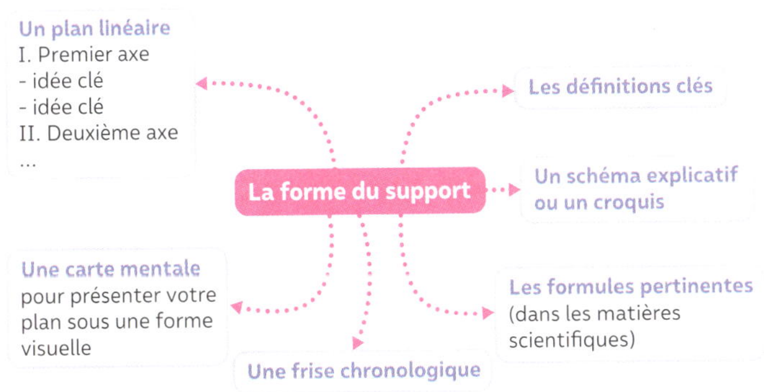

II Faire une présentation claire et fluide

1 Soigner les étapes clés de l'exposé

- Vous devez prêter une attention particulière à l'introduction et à la conclusion ▶ FICHE 8.

- Lorsque vous annoncez le plan, vous pouvez recourir à des formules telles que :

> Tout d'abord, nous nous intéresserons à...
>
> Puis nous étudierons..., avant de montrer que...

2 Mettre en évidence la progression de l'exposé

- Plus encore qu'à l'écrit, vous devez être attentif ou attentive aux **transitions**, de manière que votre auditoire comprenne bien la progression de votre présentation. Les passages d'une partie à l'autre doivent ainsi être explicités.

> Nous venons de voir que...
>
> Nous allons maintenant essayer de comprendre comment ce processus...

Conseil

Tout au long de votre présentation, n'hésitez pas à rappeler le fil conducteur en reprenant les mots-clés de la question.

- Les **liens entre les idées** d'une partie doivent également être clarifiés au moyen de connecteurs logiques : selon le cas, de cause (*car, en effet...*), de conséquence (*donc, c'est pourquoi...*), d'opposition (*cependant...*), de concession (*certes... mais...*), d'addition (*de plus, en outre...*).

ZOOM

Parler debout

- Placez-vous face à votre jury, bien **au centre.**
- **Ancrez vos pieds au sol**, de manière à avoir une assise stable.
- Placez dès le départ **vos mains à hauteur de votre ventre**, sans les laisser pendre. Vous pouvez les croiser devant vous et les dénouer lorsqu'il sera nécessaire d'appuyer le propos ▶ FICHE 18.

Image extraite du film *À voix haute* de Ladj Ly et Stéphane de Freitas, 2017.

Répondre aux questions en lien avec la présentation

23

☐ OK

I Anticiper les questions

1 Les questions sur la présentation

- Le jury va en premier lieu revenir sur certains points de la présentation pour vous **demander des précisions**.

> Vous avez affirmé que… : pouvez-vous donner un exemple ?
>
> Vous avez cité… : quelle est votre source ?
>
> Comment définissez-vous le mot … ?

- Afin de ne pas être surpris·e, efforcez-vous de les anticiper lors de l'élaboration de l'exposé.

2 Les questions sur le programme

- Cependant, le jury peut aussi vous poser des questions sur d'autres thèmes de vos **programmes de spécialités**.
- C'est pourquoi vous devez travailler tout au long de l'année les notions au programme, en imaginant cette interrogation. Voici 4 conseils clés :

> **Attention**
> Ces questions peuvent porter sur des thèmes hors du programme limitatif de l'épreuve écrite.

4 conseils clés

1. Faites des fiches pour chaque chapitre
2. Assurez-vous de pouvoir définir les mots-clés
3. Questionnez votre enseignant·e en cas d'incompréhension
4. Complétez le travail fait en cours avec des recherches personnelles

II Développer une posture d'échange

1 Donner des réponses appropriées

- Un seul des deux membres du jury est spécialiste des domaines concernés par votre question. Votre réponse doit donc être **précise mais pas trop jargonneuse**.

- D'autres conseils utiles :

Pensez à...	Évitez de...
prendre quelques secondes pour « digérer » la question	vous précipiter : vous risquez de ne pas répondre à la question
donner des réponses brèves pour des précisions, plus longues pour un avis personnel	répondre par oui ou par non : efforcez-vous de développer
vous appuyer sur des connaissances précises, des chiffres, des dates...	rester dans les généralités et utiliser le pronom *on*

2 Gérer les difficultés

- Si vous n'êtes **pas sûr·e de comprendre** la question :
  - reformulez-la à voix haute pour vérifier que vous avez bien compris ;

    Vous me demandez si... Vous voulez savoir comment...
  - demandez des précisions ou un exemple.

    Qu'entendez-vous par... ? Pouvez-vous me donner un exemple ?
- Si vous **ne savez pas quoi répondre**, osez le dire : vous pouvez toutefois commencer par faire remarquer la pertinence de la question.

  Ce point me semble en effet très intéressant, mais je n'ai pas eu le temps de l'approfondir.

La minute du coach

Savoir écouter pour bien argumenter :
→ hatier-clic.fr/21fbse08

ZOOM

Éviter les gestes parasites

Apprenez à identifier et à éviter les gestes d'auto-contact que vous effectuez pour vous rassurer en situation de stress : ils brouillent la communication et traduisent votre inconfort.

Passer la main dans ses cheveux

Remonter ses manches, tirer dessus

Toucher sa montre, un bijou...

Se gratter avec insistance

Défendre son projet d'orientation

24

☐ OK

I Faire le lien entre la question traitée et son projet d'orientation

- Le jury va commencer par vous demander en quoi le travail sur la question traitée **a nourri votre réflexion sur votre projet d'orientation**. Voici quelques éléments de réponse, à adapter en fonction de votre sujet et de votre projet :

> En travaillant sur ce sujet au croisement de deux disciplines, j'ai acquis la certitude que je souhaitais continuer à les étudier l'une et l'autre : d'où le choix d'un cursus proposant…
>
> La préparation de cet oral m'a permis de rencontrer des professionnels travaillant dans le domaine de …, qui m'ont donné envie de suivre leur voie ; c'est pourquoi j'ai choisi des études dans la filière…

- Vous pouvez aussi évoquer **les compétences acquises** lors de la construction de votre projet ▶ FICHE 12 et la préparation de cette épreuve orale : mener un travail de recherche, confronter des données, faire un travail de synthèse, s'entraîner à s'exprimer à l'oral… Montrez qu'elles vous seront **utiles pour la suite de vos études** et dans votre vie professionnelle.

II Expliquer les étapes de son projet d'orientation

1 Projet professionnel ou projet de poursuite d'études ?

- Si vous avez une idée précise de métier ou de secteur, vous pouvez partir de ce **projet professionnel**, expliquer pourquoi cet environnement vous attire, puis faire le lien avec les études qui y mènent.

- Mais vous avez le droit, à 17-18 ans, de ne pas encore savoir quel métier vous aimeriez exercer. Contentez-vous alors d'expliquer quel(s) domaine(s) vous intéresse(nt) et **quels choix d'études** postbac vous avez faits en conséquence.

- Si vous hésitez encore entre **deux voies**, vous pouvez exposer les différentes possibilités envisagées.

> **Conseil**
> Reprenez les arguments utilisés lors de la rédaction de votre projet de formation motivé sur Parcoursup pour préparer cette partie de l'oral.

2 La genèse et la mise en œuvre du projet

- Pour retracer la genèse du projet, expliquez :
  - comment l'idée de ce projet d'orientation vous est venue ;
  - comment elle a guidé vos choix de spécialités ;
  - comment elle s'est renforcée à travers différentes activités et expériences.

Conseil

N'hésitez pas à illustrer votre propos par une expérience déterminante pour votre choix de projet (cours, rencontre, stage, expérience personnelle...).

- Mentionnez la filière choisie, l'école ou l'université que vous souhaiteriez intégrer et les enseignements qui vous attendent. Décrivez concrètement le parcours que vous envisagez : cursus, durée des études, diplôme visé...
- Faites le bilan de vos atouts et de vos limites, en vous appuyant sur les attendus et les caractéristiques des formations visées. Montrez que vous disposez d'une bonne connaissance de vous-même et de vos capacités.

ZOOM

Développer une argumentation personnelle

Pour mieux convaincre le jury de votre motivation, vous devez mettre en évidence que ce projet est vraiment le vôtre.

Les composantes personnelles de votre projet

1. scolaires
- vos spécialités de 1re et Tle
- vos préférences pour certaines matières
- vos compétences scolaires

2. extrascolaires
- vos stages (notamment celui de 3e)
- vos engagements (comme délégué·e de classe, dans un projet...)
- vos centres d'intérêt, vos convictions
- des événements personnels qui ont pu faire naître une vocation

Quiz EXPRESS 25

Avez-vous bien révisé les fiches 22 à 24 ? On vérifie !

1 Présenter la question au jury

▶ FICHE 22

Vous êtes sur le point de dépasser les 5 minutes qui vous sont allouées. Quelle est la meilleure stratégie ?

☐ **a.** Accélérer votre débit de parole pour réussir à tout dire

☐ **b.** Interrompre votre exposé à la fin du temps réglementaire en signalant que vous aviez encore des choses à dire

☐ **c.** Renoncer à détailler certains points et passer directement à la conclusion

2 Répondre aux questions en lien avec la présentation

▶ FICHE 23

1. Quelle doit être votre priorité pendant l'entretien ?

☐ **a.** Savoir répondre à toutes les questions

☐ **b.** Être à l'écoute du jury pour répondre de manière pertinente

☐ **c.** Réussir à masquer votre stress

2. Vous n'êtes pas sûr·e d'avoir compris la question. Que faire ?

☐ **a.** Reformuler la question pour vérifier que vous avez compris

☐ **b.** Tenter une réponse en espérant ne pas tomber à côté

☐ **c.** Dire que vous ne savez pas répondre

3 Défendre son projet d'orientation

▶ FICHE 24

Vrai ou faux ?	Vrai	Faux
a. Vous êtes évalué·e sur la qualité de la formation choisie.	☐	☐
b. Le jury connaît forcément la formation ou la profession à laquelle vous vous destinez.	☐	☐
c. Vous devez pouvoir rendre compte des démarches engagées pour construire votre projet.	☐	☐
d. Si vous avez encore des hésitations, mieux vaut éviter d'en faire part au jury.	☐	☐

CORRIGÉS

1 Présenter la question au jury

Réponse c.

La conclusion est un moment essentiel de votre présentation. Prêtez-lui une attention particulière pendant la préparation de l'épreuve et ne la sacrifiez pas le jour J, même si cela implique de passer plus rapidement sur certains points de l'exposé.

2 Répondre aux questions en lien avec la présentation

1. **Réponse b.**

Le jury évalue vos connaissances, mais aussi et surtout votre capacité à interagir à l'oral. Montrez-vous attentif·ve et ouvert·e au dialogue : saisissez les questions qui vous sont posées comme des opportunités pour mettre en valeur vos connaissances et votre intérêt pour le sujet abordé.

2. **Réponse a.** Si vous n'êtes pas sûr·e d'avoir compris, vous pouvez le dire et reformuler la question avec vos propres mots. Le jury vous confirmera que c'était bien le sens de la question ou la formulera d'une autre manière.

3 Défendre son projet d'orientation

a. **Faux.**

Le jury s'assure que vous vous êtes renseigné·e sur la formation choisie, il n'est évidemment pas là pour juger vos choix.

b. **Faux.**

Il est difficile de connaître toutes les formations et les carrières qui existent ! À vous d'expliquer au jury ce à quoi vous vous destinez et pourquoi.

c. **Vrai.**

C'est l'aspect le plus important de cette partie de l'épreuve.

d. **Faux.**

Au moment de l'épreuve, vous aurez déjà formulé vos vœux sur Parcoursup, mais vous pouvez tout à fait partager avec le jury les éventuelles hésitations qui subsistent.

SES • Croissance économique et développement durable

26

☐ OK

La croissance économique est-elle compatible avec la préservation de l'environnement ?

Introduction

[**Accroche**] Début 2020, avec la crise du Covid-19, la production chinoise est au plus bas depuis 30 ans. Mais c'est aussi la pollution de l'air qui a diminué et les bancs de poissons qui sont revenus dans les canaux de Venise ; en somme, c'est une amélioration globale de l'état de l'environnement qui a été constatée. [**Présentation du sujet**] L'environnement ? C'est notre planète tout entière, les ressources renouvelables, comme ces poissons vénitiens, et non renouvelables, comme le pétrole. Comment la croissance économique – c'est-à-dire l'augmentation soutenue du PIB –, pourrait-elle le préserver ? Par l'innovation ? Ou serions-nous fous de penser que la croissance est infinie ? [**Formulation de la problématique**] J'ai donc cherché à savoir si l'augmentation du PIB était compatible avec la préservation des ressources naturelles. [**Annonce du plan**] Dans un premier temps, je montrerai que certains économistes considèrent que la croissance préserve l'environnement, puis je discuterai ce lien pour enfin essayer de comprendre la politique climatique actuelle.

I La croissance économique préserve l'environnement

- Les théoriciens de la soutenabilité faible supposent que le capital naturel peut être substitué aux autres capitaux (technologique, physique, humain). Ainsi, le manque de pétrole sera compensé par le travail d'ingénieurs (capital humain) inventant les éoliennes (capital technologique) produites en grand nombre (capital physique).

- L'innovation les rend optimistes ! Pour la financer, la développer, il faut aussi de la croissance économique. La croissance durable, voire une révolution verte, serait donc possible. De ce point de vue, la croissance économique n'est donc pas le problème mais la solution.

> **Conseil**
> À l'oral, comme à l'écrit, respectez la logique **A-E-I**. D'abord, **A**ffirmez une idée, puis **E**xpliquez (théories, mécanismes, auteurs...) et enfin **I**llustrez, en utilisant l'actualité si possible.

[Transition] L'innovation a bien bouleversé nos modes de production et parfois remplacé la nature, mais il faut admettre que la planète se porte mal et que son état s'améliore quand la croissance ralentit.

II La croissance économique nuit à l'environnement

- Les économistes de la soutenabilité forte s'opposent aux tenants de la soutenabilité faible. D'après eux, le capital naturel n'est pas substituable. Comment remplacer les grands glaciers qui assurent l'équilibre des températures ? Et la forêt amazonienne ?
- La croissance économique produit systématiquement des externalités négatives, tout comme les innovations. Que penser de la voiture électrique, si polluante à produire et à recycler en raison des métaux rares que nécessite sa batterie ?

[Transition] Les gouvernements sont conscients de la dégradation de l'environnement. Mais font-ils assez ? Grâce aux sommets internationaux, aux initiatives nationales ou locales, des instruments climatiques existent.

III L'exemple de la politique climatique

- L'environnement est un bien commun. Chacun d'entre nous peut le dégrader, mais nous en sommes tous dépendants, et son utilisation n'est pas illimitée.
- Des réglementations nationales et internationales interdisent l'utilisation de gaz CFC nocifs à la couche d'ozone. Un marché européen des quotas d'émission de carbone a été créé. Enfin, presque tous les pays subventionnent l'achat des innovations écologiques.
- Ces instruments de la politique climatique sont un moyen pour nos économies de continuer à consommer et produire, autrement dit un moyen de soutenir leur croissance économique, tout en limitant les externalités négatives qui affectent l'environnement. Malgré tout, le réchauffement climatique perdure…

Conclusion

[Bilan] En somme, la théorie de la soutenabilité faible mise pleinement sur l'innovation, alors que celle de la soutenabilité forte s'inscrit dans une diminution volontaire de la croissance économique, et l'exemple du climat semble donner raison à cette dernière. **[Ouverture]** La dégradation de l'environnement ne présage-t-elle pas de nouvelles formes d'inégalités ?

Comment lutte-t-on contre le chômage en France en 2020 ?

Introduction

[**Accroche**] En 1980, le nombre de chômeurs et de chômeuses dépassait pour la première fois la barre du million. Fin 2020, après la crise de la Covid-19, ce nombre a été multiplié par 4. [**Présentation du sujet**] Un chômeur, c'est une personne sans emploi qui en recherche activement un. Malgré la simplicité apparente de cette définition, il existe différentes formes et causes de chômage. Le chômage structurel s'explique par l'existence de rigidités durables sur le marché du travail, alors que le chômage conjoncturel est au contraire lié à un contexte économique insatisfaisant. [**Formulation de la problématique**] J'ai voulu étudier la question de la lutte contre ces deux types de chômage, en France, en 2020. [**Annonce du plan**] Dans un premier temps, je montrerai que la France lutte contre un chômage conjoncturel dans un contexte de pandémie qui a provoqué l'effondrement de la demande globale. Dans un deuxième temps, je soutiendrai que la lutte contre le chômage structurel n'a pas été abandonnée.

Conseil

Montrez que vous êtes capable d'utiliser l'actualité pour la relier à votre cours et aux grandes polémiques économiques. Les exemples enrichissent votre argumentation et la rendent vivante.

I La lutte contre le chômage conjoncturel

- Le chômage conjoncturel s'explique par une insuffisance de la demande globale, c'est-à-dire une consommation, un investissement ou des dépenses publiques trop faibles.
- Le constat est sans appel. Presque 7 millions de salarié·e·s se sont retrouvés en activité partielle dès le premier mois de l'épidémie. La consommation a diminué d'un tiers, et la baisse de 15 % du PIB est la plus forte de notre histoire.
- Les solutions mobilisées par le gouvernement en place sont classiques mais d'une ampleur inédite. Tout d'abord, la mise en place d'un chômage partiel ainsi que le renforcement de la plupart des revenus de transfert : le montant des allocations chômage est maintenu, les

pertes de revenus salaires sont compensées par l'État. Des aides exceptionnelles aux indépendant·e·s de l'ordre de 1 500 euros ont été attribuées et l'embauche d'un·e salarié·e de moins de 24 ans fait l'objet d'une prime de 4 000 euros.

- L'objectif de cette politique conjoncturelle est d'augmenter les composantes de la demande globale (la consommation, l'investissement public et privé, etc.). De cette façon, les entreprises anticipent cette hausse et continuent à investir et à embaucher, en espérant maximiser leurs profits.

[Transition] La lutte contre le chômage conjoncturel passe par le soutien de la demande globale, mais le gouvernement a aussi mené une politique économique apte à lutter contre le chômage structurel.

II La lutte contre le chômage structurel

- Le chômage structurel est dû à des facteurs économiques durables, comme un coût du travail trop élevé, le manque de formation, etc., et non à la conjoncture économique.
- La France a donc agi sur ces leviers : d'abord en prenant en charge une partie des salaires, ce qui a allégé le coût du travail pour les entreprises et leur a permis de ne pas licencier des salarié·e·s devenus moins productifs.
- En juin 2020, un plan de relance a été mis en place avec des baisses durables de cotisations sociales et une relocalisation des entreprises grâce à une diminution des impôts sur la production.

> **Conseil**
> Pour ce sujet d'actualité, vous devez mobiliser quelques données chiffrées et les tenir à jour jusqu'à la dernière minute.

- L'objectif est de modifier ou supprimer certaines rigidités du marché du travail (salaire minimum, prélèvements obligatoires...) pour diminuer le chômage, conformément à la théorie néoclassique.

Conclusion

[Bilan] En somme, deux types de politiques économiques complémentaires permettent de lutter contre le chômage. Si elles sont opposées par leurs moyens, elles poursuivent les mêmes objectifs économiques. **[Ouverture]** Mais ne risquent-elles pas d'avoir des répercussions sur l'endettement des États, qui finiraient par pénaliser la création de nouveaux emplois ?

HGGSP • Les enjeux d'un conflit contemporain

28

☐ OK

Quels sont les enjeux du conflit entre l'Ukraine et la Russie ?

Introduction

[**Accroche**] On considère souvent le continent européen comme un « espace de paix ». Or, il est encore le théâtre de conflits armés. [**Présentation du sujet**] Ainsi, le conflit du Donbass, région ukrainienne limitrophe de la Russie, oppose des séparatistes pro-russes à l'armée ukrainienne. Depuis 2014, il a fait 13 000 morts. Ce conflit demeure pourtant peu médiatisé. [**Formulation de la problématique**] Passionné·e d'histoire contemporaine et de géopolitique, je me propose d'étudier les enjeux du conflit russo-ukrainien. [**Annonce du plan**] Pour ce faire, je prendrai d'abord en compte l'échelle nationale, puis l'échelle européenne.

I Survivre face au puissant voisin russe

- Ancienne République de l'Union soviétique, l'Ukraine est un État indépendant depuis 1991. Cependant, Moscou entend conserver son influence sur ce pays qui cumule de nombreuses fragilités : faible PIB par habitant, corruption des dirigeants, dépendance énergétique vis-à-vis de la Russie, présence d'une forte minorité russophone dans la partie orientale.

- Les prétentions russes ont été remises en cause en 2004 par la « révolution orange », puis en 2014 lors des manifestations du « mouvement Maïdan » qui ont abouti à la mise en place d'un gouvernement hostile à Moscou.

Bon à savoir

Lors de la révolution orange, des manifestations monstres obligent le président pro-russe Viktor Ianoukovytch à renoncer à sa victoire entachée de fraudes.

- La Russie ne reconnaît pas les nouvelles autorités ukrainiennes, considérant qu'elles sont le fruit d'un coup d'État. En représailles, dès 2014, Moscou annexe la Crimée et soutient des mouvements indépendantistes dans le Donbass russophone : des combats meurtriers entre l'armée ukrainienne et des milices séparatistes débutent alors.

- L'enjeu pour l'Ukraine est de conserver son intégrité territoriale face à son puissant voisin. Cependant, le conflit du Donbass renforce le sentiment national hostile à la Russie et les divisions internes.

[Transition] Toutefois, si l'enjeu national du conflit est indéniable, ce dernier est également à replacer à l'échelle européenne.

Conseil

À l'oral, les transitions donnent de la fluidité et de la cohérence à votre propos : de façon brève, vous montrez au jury que vous opérez un changement d'échelle.

II L'Ukraine, enjeu des luttes d'influence entre l'Union européenne et la Russie

- Pour éviter la déstabilisation de l'Ukraine, contenir l'influence russe en Europe et défendre leurs intérêts énergétiques, la France et l'Allemagne poussent les deux États à signer un accord de cessez-le-feu à Minsk en 2015. Le conflit du Donbass devient une préoccupation européenne.

- En effet, l'Ukraine est au contact de la zone d'influence de l'Union européenne et de celle de la Russie. Depuis 2014, elle s'est résolument tournée vers l'ouest en signant un accord d'association avec l'UE, au grand dam de la Russie.

Bon à savoir

Cet accord d'association prévoit notamment une zone de libre-échange complet et approfondi.

- De plus, pour sa défense, l'Ukraine souhaite rejoindre l'OTAN afin de faire face aux velléités expansionnistes de la Russie : le conflit du Donbass est donc également un théâtre de tensions entre les États-Unis et la Russie. Ainsi, les États-Unis veulent contenir les ambitions militaires de leur rival qui rêve de redevenir, comme au temps de la guerre froide, une puissance mondiale.

Conclusion

[Bilan] En somme, le conflit entre l'Ukraine et la Russie est fondé sur deux enjeux majeurs : pour l'Ukraine, il s'agit de survivre face à son puissant voisin russe ; pour les pays occidentaux, il est indispensable de contenir les ambitions de la Russie en Europe. **[Ouverture]** Si les tensions au Donbass ont beaucoup décru, des affrontements sporadiques se produisent toujours, faisant de la région le théâtre d'un conflit latent.

☐ OK

Comment ont évolué les mémoires de la guerre d'Algérie en France ?

Introduction

[Accroche] Le 13 septembre 2018, le président de la République Emmanuel Macron reconnaît officiellement la responsabilité de l'armée française dans l'exécution de Maurice Audin, militant communiste favorable à l'indépendance de l'Algérie, en 1957. Il met alors fin à soixante-dix années d'occultation officielle d'un crime d'État. **[Présentation du sujet]** Cet évènement soulève la question des mémoires de la guerre d'Algérie, c'est-à-dire des souvenirs que différents groupes ou communautés ont gardés du conflit. **[Formulation de la problématique]** C'est pourquoi nous nous efforcerons de répondre à la question suivante : comment ont évolué les mémoires de la guerre d'Algérie en France ? **[Annonce du plan]** Après deux décennies d'amnésie officielle (années 1960-1970), on assiste à un réveil des mémoires (années 1980-1990), puis à une reconnaissance progressive du conflit (à partir de 1999).

I Un conflit occulté (années 1960-1970)

- Au lendemain des accords d'Évian (18 mars 1962) qui mettent fin à la guerre d'Algérie, le général de Gaulle veut tourner la page au nom de l'unité nationale. En effet, le conflit a affaibli la puissance du pays et a profondément divisé l'opinion publique entre les partisans de l'Algérie française et ceux de l'indépendance du territoire algérien.
- En 1968 est votée une loi d'amnistie qui permet aux membres de l'OAS de sortir de prison ou de rentrer d'exil. Le livre de Henri Alleg (*La Question*) dénonçant l'usage de la torture par l'armée française est interdit depuis 1958.

> **Bon à savoir**
> L'OAS (Organisation Armée secrète) est une organisation terroriste fondée par des militaires partisans de l'Algérie française.

- Cependant, les pieds-noirs et les harkis sont en quête de reconnaissance : en 1970, une loi indemnise les rapatriés d'Algérie pour les biens laissés sur leur terre natale ; en 1974-1975, les harkis se soulèvent pour dénoncer leurs conditions de vie dans les cités d'accueil.

II | Le réveil des mémoires (années 1980-1990)

- Les années 1980 sont marquées par la percée électorale du Front national, nostalgique de l'Algérie française et hostile à l'immigration. Les tensions liées au conflit algérien sont alors réactivées chez la deuxième génération des différentes communautés (pieds-noirs, harkis, immigrés algériens).

- La guerre d'Algérie fait l'objet d'un regain d'intérêt : en 1983, la question entre dans les programmes de lycée ; en 1991, l'historien Benjamin Stora publie *La Gangrène et l'oubli : la mémoire de la guerre d'Algérie*.

III | Un conflit reconnu (depuis 1999)

- En 1999, une loi reconnaît l'existence d'une guerre d'Algérie : c'est la fin de 37 ans d'« amnésie officielle ». En 2003, une journée d'hommage national aux morts pour la France en Afrique du nord est fixée au 5 décembre.

- Grâce à un accès plus facile aux archives depuis 2001, des historiens comme Guy Pervillé et Raphaëlle Branche renouvellent l'histoire de la guerre.

- Cependant, le débat public est marqué par une « guerre des mémoires » : ainsi, en 2010, le film *Hors-la-loi* de Rachid Bouchareb, qui dénonce la répression des émeutes de Sétif, provoque la colère des pieds-noirs.

> **Bon à savoir**
> La loi sur les archives publiques impose un délai de 60 ans pour la consultation des documents classés « secret défense ».

Conclusion

[Bilan] Les mémoires de la guerre d'Algérie en France ont connu une évolution en trois étapes : d'une période d'amnésie officielle, on est passé à un réveil des mémoires, puis à une véritable « guerre des mémoires » liée à la reconnaissance officielle du conflit. **[Ouverture]** Côté algérien, l'émergence des mémoires est freinée par une mémoire officielle qui prétend souder toute la population autour d'un FLN très contesté.

NOTES

NOTES

NOTES

NOTES

NOTES

NOTES

NOTES

Achevé d'imprimer en Espagne par Grafo à Basauri Dépôt légal : n° 08351-6/01 - Octobre 2021